EILAND VAN MIJN HART

Margreet Maljers

Eiland van mijn hart

VCL serie

ISBN 978 90 5977 191 8
NUR 344

© 2007, VCL-serie, Kampen
Omslagillustratie: Jack Staller
Omslagbelettering: Van Soelen, Zwaag
www.vclserie.nl
ISSN 0923-134X

Alle rechten voorbehouden. Niets uit deze uitgave mag worden verveelvoudigd, opgeslagen in een geautomatiseerd gegevensbestand of openbaar gemaakt, in enige vorm of op enige wijze, hetzij elektronisch, mechanisch, door fotokopieën, opnamen, of op enige andere manier, zonder voorafgaande schriftelijke toestemming van de uitgever.

1

In de gang hing een vreemde geur: een vleug parfum gemengd met de zware lucht van meubelspray. Een ander geurtje dan de bijenwas die zij zelf altijd gebruikt had op aandringen van haar schoonmoeder.

Andra stond een moment roerloos onder aan de trap. Als ze niet had geweten dat er iemand anders in huis had gewoond in de tijd dat zij er niet was, had ze het wel geroken.

„Het stinkt hier," zei Roos, Andra's oudste dochter. Ze had haar arm vol kleren en liep langs haar moeder de trap op.

„Och, stinken," zwakte Andra af. „Het ruikt anders."

„Stinkt," zei Roos vanaf de derde tree. „Ik hoop niet dat het op mijn kamer ook zo ruikt."

Andra gaf geen antwoord. Ze opende de keukendeur en deed de ramen wijd open. In het huis dat ze deze morgen had verlaten, zou nu de frisse, wat zilte geur van het land vlak bij zee en van de late klimrozen naar binnen komen. Ze verzette zich tegen het gevoel van heimwee dat haar overviel.

„Steef, Jolientje, zetten jullie de fietsjes achter? En Mark, alleen deze koffer moet nog naar boven."

Het was net alsof ze terugkwamen van een lange vakantie. Alleen was er geen smerig wasgoed. Alles kon zo de kast in. En dat na bijna vier maanden in een andere omgeving. Tante Trees had de laatste kledingstukken gestreken en in een koffer gelegd met de woorden: „Ziezo, dan heb je morgen je handen vrij." Na het klinkende afscheidsfeest op Wieringen was het inderdaad heerlijk niet meteen de wasmachine aan te hoeven zetten.

Steven Waardijk liep achter zijn moeder aan door de gang, die donker was door de eiken lambriseringen aan beide kanten. Hij vond de gebeeldhouwde krullen bovenaan nog net zo griezelig als altijd en keek naar de zware deur waarachter hij de zitkamer en de kamer van zijn vader wist. Enge deur.

„Ik ga terug. Ik ga terug naar Wieringen. Mama heeft het beloofd. En tante Trees en oom Marius zeggen het ook," prevelde hij bezwerend.

Zijn oudoom en tante waren voor hem het toppunt van zekerheid. Als oom Marius iets beloofde, deed hij het ook.

Andra hoorde de woorden, hoe zacht Steven ze ook uitsprak.
„Ja Steefje. We gaan terug," verzekerde ze hem rustig.

Andra Waardijk, die binnen zes weken weer Andra Coronel zou heten, was bij terugkeer naar het huis waaruit ze vier maanden geleden totaal verslagen was vertrokken, overtuigd van de juistheid van haar beslissing later dit jaar terug te keren naar Wieringen.

Ze wist dat Henry, haar man, alles op alles zou zetten om haar in de buurt te houden, maar ze besefte dat ze hier niet zou kunnen blijven. Alles in deze stad duwde haar terug in de rol van bedrogen, verlaten vrouw.

Het zelfrespect dat ze in Wieringen, haar toevluchtsoord, had teruggekregen, was nog wankel. En niet alleen dat van haar. Nog belangrijker was dat Steven, haar jongste zoon, diep gekwetst was door de achteloos minachtende houding van zijn vader tegenover hem.

Toen ze vier maanden geleden uit Alkmaar waren vertrokken, had Steefje weken achter elkaar gezwegen. Niet uit onwil, maar omdat hij niet anders kon. Het leven was hem te zwaar geworden.

Door de liefdevolle aandacht van de familie op Wieringen en het omgaan met de dieren in en om het huis waar ze hadden gelogeerd, was zijn spraak teruggekomen, maar ze besefte dat Steven nog erg kwetsbaar was.

Die wetenschap gaf haar de moed om het gevecht aan te gaan met haar man en haar schoonmoeder, die haar met de jongste kinderen in een huis dichtbij hun intrek wilden laten nemen. De oudste twee zouden dan bij Henry en zijn vriendin gaan wonen.

Voor zichzelf kon Andra nog steeds niet goed opkomen, maar voor de kinderen, en vooral voor Steven, werd ze strijdbaar.

Ze keek in de spiegel, zag haar eigen zorgelijke ogen en toen die van Steven, die vol vertrouwen naar haar opkeken.

„Andra Coronel," zei ze zonder geluid tegen haar spiegelbeeld, „als jij er niet voor zorgt dat dit kind teruggaat naar Wieringen, ben je geen knip voor je neus waard. En je laat je niet meer in een hoek duwen. Niet door je man, niet door je schoonmoeder en niet door zijn vriendin. Je bent mans genoeg. Laat het dan ook zien."

Ze trok haar schouders naar achteren en hief haar kin. „Kom, Steef."

Roos ruimde haar kleren en de kleertjes van Jolien, haar jongste zusje, in de kast. Mark zorgde wel voor zichzelf, en mama zou de rest wel opbergen.

Haar kamer was weer vreemd vertrouwd. Ze keek in de lange spiegel die aan de kastdeur hing en zag dat haar donkere haar in haar hals krulde. Ze draaide zich om en bekeek zichzelf van top tot teen. Ze was gelukkig slank. Die strakke spijkerbroek stond haar goed. Lekker, weer zo'n grote spiegel. Het antieke kaptafeltje in haar kamer op Wieringen was beeldig geweest, maar in zo'n lange spiegel zag je jezelf beter. Toch ook wel heerlijk weer thuis te zijn, hoe fijn het in Wieringen ook was geweest.

Het smalle gezichtje met de donkere ogen verstrakte. Het zou maar voor kort zijn, en helemaal gewoon werd het nooit meer. Haar vader woonde niet meer thuis. En ze wilde er nog niet aan denken dat ze, als ze hem wilde zien, naar het huis van zijn vriendin zou moeten fietsen. Lisette. Ze kon de naam niet horen, maar wist dat ze er niet omheen zou kunnen.

Om je rot te schamen toch... je vader met een vriendin. Je moeder nog een paar maanden in hun huis en dan...

Ja, zij hoopte zelf dat ze hier, in Alkmaar zouden blijven, maar mama peinsde er niet over.

Vooral voor Steefje... dat begreep ze best. Maar mama wilde ook voor zichzelf niet blijven, en dat vond ze misselijk. Verongelijkt tuitte ze haar lippen. Mama moest ook om haar en Mark denken, niet alleen om de kleintjes.

Roos liep naar beneden en zag haar moeder in de keuken voor het raam staan. Ze leunde met haar beide handen op het aanrecht en keek naar Steven en Jolientje die achter een bolderwagen aan liepen. Die hadden ze niet gehad op Wieringen. Jolien stapte erin en liet zich fijn trekken.

Roos keek langs Andra door het venster. Wat was hun tuin klein. Er stonden geen bloemen, en langs de randen van het terras groeiden een paar struiken. Andere jaren had haar moeder altijd potten met bloemen neergezet, maar ze waren eind juni al vertrokken, zodat er nu alleen wat rieten manden met verdroogde violen stonden. Alleen de zachtblauwe hortensia's in de rand gaven kleur aan het plaatsje.

Roos wilde opeens weg. Weg van de verdrietige dingen die hier

weer bovenkwamen. Weg van een moeder die de laatste tijd zo vrolijk was geweest en die er nu, zelfs met haar rug naar haar toe, treurig uitzag.
„Ik ga even naar Brechtje, hoor," zei ze luchtig tegen die rug.
„Moet je doen. Wel om zes uur thuis," zei haar moeder, en Roos wist dat ze dan ook om zes uur thuis moest zijn. Haar moeder was in die paar maanden veel strenger geworden. Eigenlijk veel prettiger dan dat ze zo onzeker was en alles bijna beleefd aan haar vroeg.
„Komt in orde. Doeg!"
Ze was al weg. Had ze niet even moeten bellen naar Brechtje? Ben je gek. Dat deed ze toch nooit?

Ze fietste door en stond binnen een kwartier bij het huis van haar vriendin. Ze belde aan en begroette de moeder van Brechtje, die opendeed.
„Dag kind. Fijn dat je er weer bent. Dat zal Brecht leuk vinden," zei die hartelijk. „Ze zijn op haar kamer."
„Ze?"
„Ja, Elsa is er ook."
Elsa? Roos trok haar wenkbrauwen op. Vervelend, dat die er net was. Zou ze teruggaan? Nee, toch maar niet.
Ze klom de trap op, roffelde tegen de deur van Brechtjes kamer en stapte naar binnen.
„Hoi, hoi, hier ben ik weer."
Brechtje en Elsa keken om. Brechtje had een rok aan tot bijna op haar hielen, en Elsa droeg een nauw aansluitend jurkje dat tot haar knieën kwam. Het was precies een jurk waarvoor Roos een moord zou doen. Zuurstokroze met piepkleine mouwtjes.
Brechtje sprong op Roos af en trapte daarbij op de zoom van haar rok zodat ze bijna struikelde. „Ha, daar ben je weer. Kijk, hoe vind je mijn rok?"
Brecht ten voeten uit. Een ander zou vragen hoe het ermee was en wanneer ze was teruggekomen. Brechtje wilde weten wat Roos van haar nieuwe aankopen vond.
„Mooi. Waar is het voor?" Roos duwde Brechtje een stukje terug om het geheel te kunnen zien.
„Voor een feest bij Elsa thuis. Misschien kun jij ook komen, hè, Els. Kan best. Het is pas overmorgen. Dan heb je nog de tijd om

iets nieuws te kopen," deelde ze vrolijk mee.

Elsa keek wat beteuterd. „Eh... nou," zei ze flauwtjes en wierp Roos een weifelende blik toe. Die merkte wel dat Elsa niet stond te springen bij de uitnodiging.

Logisch... ze waren ook niet bepaald bevriend. Eigenlijk hadden Brechtje en zij Elsa altijd een vervelende tut gevonden. Wanneer was Brecht van mening veranderd? Waarschijnlijk omdat er in de vakantie niet veel meisjes in de buurt waren geweest. Brechtje was vóór alles praktisch.

„Ik weet niet of ik kan. Ik moet nog van alles doen en kopen en of ik dan meteen nieuwe kleren mag van mijn moeder..." weerde ze de vlot gegeven uitnodiging van haar vriendin af.

„Van je moeder?" Brechtje liet haar stem een beetje zakken. „Dan vraag je het toch aan je vader? Je moet er een beetje een slaatje uit slaan dat ze gaan scheiden. Gewoon tegen je vader zeggen dat je zo graag nieuwe kleren wilt en dat het niet mag van je moeder. Dan krijg je ze meteen." Brechtje zag het al helemaal voor zich.

„En anders geeft Lisette ze wel."

Roos negeerde de laatste zin. Ze liet zich op het bed van Brechtje vallen en zei: „Hoe is het hier geweest? Nog iets nieuws te vertellen? Hoe was het in Frankrijk?"

„Warm en weinig leuke jongens. Maar goed dat ik veel met Gerben heb opgetrokken toen ik weer thuis was. Anders was de vakantie helemaal verloren tijd geweest, wat dat betreft."

Brechtje stak haar interesse voor het andere geslacht niet bepaald onder stoelen of banken.

Roos schoot in de lach, hoewel er iets haakte. Gerben was zo'n beetje haar vriendje geweest de laatste weken voordat ze naar Wieringen was vertrokken. Ze had al die tijd niets van zich laten horen. Hij ook niet. En ook al had hij geen adres, hij had toch gemakkelijk het nummer van haar mobieltje aan Brechtje kunnen vragen, bedacht ze onredelijk. Niet dat ze hem had willen zien. Daar was tenslotte Jaak geweest waar ze mee was omgegaan en die zo'n goede vriend was geweest vanaf de eerste dag op Wieringen. Maar toch.

Brechtje draaide om haar as om haar rok goed te laten zien. De lichtblauwe stof waaierde wijd uit. „Mooi hè? Bij Hennes..." zei ze. Ze

9

zette haar handen in haar zij, draaide nog eens om en keek naar haar kuiten. „Niet te lang?"

Roos keek keurend. „Nee, precies goed. Wat heb je erbij?"

„Een T-shirt met lovertjes. Van Van Vloten."

„Toe maar. Zeker een mega-uitverkoop!" zei Roos. „Hadden ze nog iets? Dan ga ik nog even kijken."

„En je kreeg geen nieuwe kleren," herinnerde Brechtje haar.

„Kijken kan altijd," antwoordde Roos luchtig.

Dat had ze gemist. Hoewel er op Wieringen ook een paar leuke winkels waren, was het niet de binnenstad van Alkmaar. Van Vloten was een van de duurste winkels in de Langestraat.

„Dat shirtje heeft Brecht van die Lisette van je vader gekregen," zei Elsa en ze keek naar Roos met toegeknepen ogen.

Roos reageerde precies zoals ze verwachtte. Ze keek boos en geërgerd naar haar vriendin. Lisette, dat mens waarvoor haar vader haar moeder in de steek had gelaten. Ze had haar vroeger weleens vanuit de verte gezien, maar dat haar eigen vriendin met haar aanpapte, vond ze idioot.

„Van Lisette? Waar en waarom?" snauwde ze tegen Brechtje.

Brechtje keek schuldig. Vervelend, dat Elsa dat nu vertelde. Dat had ze liever voor zich gehouden. Haar moeder had het bespottelijk gevonden dat Lisette haar dat T-shirt had gegeven. Het had geen haar gescheeld of ze had het terug moeten geven.

Roos vond het akelig natuurlijk. Net of zij, Brechtje en Elsa, onder één hoedje speelden met de vriendin van Roos' vader.

„Hoe was het in Wieringen?" vroeg ze haastig.

„Op Wieringen," verbeterde Roos en liet zich niet afleiden. „Wat had jij met Lisette te maken?"

„Dat heb ik je toch ge-sms't? Elsa en ik waren samen naar jouw huis om dat boek op te halen dat je me beloofd had en toen was Lisette er in plaats van je vader. Ze had net kleren gekocht en liet dit T-shirt zien."

Brechtje pakte een T-shirt uit de kast en hield het zichzelf voor. „Nou?"

„Mooi," beaamde Roos zonder enthousiasme. Ze vond het erg naar dat Brechtje, zonder dat zij er zelf bij was, in haar kamer snuffelde. En dan nog kletsen met die Lisette.

„En Elsa heeft een sjaal gekregen. Die was met me mee," zei

Brechtje snel. „Als je het handig aanpakt, krijg je van alles van die Lisette los."

„Nee, dank je," zei Roos afgemeten.

„Waarom niet?"

Zou Brechtje nu echt niet aanvoelen dat ze dan haar moeder verraadde?

„Dat doe ik gewoon niet," antwoordde ze kortaf.

„Moet je zelf weten, maar ik vind het stom. Nou, wanneer zullen we de stad in gaan?" ratelde Brechtje. „Je moet ook nog schoolspullen hebben. Heb je je boeken al gehaald?"

Roos was vergeten dat Brechtje de gevoeligheid van een tank had. Ze haalde diep adem om een vinnig antwoord te geven, maar bedacht zich. Brechtje was nu eenmaal zo.

Brechtje vervolgde onverdroten: „Nou ja, dat is zo belangrijk niet. Eerst kleren voor het feest van Elsa." Ze keek Elsa aan en glimlachte. „Haar oudste broers zijn er ook. En een paar vrienden van hen." Samenzweerderig liet ze haar stem wat dalen. „Hartstikke leuk. Je hebt je al die tijd natuurlijk te pletter verveeld."

Elsa keek onzeker. Ze had er helemaal geen zin in Roos, met wie ze het nooit goed had kunnen vinden, uit te nodigen. En al helemaal niet als er vrienden van haar broers zouden zijn.

Roos zag haar tegenzin en zei vlug: „Ik denk niet dat mijn moeder dat goedvindt. Ik ben op Wieringen zo vaak weggeweest dat ik ook eens thuis moet zijn. Zeker als ik mijn schoolspullen nog in orde moet maken."

„Dat is ook veel werk," zei Elsa onmiddellijk.

„Ik had best naar Wieringen willen komen om iedereen daar te zien. Flauw, dat ik niet mocht komen logeren," pruilde Brechtje. Ze trok de rok uit, stond in haar slip voor de spiegel en probeerde zich van achteren te zien. „Moet je kijken hoe bruin ik ben."

Roos keek naar de rossige benen. Meer verbrand dan bruin.

„Als een neger," lachte ze.

„Nou ja, zo bruin als jij word ik toch nooit," merkte Brechtje op. Ze keek naar de gladde bruine armen van Roos. „Makkelijk bruin worden, dat lijkt me toch zo heerlijk. Alles staat je. Weet je zeker dat je niet meegaat naar Elsa's feest?"

„Yes."

Elsa keek opgelucht.

Brechtje veranderde van onderwerp. „Hoe gaat het nu verder bij jullie?"

„Verder? Wat bedoel je?"

„Nou, wanneer gaat je moeder verhuizen? Dat huis in de Ranonkelstraat is al helemaal ingericht, zegt Lisette. Jouw kamer is heel leuk geworden, al is hij een beetje klein. Maar alleen voor de weekends is dat niet erg. Voor de rest van de week heb je toch je eigen kamer."

„Zegt Lisette dat?" Roos voelde de drift in zich opkomen. Wat dacht die heks wel niet! Die regelde alles alsof ze iets over haar had te vertellen. Mooi niet. „Ik weet nog niet of ik wel bij mijn vader ga wonen. En Mark al helemaal niet," zei ze knarsetandend.

Brechtje keek verbaasd naar het opgewonden gezicht van haar vriendin. „Nou, maak je maar niet zo druk. Ik zeg alleen maar wat ik gehoord heb."

Elsa kneep haar ogen half dicht en glimlachte. „Lisette zei het," beaamde ze vergenoegd. „Er zit niet veel anders op voor jullie."

Roos kon haar wel wat doen. „Dat had je gedacht. Kinderen boven de twaalf mogen zelf kiezen bij wie ze willen wonen, en ik heb echt geen zin om in mijn eentje bij dat stomme mens in te trekken," grauwde ze.

„Dat zal ze niet leuk vinden. Ze vroeg of wij vaak wilden komen," zei Elsa.

Roos wierp haar een venijnige blik toe. „Dan moet je dat doen. Ga lekker bij haar op de thee. Alleen zal ik er niet bij zijn."

Brechtje zag een bron van kleine cadeautjes verdwijnen en zei verzoenend: „Natuurlijk gaan we er niet zonder jou naar toe, gekkie."

Roos kalmeerde en streek haar lange donkere krullen naar achteren. „Nou... laat eens zien wat voor schoolspullen je hebt. Wat is dat voor agenda?"

Ze boog zich over boeken, de agenda en schriften van Brechtje en duwde Lisette weg uit haar brein.

Intussen probeerde Andra Waardijk zich weer een beetje thuis te voelen in haar eigen huis. Ze had de deuren tegen elkaar opengezet om de vreemde geur uit huis te verdrijven, maar nu begon het toch wel erg te tochten. Ze trok de kamerdeur achter zich dicht. Het was toch al geen warme kamer, en nu werd het er helemaal kil. Ze zou een kop koffie zetten. Dan rook het meteen anders. Ze pakte het koffieblik uit de kast en zag dat het een ander merk koffie was. Goudmerk. Dat had ze kunnen weten. Geïrriteerd schudde ze het blik heen en weer en snoof de geur op. Straks eerst maar eens kijken wat ze nodig had en boodschappen doen.

Ze nam plaats aan de tafel. Herinneringen drongen zich op toen ze met haar hand over de groeven in het tafelblad ging. De stem van Henry klonk in haar oren: *Je weet zelf dat het tussen ons niet meer ging... Dat moet je gemerkt hebben... Nee, er is niemand anders... Ja, het is Lisette... Die dingen gebeuren... Die dingen gebeuren... Steefje lijkt wel niet helemaal normaal... Maak je maar niet druk, ik regel alles. Mark en Roos blijven bij mij. Lisette zal goed voor ze zorgen...*

„Prima, maar alleen in het weekend en als ze zelf willen," zei Andra hardop tegen die stem. Vastberaden trok ze haar schouders naar achteren. Ze was onzeker geweest. Ze had alles gepikt van Henry, maar dat was over. Ze regelde haar zaken zelf.

Jolientje kwam naar binnen. „Waarom is hier geen zandbak?" vroeg ze parmantig en hield haar hoofdje schuin. Wat leek ze zo sprekend op Roos. Die kon net zo kijken.

„Ik vraag: waarom is hier geen zandbak?" herhaalde Jolientje nadrukkelijk.

Andra streek met haar vingers haar korte, blonde haar naar achteren zodat een lok bijna recht op haar hoofd stond.

Ja, waarom niet? Toen Mark en Roos klein waren, had hier wel een zandbak gestaan. Die was opgeruimd toen ze groter werden en Steven nog een baby was. Daarna was er nooit meer een zandbak gekomen. In die tijd had oma Waardijk zoveel invloed gekregen.

Henry was het zo zoetjes aan eens geweest met alles wat zijn moeder voorstelde, en zijzelf had het geaccepteerd. Om de sfeer in huis goed te houden. Om hem niet te verliezen. Toen had ze al gemerkt dat hij meer aandacht had gekregen voor andere vrouwen dan voor haar. Ze had altijd gehoopt dat het bij flirten bleef, maar ze had bijna zeker geweten dat het weleens verder ging. Ze had het genegeerd. Als Henry maar bij haar en de kinderen bleef.

Ze streek Jolien over haar neus. „Ga nu maar fijn met je poppenwagen rijden. Dat heb je een tijd niet gedaan, en dat is toch ook leuk?"

Er reed een blauw metallic auto het pad naast het huis op. Daar was oma Waardijk, de moeder van Henry.

Andra had haar al eerder verwacht.

Haar schoonmoeder tikte met haar autosleutels tegen het keukenraam.

„Joehoe. Ik ben het maar," riep ze, en Andra bedacht dat die groet niet bij de oudere vrouw paste. Ze was geen 'ik ben het maar'-mens. Oma Waardijk was van: 'Leg de rode loper uit, ik kom eraan.'

De deur stond nog open, en oma Waardijk stapte binnen. Een tengere gestalte, gekleed in een grijs zomerpakje met korte mouwen. De witte bies langs de voorsluiting was smetteloos wit. Het grijsblonde haar was keurig gekapt.

„Nou, blij dat je weer thuis bent?" informeerde haar schoonmoeder.

Ze boog zich naar haar kleindochter en gaf haar een kus op haar wang. „Dag Jolientje."

Andra gaf geen antwoord. Ze kreeg een steek in haar zij. Blij dat ze weer thuis was? Ze kreeg er buikpijn van... Over een paar maanden zou ze hier voorgoed uit trekken. Ze keek even rond. Het speet haar geen moment. Ondanks de ruimte en de hoge kamers zou ze het huis zonder hartzeer vaarwel zeggen. Dit huis, dat nooit háár huis was geworden.

„Waarom hebben wij geen zandbak?" Jolientje was zomaar niet van het onderwerp af.

„Zandbak? Dat is een bron van besmetting. Daar worden kinderen alleen maar ziek van. Toxoplasmose. Alle katten uit de buurt doen er hun behoefte in. En het loopt nog in ook. Je krijgt zand en krassen op het parket," somde oma Waardijk alle nadelen en rampen van een zandbak op.

„Toksplas? Wat is toksplas?" wilde Jolientje weten. Het vreemde woord intrigeerde haar.

Andra gaf haar dochter een duwtje. „Dat is niks. Ga maar weer spelen, Jolly. Haal nog maar een paar poppen van boven. Die vinden het vast fijn dat je er weer bent."

Jolientje huppelde weg, en Andra wendde zich tot haar schoonmoeder.

„Hebt u misschien ook zin in een kop koffie?"

„Liever thee. Waar is Steefje, en waar zijn de groten?"

„Steefje is naar het speelplaatsje achter, Mark is boven en Roos is weg naar een vriendin."

„Geen tijd om even hun grootmoeder te komen begroeten?" Oma Waardijk nam plaats aan de keukentafel. „Nou ja, dat is de jeugd, hè?"

Mark kwam op dat moment naar beneden. „Dag, oma... Mam, is er al koffie of zal ik even zetten? Ik heb die laatste koffer op je kamer gezet."

„Zet ook wat water op voor thee voor oma..." zei Andra. „En kijk even wat de kleintjes doen."

Mark zette een ketel water op en vertrok door de keukendeur.

„Alsof je niet weg bent geweest," zei oma Waardijk tevreden en monsterde haar schoondochter met een half goedkeurende blik. Andra had tijdens haar verblijf op Wieringen haar haar kort laten knippen. Het gaf haar een heel ander uiterlijk, dat korte blonde haar dat nu om haar gezicht krulde. Vroeger had ze lang haar gehad dat in een sierlijke knot was opgemaakt, en ze was zeker vier kilo lichter geweest. Het breekbare dat haar schoondochter had gekenmerkt, was eraf.

„Ik zou mijn haar maar weer laten groeien. Dit korte haar is in de zomer wel leuk, maar dat lange haar stond je veel vrouwelijker. En je weet dat Henry van lang haar houdt," zei ze.

Andra trok een wenkbrauw op. Voordat ze antwoord kon geven, ging de telefoon. De vertrouwde stem van tante Trees klonk in haar oren.

„Dag, kind. Ik moet even weten hoe het gaat. Is de rommel al aan kant?"

„Ja hoor, tante. Nog één koffer met kleren en dan is alles weer van de vloer."

„Goed. En hoe is het met de kleintjes?"

„Jolientje mist de zandbak." Andra keek uit het raam en zag dat haar dochtertje haar pop in de hortensia zette.

„Zandbak? Heb je geen zandbak? En dat kind is er dol op."

„Voor die paar maanden dat ik hier nog woon, is het niet de moeite," zei Andra met een blik op haar schoonmoeder, die misnoegd naar buiten keek.

„Onzin." Tante Trees was dol op de kleintjes. Ze had zelf geen kinderen en beschouwde de kinderen van Andra als de kleinkinderen die ze zelf nooit zou krijgen. Ze zou ook niet meer van ze kunnen houden als het haar eigen kleinkinderen waren geweest. Geen zandbak, terwijl Jolientje daar uren in kon spelen. Daar zou ze wel iets aan doen. Al was het voor een paar maanden.

„Tante, ik bel vanavond nog. Ik heb nu visite," zei Andra.

„Goed zo. O ja, en de groeten van Rogier. Hij zit hier," zei tante Trees.

Andra kleurde licht. „Groeten terug."

Rogier, de marineofficier, die haar, met de anderen op Wieringen, weer zelfvertrouwen had gegeven. Ze had die maanden in zijn huis gewoond dat leegstond omdat hij naar de Antillen werd uitgezonden. Hij was tussentijds teruggekomen omdat hij een been had gebroken en was samen met zijn zoon Jaak bij zijn broer ingetrokken. Overdag was hij regelmatig in zijn eigen huis op bezoek geweest en tussen hem en Andra was een warme vriendschap ontstaan, die de laatste dagen meer dan vriendschap leek te worden. Maar Andra was voorzichtig en wantrouwend geworden.

Oma Waardijk keek met argusogen naar haar schoondochter. Ze moest zo vlug mogelijk van die mensen uit Wieringen af zien te komen als ze Andra hier wilde houden. Het was toch te gek voor woorden: verhuizen naar zo'n uithoek van het land terwijl hier een huis voor haar klaarstond. Andra hoorde nu aan haar kinderen te denken. Die hadden ook een vader nodig, en Henry was van plan veel meer tijd aan zijn kinderen te besteden dan hij vroeger had gedaan. Ach, wie weet kwam alles dan weer gewoon in orde. Ze kende voorbeelden genoeg van mensen die elkaar weer vonden na een tijdelijke scheiding. Of dat nu officieel was of niet. Maar ze moest voorzichtig opereren. Andra was veranderd.

„Geef me nog maar een kop thee. Ik kan niet al te lang blijven. Ik heb vanavond nog een vergadering, maar ik wil Roos toch nog even zien," zei ze vriendelijk.

Roos was om vijf uur weer thuis. Elsa was net zolang als zij bij Brechtje gebleven. Van het gezellig bijkletsen met haar vriendin was niets gekomen. Toen ze de keuken binnenkwam, zat oma Waardijk aan tafel met Jolientje naast zich. Ze las voor uit *Goudhaartje en de beren*.

Dat was voor het eerst dat ze haar oma zag voorlezen.

Jolientje hing slaperig tegen de tafelrand. Tante Trees had haar allang op schoot getrokken, schoot het door Roos heen.

„Dag oma," zei ze.

Mevrouw Waardijk sloeg het boek dicht en hield haar oudste kleindochter haar wang voor. „Dag, kind. Waarom was je niet thuis? Ik ben expres langsgekomen om jullie allemaal te zien."

„Ik wilde even naar Brechtje."

„Nou ja. Heb je je vader al gezien?"

„Nee. Is hij hier dan geweest?" Roos keek rond.

„Hij heeft gevraagd of jullie bij hem komen," zei oma Waardijk gedempt, zodat Andra het niet zou horen. „Vanavond. Hij heeft jullie zo lang niet gezien."

„Maar de kleintjes moeten toch op tijd naar bed?" Roos keek onzeker naar de rug van haar moeder. Of zou papa alleen Mark en haar willen zien? Ze verlangde opeens erg naar haar vader, maar zag de problemen al aankomen. „Het is vast beter dat morgen of later in de week te doen," zei ze haastig. „Mam, waar is Steefje?"

„Bij je broer," antwoordde oma Waardijk meteen in plaats van Andra.

Andra stond bij het fornuis. Ze was moe van de emoties die haar, hoewel ze erop voorbereid was, bij haar thuiskomst hadden overvallen. Haar schoonmoeder had haar opgehouden met vragen, opmerkingen en goede raad, zodat ze nu nog een paar koffers met kleren moest legen.

Helaas had Oma Waardijk nog een heel pakket aanwijzingen in voorraad en deelde ze die kwistig uit.

Ze keerde haar stoel naar Andra toe en zei: „Andra, als je nu iedere dag Steven een stukje hardop laat voorlezen, zul je zien hoe vlug het weer in orde is met hem."

„Oma Waardijk, het ís in orde met Steven."

„Ja, maar je weet dat hij zo kan terugvallen. Ik had professionele hulp voor hem gewild. Jammer dat je die raad niet hebt opgevolgd. Dat kon daar op Wieringen misschien niet, maar dan had je…"

„Oma," viel Roos haar in de rede. „Het gaat heel goed met Steven. Hij praat weer gewoon, hij zingt weer… en hij…"

„Hij lacht weer," vulde Andra aan. Ze was dankbaar dat Roos even bijsprong. Doodmoe werd ze van haar schoonmoeder. Ze was er al vanaf vier uur, en die uren telden, wat Andra betrof, dubbel.

„Nou ja, maar eens horen wat Henry ervan zegt," zei oma Waardijk.

Roos zuchtte. In deze vijf minuten had ze van haar oma al vijf keer 'horen wat Henry ervan zegt' gehoord.

Zij zou niet weten wat papa ergens over zou moeten zeggen. Hij had zich doorgaans weinig van de dagelijkse gang van zaken in huis aangetrokken. Het enige wat hij weleens deed, was haar helpen met wiskunde. Mark was erg goed in de exacte vakken, dus die had hem niet nodig gehad, en met Steefje had haar vader zich al helemaal niet bemoeid. Jolientje was meestal al naar bed wanneer haar vader thuiskwam. Het laatste jaar was hij niet vaak thuis geweest. Altijd weg naar een klant. Roos had, nadat ze gehoord had dat haar vader een vriendin had, de conclusie getrokken dat die klant vast Lisette had geheten. Maar daar wilde ze niet aan denken. En hoe dan ook, ze hield van haar vader.

„Wat zei u, oma?" vroeg ze.

„Eh, dat ik naar huis ga. Ik moet vanavond nog weg."

Andra besloot dat ze Chinees eten zou halen. Ze had geen zin om te koken, en de kinderen vonden het heerlijk.

Ze hoorde haar schoonmoeder fluisteren tegen haar dochter en riep Mark. Hij kwam met Steefje op zijn rug naar beneden en zette hem met een zwaai op de grond.

„Nou, dan ga ik maar. Dag, allemaal." Mevrouw Waardijk wuifde even in het algemeen.

„Dag, oma." Jolientje gaapte met haar mondje wijd open, zodat haar rode tongetje zichtbaar werd.

„Hand voor je mond! En tot morgen."

Voordat Andra kon zeggen dat ze morgen iets wilde ondernemen, was mevrouw Waardijk de deur uit.

2

Henry Waardijk opende de deur van het huis waar hij bijna zijn leven lang had gewoond. In de gang stond een poppenwagentje, en op de grond in de hoek zaten twee poppen. Hij kwam langs de grote spiegel en wierp er een blik in. Zijn donkere haar krulde en was nog licht vochtig van de douche, en het vertoonde nog geen grijze haren. De ogen keken scherp en alert. Hij zag er nog goed uit, constateerde Henry en glimlachte. Als hij dat zelf niet zag, had hij het wel kunnen aflezen van de blikken van de secretaresses op zijn kantoor. Hij trok zijn schouders naar achteren. Eens kijken of Andra al een beetje in haar gewone doen was. De laatste keer dat ze elkaar hadden gezien, was geen succes geweest.

Zijn jongste dochter kwam de gang in en lachte breed toen ze hem zag. Ze huppelde naar hem toe, pakte hem bij zijn hand en zei: „Dag, pappie. De poppen zijn stout geweest. Ze zitten in de hoek."

Ze liet zijn hand los, pakte de twee poppen op en liep voor hem uit naar de keuken.

„Mam, Bianca en Troel zijn weer lief. Ze mogen weer bij de mensen. En papa is er."

Andra hoorde alleen de eerste woorden.

„Goed zo, als ze niet meer stout zijn, kunnen ze weer in de keuken," speelde ze mee.

Henry keek naar het figuurtje van zijn bijna-ex-vrouw, die aan de lange tafel zat. Haar rug was wat gebogen. Straalde ze niet iets treurigs uit? Met voldoening herkende hij het geïrriteerde medelijden dat bij hem opkwam. Ze was dus niet veel veranderd. Nog even slachtofferig als vroeger. Zie je wel dat hij er goed aan had gedaan een punt te zetten achter zijn huwelijk. Die twijfel was nergens voor nodig geweest.

Hij deed een stap naar voren en legde een hand op Andra's schouder. Met de andere leunde hij op tafel. De tafel die Andra met alle geweld had willen hebben, ondanks de waarschuwing van zijn moeder dat grenenhout zo kwetsbaar was. En moeder had gelijk gekregen. In het tafelblad zaten een paar vochtkringen, er waren krassen en een lichte, wit uitgebeten vlek die over een diepe barst liep. Dat was van de keer dat hij had gemorst met de bleekwaterfles omdat hij Mark het effect had willen laten zien van chloor op inkt. Oude tafels hadden iets van een geschiedenisboek. De geschiedenis van zijn gezin.

„Andra."

Andra vloog overeind toen ze de hand op haar schouder voelde en draaide zich in één beweging om.

„Henry. Hoe ben jij binnengekomen? Ik heb geen bel gehoord."

„Bel?" vroeg hij verbaasd. „Hoezo? Ik heb natuurlijk niet gebeld. Kom nou…"

„O." Ze stak haar handen in de zakken van haar spijkerbroek. Een diepe rimpel verscheen tussen haar wenkbrauwen, en de blauwe ogen keken afkeurend naar de man voor haar.

„Zou je zo vriendelijk willen zijn dat in het vervolg dan wel te doen? Ik vind het niet prettig zo overvallen te worden," zei ze afgemeten.

Zijn gezicht betrok. Ze was niet gedeprimeerd, alleen maar geschrokken en boos.

„Overvallen? Doe niet zo raar. Dit is nog steeds mijn huis." Hij liep op zijn gemak door de keuken en bleef met zijn rug tegen het aanrecht staan.

Jolientje ging naast hem staan en gaf hem een handje. Het voelde warm en een beetje kleverig aan in zijn hand. Wat een ellendig idee dat hij zijn jongste kind straks maar één keer in de veertien dagen zou zien. En dan aanbellen bij zijn eigen huis… Het moest niet gekker worden.

„Zeker, maar in de tijd die ik hier nog doorbreng, is het mijn huis, en ik wil niet dat je ongevraagd binnenkomt. Daar ben ik niet op verdacht." Andra's stem was vast en koel, en haar ogen stonden onvervaard.

Henry wist even geen raad met zijn houding en begon toen wat spottend te lachen. Dat had bij Andra altijd effect gehad. Ze werd er timide van, wist hij uit ervaring.

„Kom, niet zo hysterisch."

'Hysterisch' was een woord dat altijd genoeg was geweest om haar beschaamd te laten zwijgen.

Andra vouwde haar armen voor haar lichaam en keek haar man onbewogen aan. Dat haar hart joeg en dat ze haar duimen zo hard in haar arm drukte dat het pijn deed, liet ze niet merken. Ze nam weer plaats en vouwde de krant die voor haar lag, zorgvuldig op.

Het resultaat dat Henry verwacht had, bleef uit, en hij vervolgde geprikkeld: „Was je vergeten dat mijn kinderen hier ook wonen?"

Hij liet Jolientjes hand los, liep verder en legde zijn autosleutels met een routinegebaar op de schoorsteenmantel. Daarna ging hij tegenover Andra zitten met zijn ellebogen op tafel. Hij droeg een colbertje dat Andra niet kende. Groen met een lichtpaarse streep. Het donkerpaarse overhemd kleurde er goed bij.

„Je denkt toch niet dat je er twee gezinnen op na kunt houden en dat je zomaar in mijn huis binnen kunt stappen? Daar zijn tegenwoordig regels voor. Je moet je laten voorlichten door je advocaat. Heb ik ook gedaan," adviseerde Andra en trok Jolientje op schoot.

Het nieuwe jasje maakte haar kribbig: zo'n illustratie van het feit dat ze uit zijn leven was geradeerd. Niet dat ze naar dat leven terugwilde, maar... Ja, maar wat? Ze wist het zelf niet.

„Advocaten... daar heb ik geen hoge pet van op," antwoordde Henry laatdunkend. „Klungels die geen feeling hebben met de realiteit."

Zijn opmerking wakkerde Andra's boosheid aan. Ze bekeek hem koel kritisch.

„Misschien zien ze een andere realiteit dan jij?" vroeg ze.

Hij hief een hand op. „Alsjeblieft, Andra, laten we niet kissebissen. Daar kom ik niet voor."

„Heb je gelijk in en jij komt hier niet meer onverwacht binnen. Maar nu je er toch bent, wat is de reden van je bezoek?"

Hij wist niet dat Andra zo afstandelijk kon zijn, stelde Henry verbaasd en met licht ontzag vast.

„Ik wil dat Roos en Mark kennismaken met Lisette." Hij lachte verontschuldigend tegen Jolientje en daarna naar zijn vrouw. „En met de twee kleintjes ook, natuurlijk, maar dat kan overdag niet goed, want Lisette werkt. Kan dat op een zaterdag?"

Ze keek hem zwijgend aan. Zou hij echt vergeten zijn dat ze de kinderen weleens meegenomen hadden naar de tennisbaan en dat ze Lisette ook in de kerk wel hadden gezien? Lisette, de enige van Henry's kennissenkring met wie zijzelf nog weleens contact had gehad en die ze werkelijk aardig had gevonden. Daarom was de aankondiging van Henry in het begin van het jaar extra hard aangekomen. Zo verraderlijk. Het had een andere vrouw moeten zijn. Met de rest van zijn kennissen had ze weinig gehad. Ze was altijd onzeker geworden van de snelle woordenwisselingen die daar normaal waren. Ze had zich altijd saai en dom gevoeld in hun gezelschap. Na haar tijd op Wieringen besefte ze hoe oppervlakkig en onecht dat flirtende gebabbel was. Dat ze daaraan ontsnapte door de scheiding, was een lichtpuntje.

Iedere onweerswolk heeft nog wel een lichte rand, dacht ze filosofisch en zei: „Mark en Roos kennen Lisette wel, maar ik denk dat je gelijk hebt. Ze zullen in de toekomst veel met haar te maken hebben, dus ze moeten haar beter leren kennen voordat ze weekenden bij jullie doorbrengen."

„Waarschijnlijk meer dan de weekenden, maar daar hebben we het over gehad. Dat mogen ze zelf beslissen," zei Henry.

Hij voelde zich even vaag schuldig, maar drukte het weer weg. Hij had indertijd, tijdens hun bezoek aan de advocaat voorgesteld er een streep onder te zetten: alles vergeven en vergeten. Het andere uiterlijk en vooral de onverwachte uitstraling, die hij erg aantrekkelijk vond, hadden hem ertoe gebracht voor te stellen dat hij weer thuis zou komen. Andra had het, tot zijn grote verbazing, van de hand gewezen. En nog steeds kon hij niet geloven dat ze werkelijk niet wilde dat hij terugkwam. Dat had te maken gehad met de aanwezigheid van die pinnige Karin de Vries. Uit zichzelf zou Andra dat nooit gezegd hebben. Zij hem niet willen? Hij schokschouderde. Als hij echt zou willen, nam Andra hem terug. Daar was hij van overtuigd. Toch?

Hij keek aandachtig naar het sierlijke figuurtje dat onbewust en moederlijk met een hand over het haar van haar dochtertje streek.

„Ik weet wie Lisette is," zei Jolientje gewichtig. Ze zette de pop op tafel en gaf haar een aai over het rubberen hoofdje. „Dat is papa's liefje."

„Wat, wie zegt dat?" vroeg Henry fel. Liefje, wat een woord!

„Mark. En Roos! En ze vinden haar stom," verklapte Jolientje. Haar ogen keken ondeugend naar het geschokte gezicht van haar vader

Andra legde haar hand op de kleine mond voordat het kind verder kon gaan.

„Jij moet eerst maar eens met de poppen naar buiten. Die willen graag met je wandelen."

Ze zette haar dochtertje op de grond en gaf haar een duwtje in haar rug.

Jolientje huppelde weg. „Dag, pappie, wij gaan op visite bij Rogier en bij Jaak," babbelde ze. „De poppen en ik. En we gaan Caja voeren. Niet echt, hoor. Maar genaamd."

„Zogenaamd," zei Andra.

„Zogebaamd."

„Naamd... laat maar." Andra schoot ondanks de spanning even in de lach om het bewust stoute gezichtje van haar dochter.

Henry kalmeerde. Natuurlijk kon hij niet verwachten dat de oudste twee zouden zwijgen over hem en Lisette. Dat ze niet al te vriendelijk over Lisette zouden spreken was ook niet vreemd. Wel vervelend dat hij niet meer alleen met Andra te maken had.

In de wereld van zijn kinderen kwamen anderen voor met wie hij niets te maken had. En dat zou steeds meer en vaker gebeuren. Die Jaak en Rogier, en natuurlijk tante Trees en oom Marius, aan wie hij altijd een hekel had gehad. Ze zouden beïnvloed worden door mensen die hij niet uitgekozen zou hebben als gezelschap. Als hij alles van tevoren had geweten... En als hij had geweten hoe anders Andra kon zijn... Met zijn ogen half dichtgeknepen keek hij naar zijn vrouw. Zoveel aantrekkelijker was ze in dat halve jaar geworden. Of had hij er geen oog meer voor gehad toen ze nog gewoon in zijn huis woonde? Dat zou het wel zijn.

Andra legde zijn intense blik anders uit.

„Het is het handigst als de kleintjes samen met Mark en Roos naar je toe komen en dat we goed afspreken hoe laat ze weer thuiskomen. Ik heb van mijn advocaat begrepen dat stevige afspraken het best werken. En ik wil graag dat we voor de kinderen niet met elkaar hoeven te ruziën over kleinigheden," merkte ze op toen Jolientje buiten was.

„Ik mag die advocaat van jou niet," zei Henry gemelijk. „Echt zo'n mens dat alles beter denkt te kunnen en te weten dan een ander. Waarschijnlijk niet getrouwd. De meeste mannen kunnen daar niet goed tegen."

Andra glimlachte. Karin de Vries was ongevoelig gebleven voor de charmes die Henry over haar had uitgestort. Het zat hem nog steeds dwars dat hij niets bereikt had die morgen tijdens het gesprek met beide advocaten.

„Jawel hoor. Haar man heeft een hoge functie bij de rijkspolitie, en ze hebben drie kinderen. Hij moet nogal een mannetjesputter zijn. Heel bekwaam. En het is een heel goed huwelijk, hoorde ik van vrienden van hen," zei ze opgewekt.

Hij trok zijn wenkbrauwen op. „Zo. Nou, voor mij zou het niets zijn."

„Nee, ik denk ook niet dat jij haar type bent," stemde Andra vrolijk toe. „Die moet iemand met een beetje allure hebben."

Henry voelde de steek onder water en trok met zijn mond. „Wat ben jij een kat aan het worden," zei hij.

„Ja, gek hè," zei ze luchthartig en dacht: bah, wat gemakkelijk. Iemand de boom in jagen. Dat deed ik vroeger nooit. Integendeel. Ik was degene tegen wie iedereen ongestraft rotdingen kon zeggen.

Hardop vervolgde ze: „Als je nu eens vertelde welke avond jou en Lisette het best uitkomt. Dat wordt het weekend natuurlijk. Geef meteen twee dagen waarop je kunt. Dan is het gemakkelijker af te spreken."

Ze streek haar blonde haar naar achteren en pakte een agenda die op de koelkast lag.

Op Henry's knappe gezicht kwam een trek van onbehagen. Zijn donkere ogen werden smaller. Hoe had hij daarnet kunnen denken dat Andra depressief was? Daar was geen sprake van. Ze was toch veranderd, en zijn moeder kon honderd keer zeggen dat Andra in Alkmaar wel weer de oude zou worden, maar hij betwijfelde het. Hoewel, als hij terugdacht aan de tijd dat ze nog niet getrouwd waren... Toen kon ze ook heel vrolijk zijn. Ze was wel erg zachtaardig geweest en gemakkelijk in de put geraakt als hij haar duidelijk maakte dat hij een beetje eer met haar wilde inleggen bij zijn kennissen en op kantoor. Ondanks zijn aanmerkingen was ze toen doorgaans opgewekt gebleven. Hij begreep niet waarom en wanneer ze dat levenslustige was kwijtgeraakt. Wanneer was ze zo'n zeur geworden die het met alles wat hij zei, eens was? Een man kon er niet tegen als een vrouw nooit eens tegensprak en altijd maar liep te druppen, besloot hij onredelijk.

Met de oude Andra voor ogen zei hij: „Ach heden, gaan we interessant doen? Een agenda voor de afspraken. Denk je echt dat je die nodig zult hebben? Belangrijk vrouwtje, hoor."

Een smalend lachje flitste over zijn gezicht.

Andra hield zich in. Deze situatie kende ze. Hier was ze vroeger voor gezwicht. De man die haar belachelijk maakte, had geen kind aan haar gehad. En wat was het gemakkelijk weer in de fout te gaan en zich dom en klein te voelen.

„Nou, weet je," zei ze luchtig, „die agenda is natuurlijk meer voor jou en de kinderen. Dan kunnen ze je aan je afspraken herinneren. Ik weet de mijne wel uit mijn hoofd en ik houd me er ook aan, maar bij jou is dat nog weleens een probleem, nietwaar? Geeft niet, hoor. De kinderen helpen je wel onthouden. Vraag Lisette maar of ze ook een agenda bij wil houden. Enfin, dat overleg ik zelf wel met haar."

Het gesprek liep weer anders dan Henry zich had voorgesteld.

Jolientje kwam weer naar binnen. „Ik wil chocola," zei ze.

„Mag ik…" zei Andra automatisch.

„Mag ik chocola, alstublieft?" verbeterde Jolientje.

„Keurig," prees Henry en liet zich door zijn knieën zakken. „Dat zeg je netjes, zeg!"

Ze legde aanhalig haar handjes langs zijn gezicht en duwde haar neusje tegen zijn neus. „Dat moet van tante Trees. Je moet alsjeblieft zeggen. Dat wist jij zeker niet, hè? En je moet ook bedanken."

Hij rees overeind. „Nou, ze leren nog eens wat van die tante van je."

„Zeg dat, wij alle vijf wel." Andra legde het verder niet uit.

„Henry, als dat alles is, gooi ik je er nu uit. Ik moet weg. En laat Lisette me maar bellen voor een afspraak."

Ze stond energiek op, pakte een vestje voor Jolientje, hield de keukendeur voor hem open en liep voor hem uit de lange gang door.

De zware deur zwaaide open. „Dag, tot ziens."

Verbluft stapte hij naar zijn auto toe en liet per ongeluk het alarm afgaan. Hij mompelde een stevige verwensing en knipte het loeiende geluid weg.

Toen hij zich daarna omdraaide, was de deur al gesloten.

Binnen leunde Andra een tel tegen de voordeur. Haar gevoel van triomf verdween. Dat het huwelijk waaraan ze met zoveel liefde en zoveel goede moed was begonnen, zo moest eindigen. Henry was vast wel egoïstisch en verwend geweest voordat ze met hem trouwde, al had ze dat niet gezien. Dat die eigenschappen zo ontaard waren, kon ze voor een deel aan zichzelf toeschrijven.

En zijzelf? Van een onzeker en wat zielig vrouwtje werd ze een krengerige haaibaai. Ze veegde de tranen weg die onwillekeurig in haar ogen waren gesprongen. Met huilen schoot je niets op.

„Kom Jolientje. We gaan Steven ophalen."

Nog dezelfde middag belde Lisette.

„Andra?"

Andra bukte zich en wenkte Roos, die aan de grote tafel boeken zat te kaften, dat ze Steefje een glas thee moest geven.

„Ja."

„Wanneer kunnen Roos en Mark komen? Henry zei dat ik een paar dagen of avonden moest noemen."

„Ja, lijkt me het handigst."

„Eh, dan stel ik voor dat ze vrijdagavond komen. Dan kunnen Steven en Jolien op zaterdag of zondagmiddag wat beter met me kennismaken."

Dat de zelfbewuste Lisette zo onzeker kon klinken.

„Goed. Ik zal het doorgeven. Als ze niet kunnen, bellen ze wel. O, en Lisette... het lijkt me verstandig als wij ook een keer iets afspreken. Er zijn bepaalde regels waar de kinderen zich aan moeten houden. Het is goed dat jij weet welke dat zijn." Andra stak haar vinger door het snoer van de telefoon, zodat het om haar ringvinger, waar nog steeds haar trouwring omheen zat, kringelde. De klank van haar eigen stem verbaasde haar. Zo vriendelijk, zakelijk en afstandelijk. Ze leerde bepaald bij.

„Ja. Eh... Ja natuurlijk," antwoordde Lisette aarzelend. „Voor zaterdag nog?"

„Dat is niet nodig. Eind volgende week lijkt me prima. Tot ziens."

Andra legde de telefoon neer en keek even naar het grijsgroene toestel. Tot voor kort was de persoon aan de andere kant van de lijn altijd degene die het eerst neerlegde. Nu zij. Omgang met mensen als Henry, haar schoonmoeder en Lisette vereiste trucjes en maniertjes. Als je die beheerste, kwam je een stuk verder. Alleen was de vraag of zij verder wilde komen.

Meteen nadat ze zichzelf die vraag gesteld had, ging de telefoon weer over.

„Met Andra Waardijk." Ze moest eraan denken dat ze haar eigen naam weer ging gebruiken.

„Met Andra Coronel," verbeterde ze.

„Met Johanna. Wie had jij net aan de lijn, dat je zo koninklijk uit de hoogte praat?" vroeg Johanna de Klerk, de jonge dirigente uit Wieringen, geamuseerd.

Andra was tijdens haar verblijf op het verborgen eiland bevriend met haar geraakt toen Johanna Steefje van de weg had geplukt. Het was de avond dat Steven op zoek was gegaan naar Sammelkens, de mysterieuze kleine aardmannetjes die volgens legenden op Wieringen woonden. Steven had vanuit de verte de instrumenten van de harmonie gehoord die door Johanna werd gedirigeerd. Nadat ze Steefje bij Andra had teruggebracht, was Johanna een graag geziene gast geworden bij Andra en haar familie.

„Met de vriendin van Henry," antwoordde Andra.

„Ai, dat verklaart veel. Wil je erover praten, of..."

Andra keek naar haar kinderen. Ze was er zeker van dat ze alles hoorden. „Dat zou niet handig zijn."

„Aha, kleine potjes met grote oren zeker. Dan zal ik maar niet verder vragen," zei Johanna. „Luister eens, morgenavond begint de eerste repetitie van de kindercantorij weer. Is het mogelijk dat Steefje er dan bij is? Ik zou het fijn vinden als hij meteen vanaf het begin meedoet. We starten om kwart voor zeven, en het is om acht uur afgelopen. We doen dat zo vroeg omdat die kleintjes anders te laat in hun bed liggen."

Andra dacht vlug na. Wat deed ze dan met Jolien? Daar moest Mark of anders Roos op passen.

„Steefje, wil jij morgen zingen bij Johanna?" vroeg ze haar zoon, die op zijn knieën op een stoel bij de tafel zat en met een lepeltje in zijn theeglas roerde.

„Bij Johanna? Gaan we dan ook naar tante Trees en oom Marius?" vroeg hij blij.

Andra knikte.

„Kom ik," zei Steven.

„Hij zal er zijn," gaf Andra door.

„Fijn. Ik ben benieuwd hoe hij het vindt," zei Johanna vergenoegd. „Spreken we af na de repetitie nog even iets te drinken bij je tante en even bij te kletsen?"

„Gezellig." Andra verheugde zich erop er even tussenuit te zijn. Een paar uur terug naar mensen bij wie ze niet bijdehand en pinnig hoefde te zijn om zich staande te houden. Die haar goed vonden zoals ze was. De neerslachtige stemming die haar de hele dag al hinderde, week. „Tot morgenavond dan. Dag, Jo."

Roos keek op. „Ga je morgen naar Wieringen? Dan wil ik mee."

„Ik wilde net vragen of jij op Jolien wilde passen. Johanna start morgen met de repetities van de kindercantorij en ze wil graag dat Steefje erbij is," legde Andra uit. „Voor Jolientje wordt het te laat."

Roos trok een lang gezicht. „Kan Mark dat niet beter doen?"

„Wie bedenkt er een klusje voor me? Roos natuurlijk." Mark kwam op dat moment de keuken in met een boek geopend onder zijn arm.

„Nee, je moeder," verklaarde Andra en vervolgde: „En nog iets. Jullie vader was hier vanmorgen. Hij wil graag dat jullie kennismaken met Lisette."

Mark beet op zijn lippen.

„Dat hoeft niet. We kennen haar al, die tut," weerde Roos af.

„Alleen maar uit de verte en van een paar keer dat je mee bent geweest naar de tennisbaan. Ze wil jullie graag beter leren kennen, en ik denk ook dat dat nodig is."

Andra probeerde niet te laten merken hoe prettig ze het vond dat Roos niet afvloog op de vriendin van haar vader. Er moest, als het even kon, een goede verstandhouding met Lisette ontstaan. Al druiste het tegen haar gevoel in, het zou alles eenvoudiger maken. Als ze Lisette maar niet zo graag mochten dat ze bij haar en Henry wilden wonen, kon het haar niet schelen.

„Toen jullie haar vroeger bij het tennissen zagen, vonden jullie haar aardig," herinnerde ze haar dochter en zoon.

Mark rekte zich uit. „We zullen ons heus wel gedragen, als je daar bang voor bent. Aardig hoeven we haar niet te vinden. Het is haar schuld dat jij en papa niet meer bij elkaar zijn," zei hij waardig.

„Precies," viel Roos hem bits bij.

„Nee, jongens, dat is niet alleen haar schuld. Ook van papa en mama."

Meer wilde Andra niet zeggen. Steefje zat erbij en het leek haar verstandig om Henry en zichzelf ook een deel van de schuld toe te schuiven. Steefje was zo gevoelig dat hij meteen verondersteld had dat het zijn schuld was dat Henry en zij gingen scheiden. Omdat zijn vader hem niet lief en een kletskous vond.

Inderdaad was Henry's houding tegen Steven altijd anders geweest dan tegen de andere kinderen. Steefje was de enige die, oppervlakkig gezien, op Andra leek. En het ene trekje dat Henry van zichzelf in het kind herkende, was een kwetsbare kant die hij verafschuwde, volgens haar schoonmoeder.

„Mam, je kletst," zei Mark vriendelijk. „Maar als je het zo wilt zien, mij best."

„Ja, je doet onuitstaanbaar goedig," zei Roos, veel minder vriendelijk. „Als pap vreemdgaat, is het echt jouw schuld niet, en dat hoef je niet te zeggen ook."

Steven keek met grote bange ogen van de een naar de ander. Zijn wangen waren nog gebruind door de buitenlucht, zijn witblonde haar werd alweer te lang en viel ver over zijn voorhoofd.

„En kijk jij niet zo beteuterd. Jouw schuld is het ook niet," vervolgde Roos vinnig en trok toen haar broertje berouwvol op haar knieën. „Ach, let maar niet op Roos, hoor. Roos zeurt ook."

„Goed. Ze heeft gevraagd of jullie vrijdagavond willen komen. Of anders zondagmiddag. Wat jullie het liefst willen." Andra pakte de agenda. „Ik zou het fijn vinden als jullie hier jullie rooster in willen leggen. En als je een afspraak hebt met je vader, schrijf dat dan even op. Dan weet ik waar ik aan toe ben. Als we dat meteen afspreken, went het het vlugst."

Roos keek afkerig naar de vrolijk gebloemde voorkant van de agenda.

„Moet je daar zo'n mooi plaatje voor nemen? Ik had maar liever een zwart-wit gestreepte agenda genomen."

„Of een zwarte. Dan heb je meteen een zwartboek," vulde Mark spits aan.

„Jullie overdrijven. Kom op."

„Ja, wie moet er nu naar toe? Jij of wij?" vroeg Roos en schudde haar zwarte krullen naar achteren. „Als je maar weet dat ik er helemaal geen zin in heb. Alleen papa is iets anders, maar dat mens erbij..."

Wat kon Roos dwars zijn. Lisette wist niet wat ze zich op de hals haalde.

Het gezichtje van Steven betrok hoe langer hoe meer.

„En wanneer moeten Jolientje en ik er dan naartoe? Moeten wij alleen?" vroeg hij benauwd.

Roos knelde hem dichter tegen zich aan. „Nee, snoes, jij gaat samen met Mark en mij en Jolientje daarnaartoe."

Hij maakte zich los uit haar omhelzing en liet zich van haar schoot glijden.

„Ik geloof niet dat ik ga," zei hij kleintjes.

Andra zuchtte. Dat zou nog problemen geven.

„We vragen wel of ze hier komt. Dat lijkt me het handigst. Maar eerst morgenavond naar Wieringen," zei ze met een weids gebaar, alsof ze alle vervelende gedachten op afstand kon houden door met een hand te zwaaien.

Mark en Roos zwegen.

3

Die avond reed Andra met alle vier de kinderen naar Wieringen. Voor een keer kon Jolientje best wat later naar bed. Als ze haar bij tante Trees alvast douchte en haar pyjama aantrok, kon ze zo naar haar bed wanneer ze terugkwamen.

Ze dropte drie kinderen op het tuinpad en bracht Steven naar de lagere school waar de kindercantorij repeteerde. Hij hield haar hand stevig vast toen ze het pad naar de school op liepen. Johanna stond in de hal. Ze lachte breed en haalde een hand door het lichtbruine haar dat warrig opgestoken was.

„Zo, makker, blij dat je er bent." Ze boog naar voren en fluisterde in zijn oor: „Er zijn hier kinderen die zo zacht zingen dat het is alsof ik een muizenkoor dirigeer."

Hij lachte opgelucht en keek toen langs haar heen naar het lokaal waar twintig kinderen zaten. Allemaal vreemde kinderen.

Steun zoekend keek hij om naar zijn moeder. Andra knikte. „Ga maar."

„Kom," zei Johanna. „Ik zal eens een plek voor je uitzoeken. Andra, tot straks."

Er viel Steven nog iets in. „Mag ik nog even naar Caja wanneer ik klaar ben met zingen?"

Caja was het ezeltje dat thuishoorde in de woonboerderij waar ze vier zomermaanden hadden doorgebracht. De omgang met de dieren was heilzaam geweest voor de kleine jongen die zo gekwetst was geweest door de afwijzende houding van zijn vader.

„Dat mag. Maar niet te lang. We moeten een beetje op tijd weer naar huis." Andra dacht aan de bewoner van de hoeve, Rogier. Haar hart begon wat sneller te kloppen. Ze hadden besloten hun vriendschap alle tijd te geven. Zolang wonden nog open en pijnlijk waren, moest je niet aan iets nieuws beginnen, was hun verstandige conclusie geweest. Maar soms wilde Andra even onverstandig zijn. Rogiers aandacht en vriendschap hadden helend gewerkt op de rauwe pijn die ze had gevoeld na Henry's aankondiging dat hij van haar wilde scheiden.

„Dag, tot straks." Ze zwaaide met haar autosleutels en liep terug naar de auto.

Tante Trees had al koffiegezet. Ze zat in de keuken op haar nichtje te wachten.

„Waar zijn de anderen?" vroeg Andra toen ze binnenstapte en zag dat de keuken, op haar tante na, leeg was.

„Even dag zeggen bij Rogier en..."

„En Jaak," vulde Andra droog aan.

Roos en Jaak waren erg in elkaar geïnteresseerd geraakt, en hoewel Andra dat aan de ene kant erg plezierig vond, vervulde het haar aan de andere kant met zorg. Roos was nog zo jong en jeugdliefdes konden zo intens zijn. Het was een geluk dat Jaak twee jaar ouder was en verstandig voor zijn leeftijd. Dat had ongetwijfeld te maken met het gemis van Anneke, zijn moeder, die overleden was toen hij net veertien jaar was. Rogier was officier bij de marine en had een functie aan de wal, maar af en toe moest hij voor zijn werk toch weleens een paar maanden naar zee. Zijn jongste broer, Jurriaan, ving in die periode Jaak op, en tante Trees ontfermde zich ook over de jongen, maar ideaal was het niet.

Tante Trees knikte. Ze was weer in haar element. Vergenoegd zette ze de kopjes klaar en schonk Andra alvast in. Ze schoof een schaal met verse boterkoek naar haar toe. „Kijk, vanmiddag gebakken."

Andra zette haar tanden in het gebak. „Ik moet nu toch echt gaan uitkijken, hoor," zei ze routinematig. Haar schoonmoeder had het altijd tegen haar gezegd, en onwillekeurig nam je zoiets over. Dan dekte je je tenminste in.

„Jij? Helemaal niet!" De ogen van haar tante namen haar keurend op. „Je bent in die ene week thuis weer afgevallen. Ik zie het aan je wangen."

Andra knikte met tegenzin. Op de een of andere manier benam de lucht of de sfeer of wat dan ook in haar oude huis haar alle eetlust.

„Gaat het verder goed met je?" vroeg tante Trees bezorgd.

„Het gaat goed met me. Maar ik moet wel alle zeilen bijzetten," zei Andra openhartig.

„Kom maar vlug weer hiernaartoe," adviseerde tante Trees.

„Ik zal een huis moeten hebben, tante. En ik moet zekerheid hebben over wat de grote kinderen gaan doen. Of ze bij Henry willen blijven of dat ze met mij meegaan."

De toon van haar stem werd gespannen. Mark, daar was ze zeker van. Die zou bij haar en de kleintjes willen blijven. Maar Roos? Zo'n vaderskind als ze altijd was geweest? Ze hoopte het uit de grond van haar hart.

„Maak je daar maar niet druk over." Tante Trees kneep haar lippen op elkaar. Ze was ervan overtuigd dat haar nichtje ook voor haar moeder en de andere kinderen zou kiezen.

„Echt?" vroeg Andra hoopvol.

„Zeker weten," zei tante Trees rustig.

Een kwartier later was de ruime eetkeuken vol lachende en pratende mensen en kinderen. Rogier en Jaak waren met oom Marius en de kinderen meegekomen om Andra te begroeten.

Andra's hart sloeg een slag over toen ze de lange gestalte van Rogier zag binnenkomen. Zijn scherpe, grijze ogen namen haar vorsend op. Hij constateerde hetzelfde als tante Trees: in die week in haar oude huis was ze weer magerder geworden. Gelukkig had ze nog niet dat heel tengere dat ze in het begin van haar verblijf op Wieringen had gehad, maar ze moest niet te lang in die omgeving blijven.

„Dag, Andra." Zijn koele hand drukte de hare stevig.

„Dag..." Ze wendde zich vlug af. Als ze maar niet bloosde. „Dag, Jaak, hoe is het? Alweer begonnen? Heb je een beetje goed rooster?" informeerde ze haastig.

De lange jongen, die sprekend op zijn vader leek, knikte.

„Weinig laatste uren. Ze houden er tenminste rekening mee dat we nog een eind moeten fietsen voordat we weer thuis zijn. En ik weet de datum van het eerste schoolonderzoek al. Die vertelden ze meteen de eerste les. Dat wordt nog even buffelen!"

„Ach man," Mark gaf hem een vriendschappelijke stomp tegen zijn schouder. „Je weet best dat je het op je slofjes redt. Dus doe nu maar niet zo zielig."

Jaak grijnsde vergenoegd en knipoogde naar Roos.

Het uur vloog om, en Andra stond al klaar om Steven op te halen, toen Jurriaan Lont, de jongere broer van Rogier, ook aan kwam lopen.

„Zie dat nou. Bouwen ze een feestje zonder mij erbij te halen.

Mafkezen! Kom jij eens bij Jurriaan, klein mormeltje," zei hij, pakte Jolientje op en gooide haar in de lucht.

Ze gilde van plezier en pakte hem bij zijn haren toen ze weer op zijn arm zat. „Stoute Jurriaan," kraaide ze.

Jurriaan lachte. „Ik heb jullie gemist, weet je dat?" zei hij tegen Roos en vervolgde toen hij Andra naar de deur zag lopen: „Waar ga jij naartoe, Andra. Jaag ik je weg? Wat heb ik misdreven?"

„Nee hoor. Ik moet Steven even ophalen. Hij zit bij Johanna, bij de kindercantorij."

Op dat moment ging haar mobiele telefoon. Het was Johanna.

„Andra, ik neem Steven natuurlijk mee. Dat had je toch begrepen, hè?"

Tien minuten later kwam Johanna het tuinpad op fietsen. Haar lange benen trapten stevig door en ze remde piepend voor de keukendeur: een lange, stevige jonge vrouw met een zuiver klassiek profiel. Weer viel Andra de intense blik op waarmee Jurriaan Johanna opnam. Ze was zich ervan bewust dat er altijd een zekere spanning tussen die twee heerste.

Johanna zette Steven met een zwaai van haar bagagedrager, en Steven huppelde naar Jaak toe.

„Dag, Jaak, gaan we straks naar Caja?"

Jaak keek vertederd naar de kleine jongen, die in een halfjaar van een nerveus ventje veranderd was in een opgewekt kind.

„Tuurlijk, Steef. Ik heb al tegen haar gezegd dat je kwam."

„Echt? En wat zei ze terug?" wilde hij opgewonden weten.

„Alleen maar iiiaaa," zei Jaak. „Ik versta haar verder niet."

„O, ik wel, hoor," zei Steven.

Er was niemand in het vertrek die eraan twijfelde. Steven kon dieren verstaan, hoe vreemd dat ook klonk.

Tante Trees kwam terug met een fles koffiemelk in haar hand.

„Dag, Johanna. Ook koffie? En, hoe is het, m'n knecht? Heb je goed je best gedaan? Heeft hij goed gezongen, Jo?" vroeg ze en drukte het hoofd van Steven even tegen haar zij.

„Hij heeft prachtig gezongen," verklaarde Johanna en ze duwde een haarlok terug. „Hij heeft zelfs een stukje alleen gezongen, hè Steef?"

Steven knikte. „Ik was helemaal niet bang voor die vreemde kinderen," zei hij. „En ik heb hard gezongen, want dat moest."

„Hij zingt in z'n eentje een sopraanpartij tegen drie alten en redt het gemakkelijk. Die jongen heeft het volume van een scheepstoeter," zei Johanna. Ze was erg ingenomen met de versterking van haar cantorij. „En hij zingt zo heerlijk zuiver. Ja, dat heb je of dat heb je niet."

„Zijn jullie aan het oefenen voor een uitvoering of is het een beetje kwinkeleren op niets af?" vroeg Jurriaan.

„Voor een uitvoering, waarde heer Lont," zei Johanna waardig en ging naast Andra zitten. „Hoe is het, An?" vroeg ze hartelijk. „Denk je dat het te doen is iedere week hiernaartoe te komen of is het te veel gevraagd?"

„Helemaal niet," antwoordde Andra. Ze was dankbaar dat de repetitie haar het excuus verschafte wekelijks te komen. Het was alsof ze met stijve spieren even in een warm bad mocht zwemmen. Alles werd losser wanneer ze hier was.

„Geen enkel probleem. Even kijken hoe het uitpakt met Jolientje morgenochtend, maar Roos en Mark zullen wel niet iedere keer meekomen."

„Dat had je gedroomd, mam," protesteerde Mark lachend. „Dat doen we mooi wel. Jij in je eentje gezellig hier zitten en wij thuis? Gaat niet door. Kom, Steefje, dan gaan we nog even naar Caja."

Jaak nam Steef bij de andere hand. „Kom, we gaan. Anders slaapt ze."

„Waarom ben je niet hier komen eten, An. Dat had toch gemakkelijk gekund," zei tante Trees verwijtend. „Nu is het zo'n gevlieg voor je."

„Vind ik ook. We hebben elkaar amper gezien," viel Roos haar bij en liet in het midden wie ze had gezien.

„Goed. Dat is dan afgesproken," zei oom Marius, die het ook heerlijk vond dat hij zijn nicht met haar kinderen weer even over de vloer had. Ze waren pas een week weg, maar hij miste de kinderen bijna net zo als zijn vrouw.

Rogier lachte. „Zo, schipper, het regelen nog niet ontwend. Andra, kijk uit, want hij neemt de zaak zo over," plaagde hij.

„Overste, wat erin zit, komt eruit," zei oom Marius. „Dat is de aard van het beestje."

Ze hadden een tijd met elkaar op een van de fregatten gevaren. Oom Marius als bootsman en Rogier als officier. De waardering die ze voor elkaar hadden, was er verdiept, en de verhouding tussen beide buren was alleen maar hechter geworden. Trees had zich vaak over Rogiers zoon ontfermd, en omgekeerd had Rogier onmiddellijk zijn huis ter beschikking gesteld toen Andra woonruimte nodig had gehad deze zomer.

Een kwartier later haalde Andra de kinderen weer op bij het buurhuis en reed de polderwegen af. Het was al bijna donker. De avonden werden al korter in september, en Andra hield haar ogen op de weg zonder dat ze iets miste van de gesprekken die werden gevoerd.

De vier kinderen waren allemaal in een uitstekend humeur. Steven neuriede de melodie van het lied dat hij had geleerd vanavond, en Roos was in haar sas omdat ze in de ogen van Jaak iets had gezien wat ze graag zag. Jolientje zat in haar pyjama en leunde met haar hoofd tegen Roos aan. Haar ogen vielen al dicht voordat ze bij Middenmeer waren.

Toen Andra tegen negen voor het huis parkeerde, zag ze de auto van Henry staan.

Hij stapte uit toen hij hen zag aankomen, zijn handen in de zakken van zijn colbertje, de schouders opgetrokken. Het donkere gezicht stond strak, en zijn hele houding straalde ongenoegen uit.

„Waar waren jullie in vredesnaam? Het is na negenen. Die kleine kinderen horen allang in hun bed te liggen. Moet je nou kijken." Hij knikte naar Jolientje. „Dat kind slaapt al."

„Een minuut over negen," zei Roos, „Je moet niet zo overdrijven, pap."

Andra negeerde hem, pakte de huissleutels en opende de deur.

„Steven moest repeteren, en wij wilden mee," legde Roos uit. „En dat slapen in de auto deden we vroeger ook weleens. Weet je dat niet meer? Heel vroeger, toen wij klein waren... hè, Mark?"

Ze babbelde door terwijl ze de stoep op liep en Steven bij zijn arm pakte.

Mark tilde de slapende Jolientje op, maar Henry nam haar zwijgend van hem over.

„Geef dat kind maar aan mij. Ik wil in het vervolg wel weten waar jullie uithangen," zei hij knorrig. „Ik heb zeker een halfuur hier staan wachten."

Andra stelde met voldoening vast dat hij in ieder geval niet naar binnen was gegaan. Ze was er niet zeker van geweest dat haar verzoek echt tot hem was doorgedrongen.

Zonder wakker te worden sloeg Jolientje haar armen om Henry's hals. Haar gezichtje lag tegen zijn schouder.

Andra deed een stap opzij. „Leg haar maar even in bed," zei ze.

Henry liep de trap op en legde zijn dochtertje in haar bedje. Ze draaide zich met een paar kleine geluidjes om en sliep gewoon verder.

Over een paar maanden zou hij hier weer wonen, maar dan zonder dit kleine kind, en – hij zag opeens de situatie zoals die misschien zou worden – ook zonder Mark en Steven. Alleen Roos zou bij hem blijven. Hij verwierp de gedachte. Mark zou ook wel eieren voor zijn geld kiezen. In zo'n uithoek wonen? Welnee. Niks voor zo'n jongen.

„Zou je een volgende keer bericht willen achterlaten? Jullie konden wel ik weet niet waar zitten," zei hij korzelig tegen zijn vrouw toen hij zich in de keuken bij de anderen voegde. „De auto had kunnen stranden... En dan in die donkere polder met de kinderen."

„Dat kan ik niet beloven, Henry. Zo gemakkelijk ben je niet te bereiken, en vroeger was het toch ook nooit nodig? Dus..." zei Andra opgewekt.

Het korte bezoek aan haar familie en vrienden had als een vitaminestoot gewerkt. „Maar reken erop dat de kinderen voorlopig op donderdagavond niet thuis zijn."

Ze zag er veel vrolijker uit dan eerder deze week, stelde Henry vast. Waarom kon ze niet zo zijn als ze gewoon thuisbleef?

„Steefje, jij ook naar bed. Kom," zei Andra en duwde haar jongste zoon voor zich uit. „Roos, als je vader een kop koffie wil, zet die dan even voor hem."

Roos vulde het koffiezetapparaat en zong zacht voor zich uit.

„Yes, Jesus loves me... Yes, Jesus loves me..."

„Wat zing je daar voor liedje?" vroeg Henry.

„Gewoon, iets wat Steefje moet zingen."

„Oh, liefje, word alsjeblieft niet kwezelig," verzocht hij.

Roos keek onzeker om en zag de spottende glimlach op zijn gezicht. Papa bedoelde het niet onaardig natuurlijk, maar...

„Kwezelig?"

Op dat moment kwam Mark weer binnen. Hij had de laatste zinnen opgevangen. „Grut, ik dacht toch even dat je het tegen mama had," zei hij en wierp zijn vader een koele verbaasde blik toe.

„Hoezo?" Henry vond dat zijn zoon wel erg kritisch kon kijken. Dat moest hij eruit zien te krijgen voordat hij bij hem en Lisette kwam wonen. Lisette pikte dat vast niet.

„Op zo'n toontje praat, nee... praatte je altijd tegen mama," verduidelijkte Mark.

Roos ging rechter staan. „Nee, Mark, dat bedoelde papa niet zo."

Het idee dat haar vader net zo tegen haar sprak als vroeger tegen haar moeder, stond haar niet aan.

„Nou, dan niet." Mark ging er niet tegen in.

Roos schonk een kop koffie voor haar vader in.

„Dank je wel, meisje van me," zei hij zo warm dat Roos ervan overtuigd was dat haar broer zich had vergist.

Papa deed tegen haar nooit zo neerbuigend als tegen mama en Steefje. Eigenlijk vreemd dat hij dat tegen hen had gedaan, want mama probeerde altijd zijn zin te doen. Ze was, net als Steefje, bang voor spottende blikken en nare opmerkingen van papa. Tenminste, ze dachten dat haar vader die maakte, maar dat was natuurlijk niet altijd zo. Steefje en haar moeder namen alles zo zwaar op. Soms ging je daarom vanzelf rottig doen. Dat had zij ook weleens. Maar ze meende het nooit kwaad.

„Is er voor mij ook nog een kop, Sissy?" Mark pakte de koffiepot en schudde hem heen en weer.

„Als je er maar iets in laat voor mama, dear brother," zei Roos.

Ze waren met zijn drieën, en het leek Henry goed het even met zijn oudsten over de vrijdagvond te hebben.

„Als jullie er tegen zessen zijn, kunnen we gezellig samen eten, en daarna zien we wel weer," stelde hij voor.

„Ik verheug me erop," zei Mark sarcastisch.

Henry hief zijn hand op. „Doe niet zo moeilijk, jongen. En trek iets leuks aan, Roos. Misschien gaan we na het eten nog even de stad in."

„Roos heeft altijd leuke kleren aan," zei Mark onmiddellijk. „De jongens van mijn klas vinden haar een stuk!"

„Wat de jongens van jouw klas vinden, is niet belangrijk," wees Henry zijn zoon terecht.

„Je vergist je, pa, dat is het enige wat belangrijk is. Niet wat mensen van jouw leeftijd vinden, maar wat mijn vrienden van haar vinden telt," lachte Mark. „Niet, Roos?"

Henry werd boos, maar hij probeerde zijn drift te verbergen. Hij besloot de opmerking van Mark te negeren. Dat kwam later nog weleens. Eerst moest hij de vrijdagavond goed laten verlopen. Lisette stelde zich er veel van voor. De dingen liepen toch al anders dan ze had gedacht. Op de een of andere manier bleken kennissen uit de kerk de scheiding zwaarder op te nemen dan zij hadden voorzien. Maar goed, dat had tijd nodig. Als ze zagen hoe goed ze het met de kinderen oppakten, zouden ze vanzelf weer bijtrekken. Vrijdagavond kon een goed begin worden.

Even later kwam Andra binnen.

Henry stond op. „Ik ga weer. De kinderen en ik hebben net een paar dingen over vrijdagavond kortgesloten."

„Goed."

„Ik weet niet hoe laat ze weer thuis zijn…"

Andra keek haar man aan. Was dat nu een soort wraak omdat ze niet thuis waren geweest?

„Nee, want dat beslissen wij natuurlijk, hè, Roos?" zei Mark gespeeld argeloos. Hij zag de situatie scherp en voelde een vage minachting voor zijn vader.

Roos merkte hoe die opmerking haar vader ergerde. „We zijn er heus wel op tijd," zei ze verzoenend. „Toch, Mark?"

Hij knikte, maar Henry zag de blik in zijn ogen.

Lisette van Oorschot had Henry gevraagd wat de kinderen graag aten en haar keus daarbij aangepast: lamskoteletjes met gebakken aardappels en portsaus, broccoli en verse salade met olijven, en in het vriesvak van de koelkast lag walnootijs. Ze had de tafel feestelijk gedekt met een lichtblauw tafellaken, gestippelde servetten en donkerblauwe borden.

Ze was een beetje zenuwachtig voor de ontmoeting met de kinderen van Henry. Ze had ze diverse malen gezien voordat de verhouding met Henry anders werd dan vriendschappelijk en ze had het aardige kinderen gevonden. Slim en bevattelijk. Om die kinderen had ze Andra, met wie ze meestal medelijden voelde, benijd. De kleintjes zeiden haar minder. Lief, dat wel, maar ze zou niet weten wat ze met ze aan moest. Met oudere kinderen kon je praten, coachen en vertellen over je eigen ervaringen. Ze verheugde zich erop in één huis te wonen met Henry, Mark en Roos. Die kinderen hadden een klankbord nodig, en ze betwijfelde of Andra het in zich had werkelijk met haar kinderen van gedachten te wisselen. Henry had haar verteld dat Roos zich eigenlijk een beetje voor haar moeder geneerde. Zo stil, weinig sprankelend en timide altijd... Aan de andere kant was Lisette intelligent genoeg om te beseffen dat meisjes van die leeftijd altijd kritiek op hun moeder hadden en dat Henry nu niet direct onbevooroordeeld was. Of hij Andra goed begreep, vroeg zij zich wel af. Hij had gedacht dat Andra zonder slag of stoot akkoord zou gaan met de voorwaarden waarop hij de scheiding had willen regelen. Wat een vergissing! Bij de laatste keer dat ze Andra had gezien, had die zich ontpopt als een tegenstandster van formaat. Maar ze was wel tegen haar opgewassen. Deze avond moest een succes worden.

Klokslag zes uur belde Mark aan. De flat waar Lisette woonde, stond aan de rand van Alkmaar. Ze woonde op de zesde etage en had een prachtig uitzicht op de duinen.

Henry begroette zijn kinderen wat nerveus. De opwinding van Lisette had aanstekelijk gewerkt, en hij besefte dat het, als ze werkelijk wilden dat de oudste twee bij zijn vriendin en hem bleven, belangrijk was dat het tussen Lisette en de kinderen zou klikken. Met voldoening zag hij dat Mark er uitstekend uitzag in een mooie spijkerbroek en een wit overhemd, Roos droeg een mooi zachtgroen T-shirt boven een wijde gebloemde broek die haar smalle middeltje goed deed uitkomen. Zijn dochter en zijn zoon. Met een trots gevoel nodigde hij hen verder de ruime witte hal in.

„Kom binnen, kom binnen." Hij was helemaal de hoffelijke gastheer. „Geef je jas maar, Roos. Lisette, hier zijn ze."

Roos liep voor hem uit en nam met een snelle blik het uiterlijk van Lisette op. Onwillig stelde ze vast dat de vrouw er erg leuk uitzag met dat opgestoken donkere haar. Een paar krullen waren ontsnapt en hingen langs haar wangen en ze had een haarspeld met glitters achter op haar hoofd. Ze herinnerde zich dat Lisette haar haar vroeger los had gedragen. Papa hield zeker van knotten en zo. Mama had haar haar ook altijd van hem moeten opsteken. Van hem en van oma. Die vonden het mooi. Pas toen ze op Wieringen waren in de vakantie had haar moeder het laten afknippen, en iedereen was verrast geweest over de metamorfose. Mama zag er veel jonger en leuker uit met dat korte haar. Hoe korter hoe vrolijker. Ze moest dus nodig weer naar de kapper, want ze leek hier minder opgewekt dan op Wieringen.

„Alstublieft." Roos overhandigde Lisette een boeketje dat Andra had gekocht.

„Doe nu maar. Laat zien dat je manieren hebt," had Andra verzocht toen Roos had tegengesputterd. Zoiets idioots. Als zij haar moeder was geweest, had ze er een paar giftige bloemen tussen gestoken, maar zo'n lief boeketje was typisch mama. Altijd bang dat ze het niet goed genoeg deed.

Mark zag dat Lisette en zelfs zijn vader zenuwachtig waren, maar hij duwde het vage medelijden dat de kop opstak, weg. Papa had geen medelijden met mama gehad, en Lisette waarschijnlijk ook niet.

„Ach, wat aardig." Lisette nam de bloemen verrast in ontvangst.

„Dat moest van mama." Roos drentelde naar het raam en keek over de weilanden naar de horizon. „Je kunt de duinen hiervandaan zien, Mark. Kom eens hier. Kijk, daar ligt Bergen, en daar staat de molen van Jennekes vader."

Lisette zette de bloemen in een vaas. Moest van Andra. De bloemen verloren iets van hun schoonheid. Ze zette ze op de sidetable die tegen de achterwand van de kamer stond. Tegen de muur hing een reproductie van een zelfportret van Charlie Toorop.

Roos volgde de handelingen van Lisette met haar ogen en zag de reproductie. Wel mooi, maar ze zou zich een ongeluk schrikken als ze een vrouw met die wilde ogen in het donker tegenkwam.

„Willen jullie iets drinken?" Henry was nog steeds de charmante gastheer. En hij wist hoe hij dat moest doen. In zijn werk was het nodig een goede verstandhouding met toekomstige cliënten te kweken. Dat maakte dat de zakelijke contacten soepeler verliepen.

„Cola, Mark? Of misschien een biertje? Je bent daar nu oud genoeg voor. En jij, Roosje?"

„Cola graag."

„Voor mij ook cola." Mark vond dit een gekke situatie. Hij was pas veertien. Vader die bier aanbood terwijl hij hem dat thuis streng verbood.

„Ik hoorde dat jullie van lamsvlees houden?" Lisette zette een schaal met zoutjes op tafel. Haar ogen vroegen om goedkeuring, maar Roos was eerlijk in haar ontzetting.

„Lamsvlees? Wij hebben op Wieringen een lammetje gehad en met een zuigfles grootgebracht," riep ze en zette grote schrikogen op.

Henry was met één klap terug in zijn normale doen. „Doe niet zo mal, Roos. Omdat je nu een lammetje van dichtbij hebt gezien, ben je toch niet opeens vegetariër? Je was altijd dol op lamskoteletjes."

Zijn blik dwong.

„Ik eet geen lamsvlees," antwoordde Roos vastberaden.

„Zal ik dan even vis halen? Of lust... eh... eet je dat ook niet?" vroeg Lisette.

„Als u een stukje kaas hebt, is het goed," zei Roos. „Maar het is echt niet nodig. Ik red het goed zonder. We eten nooit uitgebreid op vrijdag. Alleen maar pasta of nasi of zo."

Henry keek naar Lisette en haalde verontschuldigend zijn schouders op.

Het voorval stond model voor de avond.

Mark bleef vormelijk en beleefd, en Roos keek met zulke kritische ogen naar hun gastvrouw dat het Lisette op haar zenuwen werkte. Ze werd erg onzeker en gooide een glas wijn, gelukkig witte, om.

„Gek, dat deed mama vroeger vaak wanneer oma kwam eten," zei Roos. „Weet je nog wel, pap? Maar dat was rode wijn en oma was boos dat er geen witte wijn was. Ze zei dat je daarmee de vlekken eruit haalde."

Henry ging er niet op in. Alsjeblieft... nu niet over Andra praten. Hij zocht naar een ander onderwerp, maar wist zo vlug niets anders te bedenken dan: „Heb je een goed rooster en leuke docenten?" Hij had kunnen weten dat Roos die twee zaken altijd verschrikkelijk vond in het begin van het schooljaar. Het rooster was altijd slecht, en de leraren waardeloos. Ze keek hem dan ook donker aan en zweeg.

Het gesprek vlotte niet. Terwijl Lisette allerlei onderwerpen aandroeg en Henry grappige dingen van zijn werk vertelde, bleven er gedwongen stiltes vallen. Roos vertrok geen spier om zijn verhalen. Misschien omdat ze ze al kende, maar dat was vroeger nooit een reden geweest om niet te lachen.

Henry wist de laatste tijd niet goed wat hij aan zijn dochter had. Andra had weleens verzucht dat Roos bar vervelend kon zijn wanneer iets haar niet zinde, maar omdat ze dat gedrag nooit vertoonde waar hij bij was, had hij het weggewuifd. Hij voelde zijn dochter gewoon beter aan dan Andra en hij wist dat ze dol op hem was. Nu leek het wel minder te worden. De kritische uitdrukking op haar gezicht die hij zo vermakelijk had gevonden, was nu voor hem bestemd.

Mark was ook zwijgzaam.

Alleen toen Lisette vroeg wat hij later wilde studeren wanneer hij van school kwam, en iets van techniek af leek te weten, viel hij uit zijn rol en ging hij enthousiast op de vraag in. Maar toen Lisette vroeg of hij dan in Delft op kamers zou gaan, herinnerde Mark zich waarom ze hier waren en trok hij zich weer terug.

Roos keek verveeld toen Lisette naar school vroeg en roerde met haar vork in de broccoli zonder een hap te nemen.

„Aardige vriendinnen heb je," probeerde Lisette ten slotte wanhopig. „Ze zijn altijd welkom bij ons, Roos. Ik houd wel van dat gezellige geklets van die meiden."

„Elsa is helemaal geen vriendin van mij. Brechtje ging alleen maar met haar om omdat ik er niet was," antwoordde Roos.

„O, ik dacht het." Lisette beet op haar lip en was blij dat Mark haar beleefd naar haar werk vroeg. Ze ging er dankbaar op in.

De vraag leverde Mark een vinnige schop onder tafel op van Roos, en hij wierp haar een afkeurende blik toe. Hij vond het allemaal erg vermoeiend, en hij was niet de enige.

Lisette was bijna blij toen Roos aankondigde dat ze weer naar huis gingen. Het aarzelende aanbod nog even de stad in te gaan, werd afslagen.

En Henry had nog wel gezegd dat ze zich over Roos geen zorgen hoefde te maken, dacht Lisette, toen ze met de lift naar beneden waren gegaan. Ze hadden er geen rekening mee gehouden dat dat kind niets van haar wilde weten. Als ze Roos vroeger niet vrolijk en spontaan had meegemaakt, al was dat uit de verte geweest, zou ze denken: wat een spook van een meid. Nu was ze er verdrietig onder. Roos gaf haar natuurlijk de schuld van de komende scheiding, en Lisette had niet de indruk dat Henry dat bestreed. Ze keek naar het gezicht van de man die haar zo dierbaar was geworden het laatste jaar. De kinderen leken veel op hem. Roos had veel trekken van hem, en Mark was een bedachtzame, jonge uitgave van zijn vader. Ze wilde zo pijnlijk graag een gezin vormen met Henry en zijn kinderen. Ze had nooit behoefte gehad aan eigen kinderen. Aan kleuters en baby's vond ze niet veel aan. Ze had weleens schertsend geantwoord op de vraag of ze geen kinderen wilde hebben: „Zeker wel. Als ze binnen komen wandelen en een gesprek kunnen beginnen." Dat was natuurlijk een grapje geweest, maar een kern van waarheid had er wel in gezeten. Baby's met vieze luiers, kleuters met snotneuzen... Je moest er vast iets mee hebben, want dat soort moedergevoel was haar vreemd. Ze werd er veeleer misselijk van. Maar deze twee pubers waren een ander geval. Ze wist zeker dat ze goed voor hen zou zijn als ze de kans kreeg. De start vanavond was in ieder geval ongelukkig geweest.

„Waarom heb je niet verteld dat Roos een hekel heeft aan broccoli en dat ze vegetariër is? En Mark heeft bijna niets gegeten," verweet ze Henry met een hoge klank in haar stem.

„Ja, hoe kan ik dat nu weten? Andra heeft me niet gewaarschuwd," zei Henry verontwaardigd.

„Nee, natuurlijk niet. Hoe wist zij nu wat ik klaarmaakte? Dat had jij toch moeten vragen aan Roos en Mark. Je weet niet veel van je eigen kinderen," zei ze bijna in tranen.

„Hoor eens, ik heb het erg druk gehad en..."

Ja en... Hij had veel tijd bij Lisette doorgebracht in plaats van thuis te zijn, maar het leek hem niet handig dat nu te zeggen. Deze avond was zo'n teleurstelling voor haar.

„Trek je maar niets aan van Roos' buien. Andra klaagt er ook weleens over. Die gaan vanzelf weer over. Als we eenmaal allemaal in ons huis wonen, en Roos de situatie geaccepteerd heeft, loopt alles vanzelf op rolletjes. Mark was toch aardig genoeg? Kom, niet zo treurig. Het komt allemaal goed."

Hij sloeg zijn armen om haar heen en drukte haar hoofd tegen zijn schouder. Ach, weer een haarspeld die losraakte. Andra verloor ze

ook altijd. Alleen de kleur van het haar was anders dan dat van Lisette. Hij streek haar verstrooid over haar hoofd. Andra. Tja...
„Wat zei je, schatje? Echt, het komt helemaal goed! Ze kiezen wel eieren voor hun geld. Leer mij mijn kinderen kennen."
Getroost wreef Lisette haar wang langs zijn schouder.

„Nou, daar is dus echt helemaal niets aan," zei Roos nadrukkelijk toen ze terug naar huis fietsten. „Lisette leuk! Brecht is niet goed snik! Wat een saai mens!"
Mark had bijna medelijden met Lisette. Ze moest gemerkt hebben hoe Roos naar haar keek. Hij wist dat hij Lisette in andere omstandigheden aardig had gevonden. Solidariteit met zijn moeder had hem ervan weerhouden in te gaan op haar vragen en opmerkingen. Maar hoe het uit zou pakken als ze de weekends naar hun vader moesten met Roos in zo'n stemming als vanavond? Hij zag het voor zich. En dan Steefje en Jolien er nog bij. Dat werd een en al ellende. Roos zou zich in het begin inhouden voor Steefje, maar het was de vraag voor hoe lang.

Andra legde de telefoon neer toen ze binnenkwamen. Ze had vanavond tante Trees, Rogier en Johanna aan de lijn gehad. Hun meeleven deed haar goed. Als ze er nu maar zeker van kon zijn dat Roos met haar meeging naar Wieringen. Zij kon haar niet missen, en ook voor Steefje zou het een ramp zijn als haar oudste dochter niet voor hen koos. Niet dat dat invloed zou hebben op haar besluit. Het stond voor Andra vast dat ze naar Wieringen terug zou gaan. Rogier had vanavond verteld dat hij over een paar maanden voor een jaar werd uitgezonden. Ze kon dat jaar in zijn huis wonen. Jaak zou bij Jurriaan intrekken, en daar was ook ruimte genoeg voor Rogier zelf wanneer hij verlof had. Ze was aan de ene kant opgelucht dat hij er niet zou zijn. Ze was nog niet toe aan een relatie met een andere man, hoe warm haar gevoel voor Rogier ook was. Het was te vlug, maar ze zou hem erg missen. Ze miste hem eigenlijk nu al. In zijn huis zou ze zich dichter bij hem voelen, en een jaar was toch zo om?
„Je kijkt zo vrolijk. Wie had jij aan de lijn?" vroeg Roos en ging lusteloos tegenover haar moeder zitten.
„Achter elkaar: Johanna, tante Trees en Rogier," somde Andra op. „Eh... jullie zijn vroeg weer thuis."

„Ja." Roos vertikte het haar moeder aan te kijken. Ze zou meteen doorhebben hoe het was geweest vanavond, en dat wilde ze niet.

Andra veranderde meteen van onderwerp: „Willen jullie nog thee of zo? En ik heb paprikachips."

Paprikachips. Roos hield van de scherpe pittige smaak.

„Ach..." zei ze.

„Ik weet iets beters. Ik ga patat en een paar kroketten halen. Mag dat?" Mark liep al naar de deur. Roos werd altijd vrolijk van patat, maar het was bij hoge uitzondering dat ze het 's avonds kregen. Hij vond dat hij het nu wel had verdiend.

Het lag Andra op de lippen te vragen of ze niet genoeg te eten hadden gehad, maar ze hield de opmerking binnen.

„Hier, vang." Ze gooide haar portemonnee naar hem toe.

Hij grijnsde en verdween.

Een kwartier later was hij terug en deelde de grauwwitte zakjes uit. Roos pakte het hare gretig aan en opende het zakje meteen. „Mooi, mayo erbij!" Ze nam een lange goudgele stick uit het zakje en stak die in haar mond.

„Moet je geen bord?" vroeg Andra.

„Nee. Gewoon uit een zak. Heb je ook pindasaus meegenomen, Mark?"

De keukendeur ging open. Een blond jongensgezicht keek om het hoekje: Steven.

„Wat doe jij uit je bed?" vroeg Andra.

„Ik hoorde de deur. Oh, patat! Lekker!" zei hij met een blik op de tafel.

Roos lachte. „Wat heb jij gegeten vanavond?" vroeg ze.

Hij wreef over zijn maag. „Pannenkoeken. Maar ik lust best een beetje frietjes."

„Pak maar een bordje voor Steven," zei Andra. „Er is genoeg."

„Jolientje is ook wakker," zei Steven.

„Er is ook genoeg voor Jolien. Haal haar maar, Roos."

Andra had er opeens behoefte aan haar kinderen bij elkaar te hebben.

Roos liep naar boven en tilde haar zusje, dat dromerig rechtop in haar bedje zat, op.

„Dag, Jolly," fluisterde ze.

„Jullie zijn allemaal beneden," zei Jolientje en trok een pruillip.

„Kom maar mee met Roos." Ze knuffelde het kind, dat nog warm was van de slaap. „We hebben patat en kroketten."

Jolientje was meteen klaarwakker. „Dan wil ik ook patat. Kom, Roos, naar beneden."

Roos glimlachte. Haar moeder wilde dat ze bij haar bleef. En Steefje en Jolly! En Mark! Ze had opeens een warm gevoel voor haar oudste broer. Mark kon ze ook niet missen. Papa eigenlijk ook niet. Maar die had die Lisette. Ze begreep er niets van. Ze keek even naar het gezicht van haar moeder, die lachte om de manier waarop Steven zijn limonade dronk. Haar haar was een beetje vochtig en krulde om haar hoofd. Ze was mooi en lief. Papa was gestoord.

4

Vreemd genoeg verliep de ontmoeting van Lisette met de kleine kinderen veel beter. Andra had aangeboden die middag het huis te verlaten, zodat Lisette de kinderen in hun eigen omgeving kon ontmoeten. Ze wilde alle spanning voor Steven weghouden. Roos en Mark waren ook bij het bezoek en voelden zich gastvrouw en gastheer, zoals ze dat op Wieringen ook hadden gedaan.

„Gasten zijn heilig, jongens," had Marius opgemerkt de keren dat ze vrienden over de vloer kregen en aanvankelijk alles aan hun moeder wilden overlaten. „Ook al zijn ze van je eigen leeftijd, je behandelt iedereen die over de vloer komt, met respect. Anders zet je je familie te kijk."

Zonder het afgesproken te hebben gedroegen Roos en Mark zich weliswaar afstandelijk, maar tegelijkertijd hoffelijk.

„Koffie, mevrouw?" vroeg Mark.

„Zeg maar gewoon Lisette," stelde Henry voor.

Roos en Mark wierpen elkaar snel een vragende blik toe. Roos knikte.

„Koffie, Lisette?" herhaalde Mark.

„Laat mij maar even, Mark," zei Roos. „Ik had het al klaargezet."

Ze kwam even later terug met een blad met kopjes, room en suiker.

„Alstublieft. Een plakje cake?"

Het was een opvallend verschil met de Roos die bij Lisette op bezoek was geweest. Niemand zag aan Roos dat ze de vriendin van haar vader het liefst een enkele reis naar de Noordpool zou geven.

„Hier, Steefje, jij ook een plakje? En neem maar limonade van het blad."

Oom Marius en tante Trees zouden trots op Roos zijn, dacht Mark toen hij zag hoe Roos moederde en ervoor zorgde dat Steven zich niet ongemakkelijk voelde in het gezelschap van zijn vader en diens vriendin.

Henry hield zich een beetje achteraf. Hij zag hoe voorkomend zijn kinderen hun gast behandelden en dacht: zie je wel, ik wist het wel. Dat gaat uitstekend met die twee. Ze hebben zich erbij neergelegd en ze vinden Lisette aardig.

Ongewild was Roos veel vriendelijker dan tijdens de ontmoeting

48

bij Lisette thuis. Toen Jolientje iets grappigs zei en Roos zag dat Lisette er werkelijk om moest lachen, keek ze trots van haar zusje naar de jonge vrouw.

Er was maar één pijnlijk moment, en dat was toen Jolien stralend tegen Lisette kraaide: „Ik weet wie jij bent, je bent papa's nieuwe liefje."

„Wie zegt dat?" vroeg Henry en kon zich meteen daarna wel voor zijn hoofd slaan omdat hij erop inging.

„Oma," antwoordde Jolien prompt.

Zijn moeder. Hij keek verontschuldigend naar Lisette. Moeder was werkelijk hopeloos om zoiets rond te bazuinen waar de kinderen bij waren. Roos en Mark hadden ook zoiets gezegd, herinnerde hij zich.

Lisette haalde haar schouders op en knipoogde bijna onmerkbaar.

Roos besefte op dat moment weer waarom haar vader en die vrouw hier waren. Haar gezicht betrok, maar ze beheerste zich. Oma had nog gelijk ook.

„Kom, Jolly, pak je poppenwagen maar," leidde ze haar zusje af.

Jolly huppelde naar haar poppen toe en zette ze in het wagentje. Ze voelde zich gewichtig door de aandacht die ze kreeg en wandelde om de tafel en terug.

Steven bleef stil. Hij ontdooide pas later op de middag, toen Lisette vroeg of hij graag zong en wat hij zong op de kindercantorij. Ze was vertederd door de jongste twee kinderen. Het ging veel meer ontspannen mét dan zonder de kleintjes. Dat Henry nooit verteld had hoe aardig Roos en Mark met hun kleine broertje en zusje omgingen. Ze waren in hun eigen omgeving veel leuker. Zouden ze ook zo zijn als ze in dit huis bij Henry en haar bleven wonen? Vast. Het werd haar lichter om het hart. Alle vier was ook goed. Ze kreeg nog een heel gezin als ze niet uitkeek, dacht ze.

Niet al te laat namen ze afscheid.

„Henry, je moet ervoor zorgen dat de kleinste twee ook een paar keer in de maand bij ons zijn," zei Lisette toen ze weer naar haar flat reden. „Ze zijn echt schattig."

„Dat zien we nog wel," hield Henry de boot af.

„Nee, echt," drong ze aan. Haar ogen glansden.

„We zullen zien. Eerst maar eens kijken hoe alles loopt," besloot hij en legde zijn handen om haar gezicht. „Je hebt je fantastisch gehouden vandaag."

De vriendschap tussen Roos en Brechtje had een deuk opgelopen. Roos kon het nog steeds niet goed hebben dat Brechtje zo weg was van Lisette.

Toen Brechtjes moeder thuis vertelde dat ze Andra had gesproken en zich openlijk verbaasde over het veranderde uiterlijk van Roos' moeder, wilde Brechtje dat met eigen ogen zien. Het eerste proefwerk Nederlands bood haar die gelegenheid.

„We leren hem samen, natuurlijk. Dan kunnen we elkaar overhoren. We gaan naar jouw huis, want bij ons is het een bende. Mijn moeder is de kamer aan het behangen," kondigde ze aan.

Roos wist er niets zinnigs tegen in te brengen. Vroeger kwam Brechtje altijd over de vloer, en haar moeder had al eens gevraagd waar haar vriendin bleef.

„Goed," zei ze lauw.

Brechtje fietste uit school meteen mee naar Roos' huis.

„Dag, mevrouw Waardijk." Ze nam Andra op van top tot teen en liep achter haar aan de gang in. „Wat staat dat korte haar u leuk," zei ze ongedwongen. Een snelle blik toonde haar de kleding van Roos' moeder. Dat korte jeansjasje met de lovertjes op de kraag was werkelijk beeldig, en dat bloesje eronder stond heel hip. „Lekker modern."

„Dank je wel, Brechtje," zei Andra vriendelijk. „Wat heb ik jou een tijd niet gezien. Ik geloof dat de laatste keer voor de grote vakantie was."

„Dat klopt. Ik mocht van Roos niet naar Wieringen komen. Volgens mij omdat ze een leuk vriendje had en niet wilde dat ik hem zag," lachte Brechtje.

„Niet eens zo'n gekke gedachte," zei Roos kribbig. „Je hebt Gerben ook ingepikt…"

„Natuurlijk. Als jij ergens een nieuw vriendje hebt zitten, kan ik jouw oude gerust overnemen. Vindt u ook niet, mevrouw Waardijk?"

„Maar wie zegt dat Jaak een speciale vriend is?" vroeg Andra.

„Roos' oma. Tegen mijn moeder," antwoordde ze stellig.

Andra en Roos keken elkaar aan. Roos haalde haar schouders op.

„Laten we maar naar mijn kamer gaan," zei ze kortaf. „Anders komt er niets van leren, en daar kom je toch voor? Ik neem zelf wel thee mee, mam."

Ze volgde Brechtje naar boven met een blad met kopjes in haar hand.

„Je moeder is een stuk opgeknapt." Brechtje legde haar rugtas op het bed en keek op haar gemak rond. „Dat had ze eerder moeten doen."

Ze zei niet: dan was je vader vast niet iets begonnen met Lisette. Zelfs Brechtje wist dat ze dat niet kon zeggen, maar de gedachte stond zo duimendik op haar gezicht te lezen dat het Roos woedend maakte.

In een sneltreinvaart leerde ze de spreekwoorden en gezegdes uit haar hoofd en preste Brechtje om ook hard te leren. Wat beledigd en veel eerder dan ze gepland had, stond Brechtje weer buiten de deur.

„Roos is een tut geworden," zei ze de volgende dag tegen Elsa.

Roos ving de woorden op en draaide zich gekwetst om. Ze had schoon genoeg van haar vriendin. Net nu ze iemand nodig had om mee te praten, beklaagde ze zichzelf. Maar als ze Brechtje nu iets vertelde, kon ze het net zo goed zelf door de klas schreeuwen. Ze wou dat Liesbeth, het meisje waarmee ze op Wieringen bevriend was geraakt, hier was. Daar kon je zo lekker iets tegen zeggen zonder dat ze het meteen rondbazuinde. En volgende week moesten ze praten met iemand van de kinderbescherming. Krankjorem! Ze zou Liesbeth meteen bellen.

De dag dat Roos en Mark een kort gesprek met de rechter hadden, zou Andra zich altijd herinneren als een van de meest slopende dagen uit haar leven. Het bezoek van de vrouw van de kinderbescherming was vervelend geweest, maar dit vond ze echt belastend voor haar oudste twee. Henry had hen willen brengen, maar Roos had het aanbod kortaf geweigerd. Ze wilde niemand mee en voelde zich erg eenzaam door haar eigen wens.

„Het is maar tien minuten fietsen, papa. We gaan gewoon alleen," had ze gezegd.

„Je moeder brengt jullie ook niet?" had Henry willen weten.

„Nee. We gaan samen."

Dus ook Andra mocht niet mee. Henry dacht te begrijpen hoe het zat. Ze vonden het natuurlijk erg hun moeder te kwetsen. Het waren toch lieve kinderen.

„Goed hoor," zei hij week en streek Roos over haar arm. „Vanmiddag, hè?"

Ze knikte.

Die middag stapten Roos en Mark op de fiets, en Andra zag door de tranen in haar ogen hoe smal de rug van Roos was en dat Mark over het stuur hing.

Toen ze weer thuiskwamen, zag ze aan Roos' gezicht dat ze gehuild had, en ook Mark had rode randen om zijn ogen.

„We blijven natuurlijk bij jou, maar het voelt ontzettend rot," zei hij kwaad.

Roos stampte de trap op. Daarna rende ze naar beneden en sloeg haar armen om de hals van Andra.

„Waarom kunnen we nu niet gewoon bij elkaar blijven?" snikte ze inverdrietig.

Andra huilde met haar mee. „Het kan niet, Roos, het kan echt niet. Ik... ik wou dat ik het kon uitleggen. Maar als ik hier blijf, ga ik een beetje dood. En ik niet alleen. Ook Steefje."

Mark kwam dichterbij. „Nou, dan ben ik tenminste blij dat we bij elkaar blijven," zei hij met een stem die oversloeg van emotie, en hij sloeg zijn armen om zijn moeder en zijn zusje heen.

„De advocaat gaat verder met jullie afspreken wanneer wij bij papa zijn en zo. En nu wil ik er niets meer over horen of zeggen."

Ze ontweken die dagen ieder contact met hun vader en hun grootmoeder. Ze voelden zich schuldig tegenover beiden en waren tegelijkertijd boos om dat gevoel.

Hoewel Roos en Brechtje weer gewoon met elkaar omgingen, weigerde Roos met haar vriendinnen over de scheiding te praten. Brechtje vroeg af en toe hoe ze Lisette vond en was beledigd als Roos alleen haar schouders ophaalde.

„Dat kun je toch gerust aan ons vertellen?" mopperde ze. „Je doet net alsof je ons niet vertrouwt."

Omdat dat de spijker op de kop was, zweeg Roos.

Mark sprak normaal al nooit veel met vrienden over de situatie thuis, maar nu nog minder. Als iemand er een opmerking over maakte, draaide hij handig om het onderwerp heen.

Henry belde niet. Hij had die maand een grote klant binnengehaald en hij ging ervan uit dat Gijs Zandstra, zijn advocaat, hem wel zou bellen, wanneer de uitslag binnenkwam of als het gesprek niet verlopen was zoals hij zich had voorgesteld.

„Moet je nu niet bellen?" vroeg Lisette hem een paar dagen later, toen ze samen lunchten. Ze was niet gerust op de afloop van het gesprek dat Henry's kinderen met de rechter hadden gehad.

Henry schudde zijn hoofd. „Natuurlijk is alles in orde," zei hij monter. „Anders had Gijs wel gebeld. Hij weet dat wij de oudste twee bij ons willen hebben. Als er iets was misgegaan, had hij wel gebeld. Je maakt je veel te druk om die ongelukkige vrijdagavond."

Lisette was minder zeker van de goede afloop.

„Kom, bel nu even. Doe het dan voor mij. Hier." Ze schoof haar bord weg en gaf hem de telefoon in zijn hand.

Hij schudde half meewarig zijn hoofd. „Liefje, liefje."

Lisette trok haar wenkbrauwen op. Hoezo 'liefje, liefje', dacht ze, maar liet het erbij. Dat kwam nog wel.

„Kom op!" drong ze aan.

Henry tikte het nummer in en vroeg de telefoniste naar zijn advocaat. Ze verbond hem door met Gijs Zandstra's secretaresse.

„Eh, even kijken." De jonge vrouw wist dat haar baas hem een paar keer had geprobeerd hem te bellen, maar dat Henry niet te bereiken was geweest. „Meneer Zandstra is over een paar uur weer aanwezig. Zal ik vragen of hij u om vier uur belt?"

„Nee, dan ben ik alweer in vergadering. Kunt u me niet even de stand van zaken vertellen? U weet er vast wel iets van?"

Lisette bewonderde zijn innemende manier van optreden. Daar vielen alle vrouwen voor, dacht ze en ze vergat dat bijna denigrerende 'liefje, liefje' van daarnet.

De secretaresse, die zich Henry goed herinnerde, bladerde even en las een aantekening van haar baas.

De papieren van de kinderrechter waren binnen. 'Naar verwachting!!!' had Zandstra met drie uitroeptekens op het dossier gezet.

De secretaresse had er geen idee van dat Henry de kinderen bij zich wilde houden. Als zij die vriendin was, zou ze opgelucht zijn dat die kinderen bij hun moeder bleven. Geen pottenkijkers als je ging trouwen met zo'n aantrekkelijke man. Bofkont! Dat zou ze toch wel mogen doorgeven?

„Naar verwachting verlopen," zei ze vrolijk. „Kunnen we misschien binnen niet al te lange tijd een afspraak maken? De advocaat van de tegenpartij is al ingelicht."

Het was vooral de toon, die Henry overtuigde van zijn gelijk.

„Dank voor de moeite," zei hij warm en drukte de uitknop van de telefoon in.

„Nou, zie je wel? Ik zei het toch? Voor niets zorgen gemaakt," glimlachte hij.

Verheugd pakte Lisette zijn hand en drukte hem even tegen haar wang.

„Fijn!"

Hij bukte zich naar voren en gaf haar vlug een kus.

„Tobbertje!" plaagde hij.

Aan het tafeltje ernaast zat een ouder stel. Het lachte vertederd om hen.

De herfstvakantie van Steven en Jolientje viel gelijk met die van Mark en Roos. Het was de hele vakantie slecht weer geweest en toen het de maandag nadat de school weer begonnen was, stralend weer beloofde te worden, belde Andra op naar de school van Steven en Jolientje en zei dat ze de kinderen thuishield.

De directeur aarzelde even, maar hij had van diverse kanten gehoord dat de ouders van zijn leerlingen zouden gaan scheiden. Hij had Andra voor de vakantie een paar keer gezien toen ze haar kinderen uit school haalde en herinnerde zich het trieste gezicht van de vrouw. Ze klonk nu veel beter. Niet moeilijk doen over een dag.

„Goed, mevrouw Waardijk. Komen ze morgen weer?"

„Ja hoor."

„Dan wens ik u een fijne dag toe."

Andra zat een kwartier later in de auto op weg naar Wieringen. Ze waren in de herfstvakantie ook een dag op het eiland geweest, maar toen was het weer zo slecht geweest dat ze de hele dag binnen hadden doorgebracht. Het was evengoed bijzonder gezellig geweest met de spelletjes die ze gedaan hadden met de kinderen. Maar ze had behoefte aan de zon op haar huid.

Op sommige binnenwegen in de polder lag een laag modder. *Voorzichtig. Kooloogst* stond er op de waarschuwingsborden.
 Ze reed behoedzaam het stuk over de met klei bedekte weg.
 „Kijk eens wat een vieze weg, Steef," haalde Jolientje uit.
 Steven keek naar de lange rijen koolstronken. De bladeren stonden wijduit. Het waren net vreemde bloemen. Hij vond ze mooi.
 „Tante Trees en oom Marius weten niet dat we komen. Het is een verrassing," zei Andra. „We rijden heel zacht het erf op, en dan sluipen we uit de auto en lopen we heel voorzichtig naar de deur en dan roepen we: verrassing!"
 „Dan zegt tante Trees: maar lieverdjes, wat fijn!" voorspelde Steven.
 Jolientje knikte heftig. „En dan vraagt ze: wil jij een lekker stukie taart, Jolly? En dan zeg ik: best wel."
 „Maar ze weten niet dat we komen, dus ik denk niet dat er taart is," merkte Steven op.
 „Zullen wij dan vlug iets lekkers halen bij de bakker in Hippolytushoef?" stelde Andra voor. „We zijn toch vroeg."

Drie kwartier later reed ze het pad naar het huis van haar familie op en draaide de sleutel van het contact om.
 Met grote pretogen stapten de kinderen uit.
 „Sst," zei Andra.
 Jolientje trok haar schoudertjes bij elkaar van plezier en liep op haar tenen voor Steven en haar moeder uit.
 Glimlachend deed Andra mee. Wat heerlijk te weten dat je welkom was.
 Steven trok de kruk naar beneden en opende de keukendeur.
 „Verrassing!" gilden ze en holden naar binnen.
 Tante Trees was niet alleen. Aan de andere kant van de tafel zaten Jet en Jacob, vrienden van haar en oom Marius, en ze keken net zo verheugd als tante Trees zelf, die een kleur van genoegen kreeg.
 „Maar lieve kinderen... wat fijn!" riep ze. „Jet en ik hadden het net over jullie. Marius, kijk eens wie daar zijn!"
 Jet, zoals altijd gehuld in een felgekleurde trui, stak haar hand met

de dunne rimpelige vingers naar Steven uit.

„Ziezo. Kom jij eens bij Jet. Wat zie ik? Ben jij stiekem gegroeid? Je zou toch niet langer worden dan ik?"

Steven lachte van plezier. Op de boot waarmee ze van de zomer hadden mogen varen, had Jet gemeten hoe lang hij was. Net zo groot, of zo klein, als Jet zelf. Ze had hem op het hart gedrukt dat hij dit jaar nog niet groter mocht worden dan zij omdat ze hem anders niet meer baas kon.

Steven, die niet gewend was aan volwassenen die zo ongedwongen met hem omgingen, voelde zich in haar nabijheid altijd bijzonder op zijn gemak en hij had plechtig beloofd dat hij stil zou staan tot het nieuwe jaar.

Hij rekte zich nu uit en ging naast de kleine vrouw staan.

„Ben ik gegroeid, Jet?" vroeg hij verheugd. Zijn blonde haar, dat net was geknipt, had een lok die, net als bij Andra, omhoogstond door een kruintje op zijn voorhoofd.

Ze trok hem aan zijn oor. „Jij wordt later net zo groot als Jaak," voorspelde ze, en ze leek meer dan ooit op een papegaai met haar gebogen neus en de glimlachende scheve mond.

„Fijn," zei hij hartgrondig en liep de keuken door. „Dag, Jacob." Hij legde zijn hand in de eeltige hand van Jets echtgenoot.

„Zo, maatje," zei Jacob, die een man van weinig woorden was.

In de deuropening verscheen oom Marius. Hij had het rumoer gehoord en begroette zijn nichtje en haar kinderen hartelijk.

„Als je gebeld had, had ik taart gehaald," knorde tante Trees.

„Wij wilden u juist verrassen. Kijk eens…" Jolientje verkneuterde zich, pakte Andra de plastic tas af en haalde er een langwerpige doos uit. Ze zette hem op tafel, opende hem en toonde trots de inhoud.

„Nou ja!" haalde tante Trees uit. „Tompoucen."

„Jullie hadden toch niet op ons gerekend?" Jet schoof de kopjes die op tafel stonden, op om ruimte te maken voor de gebaksschoteltjes.

„We hebben extra veel gekocht, maar twee ervan zijn eigenlijk voor Mark en Roos, voor vanavond," verklapte Jolientje.

„Daar kopen we vanmiddag wel voor. Voor de zekerheid heeft mama er acht gekocht. Er kan dus nog iemand komen. Drie voor ons, jullie zijn met z'n vieren…"

„Rogier dan maar," zei Jet achteloos en wees naar het raam waar een lange gestalte langsliep.

Andra keek op. Ze kleurde licht.

Rogier Lont kwam de keuken binnen. Hij nam in één greep Steven en Jolientje op. „Zo, schurken! Stiekem van school weggelopen?"

„Mocht van mama." Jolientje kronkelde in zijn greep.

Rogier zette de kinderen weer op hun voeten.

„Dag, Andra." Zijn ogen lachten in de hare. „Een dagje spijbelen?"

„Het weer was zo slecht in de vakantie en ik was er gewoon aan toe even weg te zijn," zei ze eerlijk.

De zon was doorgebroken en scheen volop over de velden, waar nog stoppels van de maïs stonden.

„Dat doet je goed."

„Allemaal een beetje opschikken, dan kan Rogier ook zitten. Rogier. Hier." Tante Trees schoof bedrijvig met stoelen, en Rogier nam plaats naast Jet.

„Kunnen we vandaag misschien zeehondjes zien?" Steven boog zich voor oom Marius langs om Jacob te kunnen aankijken.

„Voordat ze in de winter telkens vis buiten het zeegat halen?" Jacob keek Jet aan. „Dat kan."

„Nee, we moeten jullie plannen niet in de war gooien. Steef, dat kun je niet zomaar vragen," protesteerde Andra.

Jacob haalde zijn wenkbrauwen op. „Ik zou niet weten waarom dat niet zou mogen. Vragen kan altijd. Als het een keer niet mogelijk is, vind je het toch ook niet erg, Steef?"

Steven schudde zijn hoofd. „Nee, ik dacht het opeens," zei hij verlegen.

„Nou, vandaag kan het, hoor. De boot ligt in Den Oever. We kunnen zo varen. Ik heb er zin in. Wie gaan er allemaal mee?" zei Jacob en hij zette zijn vork in de roze geglazuurde bovenkant van zijn tompouce.

Iedereen wilde mee. Ook Rogier gooide de plannen die hij had, om.

Een halfuur later zat het gezelschap in de auto en reden ze door het zonovergoten landschap. De bladeren van de bomen langs de weg kleurden rood en goud. Andra en haar kinderen genoten van de zon en het onverwachte uitje.

„Ik mag sturen, hè, Jacob? Net als de vorige keer," vroeg Steven, toen ze eenmaal op de boot waren.

„Ik ook... en ik ook..." Jolientje wilde niet achterblijven.
Jacob lachte. „Wie maar wil."
„Mama ook," bedong Steven.
„Je moeder mag eerst. Ik denk dat ze heel goed kan sturen."
„Dat heb ik nu ook altijd gedacht." Oom Marius knikte zijn nicht vriendelijk toe. „In een dubbele betekenis van het woord."
„Kom nou, oom." Andra zag er net zo verlegen uit als haar jongste zoon en was opgelucht dat Jolientje op dat moment riep: „Kijk! Zeehondjes!"
Op de zandbank koesterden twee zeehonden zich in de zon. Hun donkergrijze huid glansde.
„Over een tijdje, wanneer het winter is, kunnen ze niet meer zo lekker luieren. Dan moeten ze een eind zwemmen voor hun eten. Wel honderd, of soms wel tweehonderd kilometer," vertelde Jacob.
„Tweehonderd kilometer," herhaalde Jolientje. „Dat is ver!"
„Dat is wel twee uur rijden met de auto. En dat zwemmen ze! Alleen maar om te eten," rekende Steven uit.
„Zo lang loop jij niet voor een boterham," lachte Jacob.
Jet kwam naar boven met een blad met plastic bekers, gevuld met limonade, en een doos koeken en deelde uit. Andra leunde met haar rug tegen de houten reling. Ze had haar gezicht naar de zon geheven en voelde zich even verzoend met haar leven.
„Wat eten zeehonden?" wilde Steven weten.
„Vis. Wel vier kilo makreel of haring."
„Vier kilo," herhaalde Steven. „Dat is best veel. Toch?"
Jacob lachte. „Dat is het. Wil je nu even sturen?"
Steven knikte en nam plaats achter het stuurrad. De wind woei zijn haar op, en zijn wangen waren rood van plezier en de onverwacht sterke zonnestralen. Hij lachte om iets wat Jet tegen hem zei.
Andra keek naar hem en haar ogen werden nat. Wat hield ze veel van dit kind. Niet dat ze van de andere kinderen minder hield, maar hij had haar meer nodig.
Rogier zag haar blik. „Het gaat goed met hem. Je hoeft je niet meer zo druk om hem te maken."
„Als hij hier is, niet. Hij gedijt hier, maar in ons oude huis is er zo weinig nodig om hem van zijn stuk te brengen."
Hij keek meelevend naar haar bezorgde gezicht. „Je weet dat je zo in mijn huis kunt trekken. Ik vertrek eind oktober, dus..."

Ze keek naar de donkergrijze golven die tegen de boeg van de boot uit elkaar spatten. Het water had een beetje dezelfde kleur als Rogiers ogen. Als ze de zee zag, zou ze aan hem moeten denken.

„Vindt Jaak het niet vervelend dat hij het veld moet ruimen voor ons?" wilde ze nog eens horen.

„Nee. Integendeel. Hij ging toch al naar Jurriaan. En je zult hem vast vaak over de vloer hebben, want hij is erg gehecht aan de dieren, en hij vindt je kinderen ook erg aardig. Hij is ook eigenlijk vaak alleen. Anneke en ik vonden het erg jammer dat hij alleen is gebleven. Ik zie nu aan jouw kinderen hoeveel ze aan elkaar hebben," antwoordde hij wat triest.

„Hij is altijd welkom. Dat weet je," verzekerde Andra hem warm. „De eerste maanden zijn we er nog niet, maar vanaf de Kerst hopen we hier te zijn. Ze gaan gelukkig alle vier mee."

Een paar uur later waren ze terug in de haven. Steven en Jolientje renden de kade op en wachtten op de met gras begroeide dijk op de rest van het gezelschap. Rogier en oom Marius hielpen met het vastleggen en opruimen van de boot.

Andra liep voor Jet en tante Trees uit en zag haar kinderen met opwaaiende haren in de wind staan. Wat zagen ze er schattig uit. In een reflex rende ze naar ze toe en spreidde haar armen uit.

„Spring!"

„Ik spring," riep Jolientje en liet zich voorovervallen.

Andra zwaaide haar in een cirkel rond en zette haar op haar voeten.

Steven stond ook klaar om te springen.

„Kom!" Andra hief haar armen weer op. Hij lachte breed voordat hij naar beneden sprong.

De fotograaf die onopgemerkt een serie foto's had staan maken, keek vertederd naar de jonge moeder die zo vol levensvreugde met haar kinderen speelde. Dit werden een paar geweldige plaatjes, zag hij op het scherm van zijn toestel. Die man verderop was natuurlijk de vader, veronderstelde hij. Die anderen grootouders of zo. Ze gingen zo vertrouwelijk met elkaar om. Dat kon niet missen.

Hij liep naar Andra toe.

„Ik hoop dat u het me niet kwalijk neemt, maar ik heb een paar foto's van uw kinderen gemaakt. Is het goed als ik ze gebruik? Kijk, ze zijn erg mooi geworden. Ik ben bezig met een reportage over de kust."

Andra keek naar het scherm van het toestel dat de man in zijn handen hield. Ze zag tot haar verrassing dat de foto's bijzonder mooi waren. Steven straalde pure blijdschap uit, en zijzelf... Andra was vergeten dat ze zo vrolijk kon kijken. Haar opwaaiende haar leek precies een soort stralenkrans. Die fotograaf was een vakman. Ze vergat te vragen wat hij ermee ging doen.

„Ja hoor, gebruik maar," stemde ze zorgeloos toe.

„Dan moet u een paar afdrukken voor ons reserveren," bedong tante Trees, die dichterbij was gekomen en ook vlug een blik op het kleine scherm had geworpen.

„Natuurlijk. Waar moeten ze naartoe?" De fotograaf was erg ingenomen met de plaatjes. Er was een uitstraling die hij pas goed zou zien als hij ze vergroot had, maar hij wist dat dit een prachtig beeld zou geven. Hij pakte een pen uit zijn tas.

Waarnaartoe? Andra dacht even na en gaf toen het adres van tante Trees en oom Marius op. Waarom wist ze niet precies.

Misschien omdat ze zo typisch bij dit stuk van het land hoorden. Dit eiland waar ze zo ongedwongen zichzelf kon zijn. Ze wilde niet dat de foto's in haar oude huis terechtkwamen. Deze afbeeldingen waren illustraties van het nieuwe leven dat ze wilde beginnen.

„Leuk. Ik ben benieuwd hoe ze eruitzien wanneer ze afgedrukt zijn," zei ze glimlachend tegen de fotograaf.

Ze vond het fijn een herinnering te hebben aan deze wolkeloze dag.

5

Drie weken later ging Andra samen met haar advocate naar het kantoor van Henry's raadsman. Karin had een tijdje geleden van de rechter de beschikking doorgekregen. „Fijn voor je," had ze hartgrondig geroepen.

Karin mocht haar cliënte graag. Ze drong erop aan dat Andra de verstandhouding met haar ex-man zo goed mogelijk moest zien te houden. Was het niet voor haarzelf, dan toch voor de kinderen, want die zouden er, hoe dan ook, verdriet van hebben dat hun vader en moeder gingen scheiden.

„Ik doe er alles voor," verzekerde Andra haar raadsvrouw. „In het belang van de kinderen. Maar daarom moeten we ook een beetje bij hem uit de buurt blijven. Anders red ik het niet."

Gijs Zandstra had van zijn secretaresse gehoord dat Henry gebeld had en dat ze de uitslag had doorgegeven. Toen hij niets van Henry hoorde, ging hij ervan uit dat dit verder een routinezaak werd en zette hij de omgangsregeling op papier. Doordat Andra naar Wieringen wilde verhuizen, zou het erop neerkomen dat de kinderen twee of drie weekends per maand naar hun vader zouden gaan. Hij kon zich geen betere regeling voorstellen.

„Laten we het maar vlug afhandelen. Dan kan iedereen verder met zijn leven," zei hij tegen zijn secretaresse, en hij dacht daarbij aan Andra. Het viel niet mee voor dat vrouwtje, hoe dapper ze zich ook gedroeg. Dat hij niet eerder had doorgehad wat een misbaksel die Henry kon zijn. In de omgang was het altijd een geschikte man geweest. Eline, zijn eigen vrouw, was zelfs bijzonder op hem gesteld. Altijd zo voorkomend en amusant. Zo zag je maar weer: met erfenissen en scheidingen leer je iemand pas echt kennen! Het was geen wonder dat advocaten en notarissen cynisch werden.

„Maak die afspraak maar zo vlug mogelijk, Jeanet."

Zijn secretaresse knikte.

Henry was in een triomfantelijke stemming toen hij die dag naar het advocatenkantoor reed. Hij had eindelijk de zaak weer op de rails. Dat was een tijdje wat minder gegaan, maar nu... Vreemd is dat. Soms lukt er niets, en soms lukt alles, dacht hij toen hij lenig de treden van de hoge stenen stoep op sprong. Gijs had nog een paar keer gebeld, maar als het werkelijk belangrijk was geweest, had hij het nog weleens geprobeerd.

De zaak liep als een tierelier, en privé... Hij moest niet zeuren. Dat ging ook goed. Alleen, als hij alles van tevoren had geweten... Maar goed, dat was nu eenmaal niet zo.

In de verte zag hij Andra aankomen. Hij aarzelde toen hij aanbelde. Zou hij op haar wachten? Ach, dit was pijnlijk voor haar. Als ze maar niet instortte. Het leek de laatste tijd goed te gaan met haar. Ze was veel vrolijker, maar hij vermoedde hoe ze er werkelijk aan toe was: beroerd. Als hij terugdacht aan het begin van dit jaar. Ze was altijd zo afhankelijk geweest van zijn goedkeuring en een lief woordje. Dat kon na al die jaren niet verdwenen zijn.

Hij rechtte zijn rug en liep neuriënd naar binnen. „Goedemorgen."

Andra kwam even later de kamer in, gaf handen en nam plaats naast Karin de Vries. Ze was blij dat die bij haar was. Het meeste stond op papier. Ze moest nog iets tekenen en dan was het echt allemaal achter de rug. „Dag, Henry." Ze knikte tegen haar ex-man en vermeed verder zijn blik. Dit was toch ook voor hem erg naar.

De documenten lagen klaar op het witte bureau. De secretaresse verdween weer en Gijs Zandstra ging zitten.

Hij knikte nog eens tegen Andra, bladerde in de papieren en begon:
„Goed, dan hebben we hier de wens van de kinderen zoals ze die tegen de rechter hebben uitgesproken, en dan gaan we nu de bezoekregeling afspreken."

Henry kuchte. „Eh, Gijs, ik ben daar vorige keren niet duidelijk over geweest, maar natuurlijk wil ik de kleintjes ook regelmatig zien."

„Vanzelfsprekend," zei Zandstra. „Dat heb ik ook zo opgevat, hoewel je het daar niet over had, maar dat hoefde ook nauwelijks. Het lijkt me echter wel belangrijk dat de oudsten daar tegelijk bij zijn."

„Dat wilde ik zeggen," stemde Henry in.

„Mijn voorstel is één keer in de veertien dagen het weekend. Jij bent overdag niet thuis, dus een middag door de week is nauwelijks een optie."

Henry knikte en zag medelijdend hoe strak het gezicht van zijn vrouw stond. Ach, ze hield niet veel over op dat Wieringen. Die oude oom en tante, en de kinderen allemaal één keer in de veertien dagen nog weg ook.

„Het vervoer moeten jullie zelf regelen. De oudste twee kunnen natuurlijk gemakkelijker reizen dan de kleintjes, maar…"

„Geen probleem. Ik breng en haal ze wel," zei Henry haastig. „Ik wil het zo gemakkelijk mogelijk maken voor Andra."

„Dat is niet nodig. Mevrouw wil de kinderen ook wel zelf brengen. Het is misschien het handigst dat samen te doen. De een heen en de ander terug. En ik denk ook dat er een basis van vrijwilligheid moet zijn, zeker bij de oudste twee," zei Karin.

„De rechter vond dat ze inderdaad uitstekend in staat waren hun eigen keuze te maken, begreep ik," gaf Gijs Zandstra toe. „Dus als je daar geen bezwaar tegen hebt, Henry, zijn we vlug klaar."

„Nee, natuurlijk heb ik geen bezwaar," zei hij verbaasd. „Maar voor Andra zal het moeilijk zijn als Roos en Mark niet naar Wieringen willen."

„Maar ze zijn toch al op Wieringen? U gaat toch verhuizen naar de kop van Noord-Holland?"

Andra knikte.

Henry ging recht overeind zitten. De spieren in zijn kaak spanden zich. Wat was dit? Begreep hij goed wat hier gezegd werd?

„Wacht eens, mijn vrouw en de kleintjes, maar de grote kinderen niet. Mark en Roos blijven hier."

„Nee, daar hebben ze nu net het gesprek met de rechter voor gehad: die gaan ook met mevrouw mee," merkte Karin de Vries op.

De opgewekte uitdrukking verdween van Henry's gelaat alsof die werd weggeveegd. Hij werd rood en daarna spierwit en keek van Zandstra naar Karin de Vries en toen naar Andra.

Ze had een medelijdende uitdrukking op haar gezicht. Medelijden met hém!

„Met mevrouw mee? Onzin. Idioterie. Ze blijven bij mij!" Zijn smalle gezicht vertrok tot een grimas van drift.

Gijs Zandstra schrok. „Je hebt mijn secretaresse toch gesproken? Ik heb je een paar keer gebeld, maar je was er telkens niet. Jeanette zei dat ze je de uitslag had meegedeeld."

„Die griet zei dat de kinderen bij mij bleven. Roos met jou mee?"

Henry keek zijn vrouw aan en trok minachtend zijn bovenlip op. „Onzin," herhaalde hij. „Roep je secretaresse."

Gijs Zandstra stond op en liep naar de aangrenzende kamer. Even later was hij terug.

„Jeanet bezweert me dat ze alleen gezegd heeft wat er op het dossier staat." Hij grabbelde in de stapel papier en hield het Henry voor. „Kijk! Naar verwachting!"

„Volgens wens verlopen! Dat zei ze." Henry schreeuwde bijna. „Volgens wens!"

Gijs schudde zijn hoofd. „Jeanet is erg punctueel. Die zou nooit iets anders gezegd hebben."

Andra zat roerloos op haar stoel. Het bloed was uit haar gezicht getrokken. Daarom had Henry er zo triomfantelijk uitgezien. Ze was al zo verbaasd geweest toen ze hem zag lopen. Dat zegevierende had hij ook altijd gehad wanneer hij een goede zaak had afgesloten.

Zandstra zuchtte geïrriteerd. „Waarom heb je niet eerder contact met me opgenomen, Henry? Ik heb je tig keer geprobeerd te bellen."

Henry probeerde tevergeefs zijn zelfbeheersing terug te krijgen en barstte uit: „Ik ging ervan uit dat het in orde was gekomen. Lisette kan het uitstekend vinden met de kinderen. Het was een erg gezellige middag. Waarom heb jij me niet gebeld, Andra/ Wat heb je tegen hen gezegd? Heb je hen onder druk gezet?"

Hij keek met gloeiende ogen naar zijn vrouw.

Andra voelde zich, ondanks alles, schuldig. Ze wilde immers dat de kinderen bij haar bleven. Haar kleur kwam terug en verdiepte zich tot onder haar blonde, korte haar.

„Henry," begon ze.

Karin de Vries stond op. Ze streek haar jasje glad en kuchte. „Ik denk dat het goed is als wij even naar een andere kamer gaan. Dan kunt u even uw cliënt bijpraten, confrère. Gaat u mee, mevrouw Coronel?"

Andra stond op. Ze was innig dankbaar dat ze hier niet alleen zat. Wat had ze zonder Karin moeten beginnen?

„Dat lijkt me verstandig." Zandstra zette een vinger tegen zijn slaap. Wat een vervelende complicatie.

„Als je maar niet denkt dat ik het hierbij laat zitten. Andra probeert me vanaf het begin te dwarsbomen. Ik heb evenveel recht op de kinderen als zij. Als ze het zo wil spelen, goed, maar dan wil ik de kleintjes hebben," zei Henry verbeten toen de twee vrouwen het kantoor hadden verlaten. Hij sloeg zijn benen over elkaar en vouwde zijn armen voor zijn lichaam. „We hebben uitstekende gesprekken gehad met dat mens van de kinderbescherming."

Hij had er, toen ze weg was, op gerekend dat hij het gewonnen had. Het was een ontvankelijke vrouw geweest, die onder de indruk was van de goede verstandhouding die hij met zijn kinderen had. Die moest een gunstig rapport hebben opgemaakt.

Gijs Zandstra zuchtte. Wat was Waardijk kinderlijk onredelijk. „Henry, je maakt geen schijn van kans. Je oudste kinderen hebben ervoor gekozen bij hun moeder te wonen. We hebben net een bezoekregeling afgesproken die je, volgens je eigen opzet, redelijk vond. Geen rechter die de kleine kinderen aan jou toewijst. Je hebt niet eens oppas voor ze. Of wilde Lisette stoppen met werken? En zelfs dan niet. Leg je erbij neer en probeer goede vrienden te blijven met Andra," zei hij kortaf.

Henry klemde zijn kiezen op elkaar. „Goede vrienden? Terwijl ik alles zo goed voor haar had geregeld en ze zo... zo... eerst al dat huis dat ze afwees en nu ook weer zo onda..." Hij hield het woord 'ondankbaar' net op tijd binnen. „Zo onvergeeflijk stompzinnig haar eigen zin doordrijft en het belang van de kinderen uit het oog verliest!"

Gijs Zandstra zette zijn ellebogen op het bureau voor hem. „Vergeet niet dat jij degene bent die een scheiding wilde en dat veel mensen zullen vinden dat jij de belangen van de kinderen uit het oog hebt verloren toen je een ander..." Hij maakte de zin niet af. Om over de belangen van je vrouw maar niet te spreken, dacht hij er achteraan, want hij had sympathie gekregen voor de vrouw die zo aandoenlijk haar verdriet probeerde te verbergen.

Henry hoorde de toon in de stem van zijn advocaat. „Heeft ze jou soms voor haar karretje gespannen?" vroeg hij schamper. „De zielenpiet uitgehangen zeker? Daar is ze goed in. Ze is niet eens in staat voor zichzelf te zorgen, man. Wie denk je dat bij mij thuis alles regelde? Mijn moeder en ik! En dat wil dan naar Wieringen! Er komt

65

niets van terecht. Mijn kinderen zijn de dupe van haar kuren. Let op mijn woorden."

Gijs Zandstra wachtte even met antwoorden. Hij drong de drift, die in hem omhoogkwam, terug. „Als je zo over haar denkt, is het, denk ik, goed voor jullie beiden om uit elkaar te gaan. En ik moet zeggen dat ik je vrouw niet herken in het beeld dat jij nu van haar schetst. Integendeel, ze maakt een bijzonder evenwichtige indruk en heeft alles goed op een rijtje." Hij wachtte even en vervolgde vlijmscherp: „Overigens wil ik die opmerking van 'voor haar karretje spannen' niet gehoord hebben en nooit meer van je horen. Anders weiger ik jouw zaken verder te behartigen."

Henry keek zijn advocaat in het strakke gezicht. Die vent was woedend, merkte hij en wendde zijn blik af.

„Goed, sorry, ik meende het niet zo," mompelde hij. „Ik werd alleen razend om de houding van mijn vrouw. Ze is zo veranderd. Normaal was Andra nooit drammerig. Ze had altijd alles voor de kinderen over. Dat heeft te maken met die familie van haar, die haar heeft opgestookt. Logisch dat ik er ondersteboven van ben. En die collega van je doet er ook al geen goed aan. Dat mens weet absoluut niet hoe Andra in werkelijkheid is."

„Mevrouw De Vries staat bekend als een buitengewoon kundig advocate," zei Zandstra koel.

„Ik vind het een bitch," gromde Henry.

„Zullen we ons tot de zaak beperken? Wil je nog iets anders regelen voordat ik de beide dames terugroep?" Zandstra had er schoon genoeg van en liep naar de deur.

„Nee, laat maar terugkomen," zei zijn cliënt nors.

Een halfuur later stond iedereen weer op straat. Henry was het eerst naar buiten gegaan. Hij wachtte op de parkeerplaats tot Andra vijf minuten later naar buiten kwam en liep op haar af.

Ze had gehoopt dat hij weg zou zijn en had expres gewacht om niet tegelijk op de parkeerplaats te zijn.

„Je hebt het mooi voor elkaar," snauwde Henry. „Had je niet meer rekening kunnen houden met je eigen dochter? Je weet dat Roos altijd een vaderskind is geweest. Ze gaat me missen!"

Andra's gezicht versomberde. „Henry, als het je kan troosten, ze blijft niet voor mij, en natuurlijk zal ze je missen. Alle kinderen zullen je missen. Roos blijft vooral voor Steefje," zei ze moeilijk en voegde er daarna aan toe: „Ze komen toch vaak in de weekends?"

Hij stak zijn handen in zijn zakken. „De weekends..."

Er viel hem iets in. Wat vrolijker hernam hij: „Je weet toch dat ze van gedachten mogen veranderen en dat ze weer voor mij kunnen kiezen?"

Ze knikte: „Weet ik. Maar laten we het alsjeblieft zo gemakkelijk mogelijk voor hen maken. Het is toch al zo..."

„We kunnen het nog terugdraaien," zei hij snel en keek in het fijne gezicht van zijn ex-vrouw. Het blonde haar krulde op haar voorhoofd, en de blauwe ogen keken verdrietig naar hem op. Haar gezicht was nog licht gebruind van de lange zomer. Ze was mooi. Hij had de blikken van Zandstra wel gezien. Hoe was het mogelijk dat hijzelf dat zo lang niet had opgemerkt? Hoe kon ze zo veranderen in die maanden op Wieringen, waardoor ze op dit moment bijna een aantrekkelijke vreemde leek die hij weer wilde leren kennen?

„Laten we over alles heen stappen en die stomme papieren verbranden," drong hij aan. „Een nieuw begin!"

Hij legde een hand op haar schouder en liet hem hoopvol over haar rug naar beneden gaan. „Andra? We kunnen nog terug. Jij vindt dit net zo erg als ik!"

Langzaam schudde ze haar hoofd. „Dat zou niet werken, Henry. We hebben getekend. Laat het zo."

Ze draaide zich om en stapte in haar auto. Ze wilde niet dat hij de tranen zou zien die in haar ogen stonden.

Zonder om te kijken reed ze weg.

Henry keek haar na en sloeg met zijn vuist tegen de bruine stenen muur van het huis dat naast de parkeerplaats stond. Alles leek vanmorgen zo fantastisch, dacht hij woedend en verbijsterd. En nu moest hij het Lisette nog vertellen. Ze zou dit vreselijk vinden. Ze had zich verheugd op het gezin dat ze zouden gaan vormen: hij, de grote kinderen en zij. Maar Lisette wist niet wat ze miste, want het waren haar kinderen niet. Uiteindelijk was hij degene die de prijs betaalde voor hun verhouding, besloot hij. Niet meer 's avonds een dochter die hem vroeg haar wiskundesommen uit te leggen omdat hij dat beter kon dan haar leraar. Geen zoon meer die hem zijn nieuwste modelschip wilde laten zien. Geen klein kind dat opgetild wilde worden en zelfs geen Steefje die dankbaar lachte als hij in een goed humeur was en een grapje maakte. Zelfs Steefje zou hij missen, constateerde hij verbijsterd.

Die avond had Steven repetitie van de kindercantorij. Andra reed er met alle kinderen naartoe. De kinderen hadden 's middags angstvallig het onderwerp scheiding vermeden. De uitdrukking op het gezicht van hun moeder was zo treurig dat ook Roos niets had durven zeggen. Jolientje hing stil tegen haar zusje aan. Zelfs zij voelde het verdriet dat om Andra heen hing.

Het werd al schemerig op de stille polderwegen, en de lichte maancirkel verscheen aan de hemel.

„Wij zingen een lied over de maan," opende Steven het gesprek.

„O ja? Hoe is het dan? Zing het eens voor." Roos was dankbaar dat de stilte werd verbroken.

Steven zong zacht:

„De maan is opgekomen.
De aarde ligt in dromen.
De nacht is stil en klaar.
De donk're bossen zwijgen
En van de beemden stijgen
De nevels wit en wonderbaar."

Hij stopte en merkte peinzend op: „Kijk, Roos, dat klopt. Want die mist daar bij die bomen... dat heet toch ook nevels?"

„Ja. Hoe gaat het verder?"

De zuivere stem zong weer:

„De wereld die verstilde
En zich in schemer hulde,
Wordt inniger vertrouwd.
En houdt u zo geborgen
Dat gij verdriet en zorgen
Van heel de dag vergeten zoudt."

Roos kreeg een brok in haar keel. Wat vreemd dat Steefje juist dit lied zong. Zo raar toepasselijk.

„Roos, daar moet je juist niet van huilen. Dat is juist om vrolijker van te worden," merkte hij vermanend op.

Roos knikte. „Ik huil ook niet, Steef. Gewoon, even..."

„Zal ik dan maar niet verder zingen?" vroeg hij onzeker.

„Doe maar wel," zei Roos en legde haar wang op het warme hoofdje van haar kleine zusje. Het zachte haar rook naar babyshampoo.

„Ik ken ze nog niet allemaal, hoor, maar Johanna zegt dat we dit vers heel mooi moeten zingen," zei Steven.

„Doe ons uw heil aanschouwen,
niet op ons oog vertrouwen,
niet blij zijn met de schijn.
Doe ons de eenvoud vinden
En, God, voor U als kind'ren
Op aarde vroom en vrolijk zijn."

Hij stopte. Het bleef even stil. De inzittenden van de kleine auto haalden allemaal een andere zin uit het vers.

Andra, die net als Roos tegen haar tranen zat te vechten, dacht: vroom en vrolijk zijn... soms bijna een onmogelijke opgave, maar ik zal in ieder geval mijn best doen. Ik heb genoeg om blij mee te zijn. Mijn kinderen... ik weet niet hoe het gaan zal, maar ik heb ze nu alle vier bij me, en dat moet genoeg zijn.

Mark, met zijn scherpe intelligentie dacht: niet blij zijn met de schijn... Schijn was wat hem zo was tegengevallen bij zijn vader en diens vrienden. Het onechte, opgeklopte geklets, dat rare 'beste kerel, ha-ha-ha'-gedoe. Mark bezat een wijsheid die zijn leeftijd ver vooruit was. Hij zag hoe zijn vader neerkeek op mensen zonder aanzien en geld, zonder dat hij precies onder woorden kon brengen hoe en waaraan hij dat had gemerkt. Misschien door de manier waarop zijn vader naar Steefje keek en hij wist dat hij dat niet wilde. Geen schijn voor hem.

Roos begreep niet goed waarom er tranen in haar ogen stonden. 'Doe ons de eenvoud vinden...' vond ze een mooie zin, maar 'voor U als kind'ren' klonk al een stuk minder en 'vroom' was al helemaal niet aantrekkelijk. Zij wilde helemaal geen kind zijn, en 'vroom' vond ze ook niets. Waarom was ze dan zo onder de indruk van dat lied? Ach, wat zeurde ze toch. Ze wist toch waar dat 'doe ons de eenvoud vinden' op sloeg? Het ging om een eigenschap die Steefje en – vreemd genoeg – haar moeder bezaten. Het had met eerlijkheid te maken. Ze zocht naar een ander woord, want dat klopte niet helemaal. Eerlijkheid, nee, echtheid... dat was het! Als mama iets deed, zat er niets achter. Niet zoals zijzelf af en toe kon doen: een opmerking maken of iets doen om dingen te bereiken die je, als je er openlijk voor uitkwam, niet kreeg. Haar vader noemde dat. een verborgen agenda. Hij paste dat regelmatig toe en was ermee ingenomen als het werkte. Mama deed dat niet. Maar dat hoefde ze ook niet te doen, verdedigde Roos haar vader meteen in gedachten. Mama werkte niet buiten de deur. Die had nooit iets willen bereiken. Had ze dat maar wel gedaan. Dan was het misschien anders gelopen met papa.

„Mam, waarom heb jij nooit meer gewerkt?" vroeg ze in de stilte die was blijven hangen na het zingen van Steven.

Andra keek naar haar dochter in de autospiegel.

„Hoezo? Ik heb zelfs tamelijk hard gewerkt," probeerde ze er een grapje van te maken.

„Nee. Echt gewerkt."

„Ik had er geen behoefte aan en kan je verzekeren dat ik echt gewerkt heb," zei Andra naar waarheid.

Roos zuchtte. „Bui-ten de deu-heur," zei ze met nadruk.

„Daar kwam ik met vier kinderen niet aan toe, Roos."

„En oma en papa vonden het ook niets, natuurlijk," merkte Mark spits op.

Roos dacht na. Dat zou het wel zijn. Mama deed nooit iets tegen de zin van oma en haar vader.

„Misschien kun je op Wieringen iets leuks gaan doen," hernam ze zakelijk.

„We zullen zien. Eerst maar eens verhuizen," antwoordde Andra net zo nuchter. „Erg mooi lied, Steefje. Probeer maar nog een versje te onthouden als je het vanavond moet zingen van Johanna."

De treurige stemming was door het zingen van Steven verdreven. Andra raapte zichzelf bij elkaar, en Roos verheugde zich op de ontmoeting met haar oudoom en tante en misschien Jaak. Hij was er meestal wanneer ze naar Wieringen kwamen. Ze glimlachte. Andra zag het in haar spiegel en haalde wat lichter adem. De dag eindigde minder verdrietig dan ze vanmorgen had gevreesd.

6

Ze leverden Steven af bij Johanna.
„Tot vanavond?" veronderstelde de dirigente. „Ik neem Steefje wel mee naar Trees en Marius."

Andra zwaaide, en Steven en Johanna verdwenen in het lokaal.

De avonden van de repetities waren de afgelopen weken hoe langer hoe meer uitgelopen op een gezellig koffie-uurtje. Jaak, Rogier en Jurriaan kwamen langs, en wanneer ze klaar was met de repetitie, vulde Johanna het gezelschap aan.

Rogier en Jaak kwamen aanlopen op het moment dat Roos en Mark uit de auto stapten.

Tante Trees opende de voordeur. Ze wierp een bezorgde vorsende blik op het gezicht van haar nichtje en haalde verlicht adem toen ze zag dat Andra niet al te verdrietig keek. Ze had met haar meegeleefd deze dag en wist hoe zwaar ze het vond haar huwelijk te beëindigen.

„Dag, kinderen. Dag, kleine Jolly." Ze knuffelde het kleine kind dat haar armpjes om het omvangrijke middel van haar oudtante sloeg.

„Ik ruik... ik ruik..." zei Mark.

„Appeltaart!" riep Jolien.

„Appeltaart," bevestigde tante Trees.

„Ik wil een heel groot stuk. Mag dat, tante?" vroeg Jolientje.

„Helemaal niet," plaagde Jaak. Hij tilde haar in de lucht en zette haar op zijn schouder.

„Je blijft de hele avond hier zitten. Niks appeltaart!"

Jolientje schaterde.

„Wel hè? Oom Marius, ik mag toch een groot stuk?"

„Dat mag." Oom Marius stond in de keuken en zette schoteltjes neer.

Andra bedacht dat er weinig zo troostrijk was als de geur van appeltaart en koffie. Met een zucht van opluchting ging ze zitten. De uren waartegen ze zo had opgezien, waren voorbij.

Rogier Lont keek naar de jonge vrouw met een mengeling van zorg en... Andra zou zeggen dat het nog veel te vlug was, maar hij kon het niet anders noemen: liefde. Hij zag de donkere blauwige kringen onder haar ogen. Ellendige dag voor haar. Niemand die dit van haar kon overnemen. In ieder geval gelukkig dat Karin erbij was geweest. Hij had haar vanmiddag nog even gesproken. Ze had niets losgelaten, vanzelfsprekend. Maar uit haar blik had hij opgemaakt dat het niet allemaal van een leien dakje was gegaan. Die hufter van een man... Het was maar goed dat hij over een week naar de Antillen vertrok. Het zou anders moeilijk worden zich te blijven gedragen als een aardige vriend.

Hoewel het bijna donker was, wilde Jolientje nog even bij de dieren kijken. Dat deden zij en Steven standaard wanneer ze kwamen. Roos en Mark gingen altijd mee en volgden Jaak op de voet toen hij naar hun huis liep.

„Straks appeltaart, tante?" vroeg Roos.

„We bewaren het," beloofde Trees.

Toen de kinderen weg waren, kon tante Trees haar mond niet houden.

„Ging het een beetje, kind?" vroeg ze.

„Moeizaam. Henry had er niet op gerekend dat Roos en Mark bij mij willen blijven. Hij had de secretaresse van zijn advocaat verkeerd begrepen. Misschien wilde hij haar ook wel niet goed begrijpen. Ik weet het niet," zei Andra.

„En nu?"

„Het is wel goed gekomen, maar ik was erg blij dat Karin er was."

„En...?" Tante Trees wilde graag alles weten. Ze had haar kin zorgelijk tegen haar hals getrokken en bekeek Andra vol medeleven.

„Nu moet ik voor de rest zorgen."

Rogier haakte op deze opmerking in. „Ik moet over een paar weken weg. Sla je overtollige meubels maar op in de loods van Jurriaan. Hij heeft ruimte zat," stelde hij voor.

„Zou dat kunnen?" vroeg Andra hoopvol.

Er liep een lange figuur langs het raam. De keukendeur werd geopend.

„Daar heb je Jur al. Kun je het meteen zelf vragen," antwoordde Rogier.

„Ik vind het gewoon jammer dat ik moet wachten tot de kerstvakantie voordat we weg kunnen uit Alkmaar," bekende Andra even later openhartig. „Ik snak ernaar weg te gaan." Ze was nog steeds bang bekenden tegen te komen.

„Waarom moet je daar eigenlijk op wachten?" wilde tante Trees weten, die niets liever zag dan dat Andra vlug haar intrek nam in het huis van Rogier.

„Beter voor de kinderen, tante."

Buiten klonken de stemmen van Mark en Jaak. Roos lachte hoog.

„Nu even over iets anders," verzocht tante Trees en begon te rommelen met schoteltjes en verse appeltaart.

Het was niet eens moeilijk een ander onderwerp te vinden. Jurriaan vertelde dat hij deze maand al vier keer een brandje had moeten blussen dat duidelijk aangestoken was.

„Een pyromaan?" vroeg Roos met grote ogen.

„Denk ik. Voor kwajongensstreken is de laatste fik eigenlijk te groot," zei Jurriaan.

„Wat is een pyromaan?" Jolientje klom op de knieën van oom Marius.

„Een pyromaan is iemand die voor zijn plezier fikkie stookt," vertelde oom Marius.

„Zoals Steef en ik hebben gedaan, die keer in de kast?" vroeg ze met grote ogen. Zij hadden zich een keer samen verstopt in de klerenkast op de overloop en lucifers aangestoken. Mark had het net op tijd gemerkt doordat hij een brandlucht rook. Mama was erg boos geweest.

Andra moffelde een lach weg.

„Precies," zei ze. „Dat was verschrikkelijk stout en gevaarlijk. Het hele huis had wel kunnen afbranden. En waar moesten we dan slapen?"

„Hier, lekker hier," zei Jolien opgewekt en sloeg met haar handjes op tafel. „Lekker hier, bij tante Trees."

„O nee. Kindertjes die fikkie stoken, mogen niet bij tante Trees wonen," verklaarde tante Trees.

„Ik maakte maar een grapje. Ik zal het nooit meer doen. En Steefje ook niet," beloofde Jolientje onmiddellijk en strekte haar hand uit naar haar tante.

Tante Trees pakte de hand vast. „Als je dat maar weet, kleine kraai."

Johanna en Steven waren vroeg die avond. Johanna duwde Steven aan zijn schouder voor zich uit de keuken in.

„Dag, allemaal... Nou, vertel maar, Steef."

„Ik heb heel mooi gezongen, zegt Johanna, en ik mag over twee weken in de kerk alleen zingen. Eerst met alle kinderen bij elkaar en dan alleen," kondigde hij aan.

Andra pakte haar zoon vast. Zijn ogen glansden, en hij keek blij van de een naar de ander.

Johanna nam plaats naast Andra.

„Hij zingt als een engel," murmelde ze tegen haar.

Andra werd warm van vreugde.

„Echt?"

„Hij zong vanavond de sterren van de hemel."

Jolientje hoorde de opmerking. Sterren van de hemel zingen, hoe kon dat nou? Ze boog zich voor oom Marius langs en keek naar buiten naar de donkere wolkenhemel. Ze zag niet veel sterren. Toen ze hierheen reden, waren er wel een heleboel. Zou het echt waar zijn? Ze keek naar haar broertje. „Waar zijn die sterren dan gebleven, Steef?" vroeg ze vol ontzag.

Steven keek haar verbaasd aan. „In de lucht, achter de wolken."

Ze schudde haar hoofd. „Johanna zegt dat jij ze hebt weggezongen."

Zijn ogen werden groot. „Nee hoor, nee hè, Johanna?" ontkende hij.

Johanna lachte. „Dat is zogenaamd."

Jolien vond mensen die zogenaamde dingen vertelden, lastig.

„O, nou," zei ze en haalde haar neus op.

Ze maakten het niet laat. Andra was moe, en de kinderen moesten morgenochtend weer naar school.

De weg was donker, en het asfalt glom vochtig in het licht van de koplampen. Het blad dat van de bomen waaide, mengde zich met een fijne motregen. Het eerste stuk babbelden Jolientje en Steven nog, maar na een kwartier hingen ze slaperig tegen Roos aan.

„Jaaks vader gaat in november weg. Hij moet nog iets in Den Haag doen," vertelde Mark.

Andra knikte. Ze was, hoewel ze afstand wilde bewaren tussen haar en Rogier, blij dat hij hier nog een paar weken zou zijn. Zeker nu ze pas eind december ging verhuizen.

„Jaak vindt het niet leuk dat zijn vader zo lang weggaat. Maar Rogier zegt dat het de laatste keer is dat hij zo'n tijd wegblijft." Roos had haar armen om haar broertje en zusje geslagen.

„Hij komt tussendoor toch een paar keer thuis?" Andra stopte voor een stoplicht op een kruipunt. Wat dwaas dat die dingen nog werkten. Geen kip te bekennen en dan stond je daar voor niets te wachten.

„Ja, dat is wel zo, maar toch..."

„Als Jaaks vader thuis is, is hij er ook echt," merkte Mark op.

„Nou, papa toch ook?" Roos voelde de opmerking als een aanval op haar vader.

Mark zweeg. Hij vond dat er een groot verschil was tussen Jaaks vader en hun vader.

„Steef, heb je nog wat geleerd vanavond?" veranderde hij van onderwerp. Het was zo'n fijne avond geweest; nu niet bederven door Roos een paar feiten onder haar neus te wrijven.

„Het laatste versje van dat lied, weet je wel, dat je op de heenweg zong?"

„Heb je niets anders geleerd?" vroeg Roos kribbig. Ze kon er niet tegen dat Mark zei dat papa altijd de hort op was geweest. En zeker niet nu ze wist waar hij vaak had uitgehangen.

„Jawel, een Engels liedje: *The Lord is my Shepherd*. Dat betekent: de Heer is mijn herder. Is heel mooi. Daar moet ik een stuk alleen in zingen, en ook een stuk met een andere jongen. Die kan pas mooi zingen."

„Zing dat maar!" zei ze.

„Niet te hard. Jolientje slaapt," zei Andra. Gelukkig had ze de kleine kinderen al bij tante Trees hun pyjama's aangetrokken en hun tanden gepoetst. Ze konden straks zo naar bed.

Steven begon te zingen. Mark kende het lied en neuriede mee. Tot vlak voor de afslag naar Alkmaar bleef hij doorzingen.

„Zing dat laatste versje nu ook maar," zei Roos. Op de een of andere manier was alle wrevel verdwenen.

„Dat is een soort bidden," zei Steven. „En het past precies bij nu." Hij maakte een handgebaar naar de bladeren die over de donkere weg dansten.

„Zing het dan," herhaalde ze. „Dan hoef je straks niet te bidden."

Daar zat wat in. Steven zong en zorgde ervoor dat hij de lettergre-

pen goed duidelijk uitsprak, zoals Johanna hem gezegd had:
„Laten wij amen zeggen
En ons te slapen leggen.
Kil wordt de avondwind.
God, weer van ons het kwade
En wees in uw genade
met ieder eenzaam mensenkind."
   Daar moest Roos even van slikken.

In de weken die voorbijgingen, bleef de donderdagvond voor Andra een lichtpunt waarnaar ze uitkeek wanneer ze overdag aan het selecteren was wat mee moest verhuizen naar Wieringen en wat in het huis moest blijven. Het delen van de inboedel ging zonder problemen. Henry was royaal, hoewel Andra het vermoeden had dat dat ook te maken had met het feit dat Lisette de inrichting van haar schoonmoeder niet waardeerde, net zomin als zijzelf. Andra wilde alleen de keukentafel en stoelen en de grote stoel waar ze altijd in had gezeten wanneer ze de kinderen voorlas, meenemen. De slaapkamers van de kinderen moesten intact blijven, hadden ze besloten. Dat zou ze over de onwennigheid heen helpen wanneer ze bij Henry waren in het weekend.

Andra zou in de kerstvakantie verhuizen. Dat gaf Roos en Mark de tijd om eventuele nieuwe schoolboeken door te nemen. De conrector van de school waar de kinderen naartoe zouden gaan, had haar verzekerd dat een groot gedeelte van de boeken die ze in Alkmaar gebruikten, ook bij hen op school in het fonds zaten. Toch vond ze het prettig als Roos en Mark zich daarvan konden overtuigen en bekijken hoe ver ze met de leerstof waren op de nieuwe school.
   Roos zei dat ze Liesbeth wel zou vragen of ze haar schriften mocht lenen en eventueel wat overnemen. Mark leerde zo gemakkelijk dat het hem niet uitmaakte.
   Broer en zus trokken in deze maanden veel met elkaar op. In gedachten namen ze al wat afstand van hun vrienden en vriendinnen. De verhouding tussen Roos en Brechtje was niet meer zoals die was geweest. Brechtje trok hoe langer hoe vaker met Elsa op en zei nog steeds dat ze het dom vond dat Roos niet voor haar vader en Lisette had gekozen.

„Als je het slim aanpakt, beland je in luilekkerland," zei ze weleens tegen Roos. „Je kunt van alles van je vader en Lisette gedaan krijgen, en ze hebben geen tijd om op je te letten. Ik wou dat ze mij vroegen bij hen in te trekken. Ik deed het meteen. Ik word soms gek van mijn vader en moeder. Ze willen altijd weten waar ik uithang en met wie."

Roos haalde haar schouders op. Ze hield nog net binnen: „Daar konden je vader en moeder nog weleens gelijk in hebben ook." Dan was het net alsof je overliep naar de volwassenen. Verder nam ze Brechtje nog steeds kwalijk dat ze aangepapt had met Lisette. „Om cadeautjes," zei ze schamper tegen Mark. Dat Gerben regelmatig bij het gezin Waardijk over de vloer kwam, werkte ook mee aan de verkoeling tussen de twee vriendinnen. Brechtje hield er niet van als iemand die ze voor zichzelf had gereserveerd, met anderen omging. Als Roos had gewild dat Gerben haar vriend bleef, had ze in de zomervakantie maar vaker naar huis moeten komen. Nu had ze Gerben aan Brechtje overgelaten, en Roos moest dus van hem afblijven.

„Ik begrijp niet waarom hij nog bij jullie langskomt. Jij had toch iets met die Jaak?" vroeg ze kribbig, toen ze merkte dat Gerben bij Roos thuis was geweest.

Roos keek naar het boze gezicht. Zou ze vertellen dat Gerben haar had geholpen met Engels? Ze was achter bij de klas waarin ze zou komen, en Gerben was goed in talen.

Mark was met de stof nog lang zover niet als zij. Aan haar moeder en vader wilde ze op het moment liever niets vragen.

„Nou, dat is toch zo? Die Jaak die ik niet mag zien, is toch een vriendje?" Brechtjes ogen blonken van drift, en ze had haar lippen op elkaar geklemd. Elsa luisterde mee op de achtergrond. Ze had haar armen om haar rugtas geslagen en drentelde om Roos en Brechtje heen.

Ik vertel haar niets ook. Het gaat haar geen bal aan, besloot Roos en stak haar kin in de lucht. „Vraag het hem als je het wilt weten," zei ze koeltjes en draaide zich op haar hielen om. Haar rug was kaarsrecht.

Brechtje keek haar verbijsterd na. Roos was altijd zo inschikkelijk geweest. Haar moeder zei altijd dat Roos zich te veel door haar liet ringeloren. Nou, dat had ze dus mooi mis. Moest je haar daar zien lopen. Alsof ze hare majesteit in persoon was.

7

Het was begin november. Henry wilde graag dat de kinderen bij hem Sinterklaas kwamen vieren. Hij had afgesproken dat het feest bij zijn moeder gevierd zou worden. Dat hadden ze vroeger ook al eens gedaan. Dus voor de kinderen was dat een bijna normale situatie. Andra zou er niet bij zijn, maar ze had het nooit zo op dat soort feestjes. De kinderen zouden amper merken dat ze er niet was, dacht hij optimistisch. Hij zou hen eens echt verwennen. Lisette had gezegd dat het niet tactisch zou zijn te grote cadeaus te geven, maar hij was niet van plan zich daar erg veel van aan te trekken. Ze moesten weten hoeveel hij om hen gaf.

Op een morgen dat alle kinderen naar school waren, ging hij bij zijn ex-vrouw langs om te vragen of er nog speciale dingen waren die hij hun kon geven.

Meteen wilde hij iets afspreken voor aanstaande zondag. De kinderen zouden bij hem en Lisette zijn, maar ze moesten een beetje op tijd naar huis. Thea en Bart hadden Lisette en hem uitgenodigd. De verhouding met die oude kennissen was een tijdlang nogal bekoeld geweest doordat hij met Lisette verder wilde. De uitnodiging was een soort vredesaanbod dat hij niet kon afslaan. Dat moest hij dus ook regelen. Hij zuchtte. Er kwam wel veel gedoe bij kijken. Dat beseften mensen die gingen scheiden niet van tevoren.

Hij keek door het raam en zag Andra op de grond voor de boekenkast zitten.

Het grootste gedeelte van de boeken had ze al uitgezocht. Wat ze wilde meenemen, had ze apart gelegd: de tuinboeken, boeken over hedendaagse kunst, muziekboeken en wat romans.

Ze stond op toen Henry aanbelde en gaf hem een kop koffie.

Hij ging zitten op de grijsleren bank die Andra altijd had verfoeid.

„Steven heeft zondag een uitvoering met de kindercantorij. Hij wil vast graag dat je ook komt luisteren." Andra wilde graag dat ze niet met al te veel wrok uit elkaar gingen.

„Op Wieringen zeker?" Henry's ogen gleden langs de stapel boeken.

„Ja."

„Merci," zei hij kortaf. Zelfs als hij niet die afspraak zou hebben, piekerde hij er niet over daarnaartoe te gaan. Als hij ergens geen zin in had, was het wel daar in een kerk naar wat brave boerenkindertjes zitten luisteren. Voor dat volk daar was hij natuurlijk de man die zijn vrouw en kinderen in de steek had gelaten. Het kwam goed uit dat Steven net die avond moest zingen, maar dat hoefde hij Andra niet aan haar neus te hangen. Het was veel beter dat het een gunst van zijn kant leek.

„Maar het is heel belangrijk voor hem. In ieder geval moeten de grote kinderen hem horen. Hij heeft er zo hard voor gewerkt," pleitte Andra en streek met haar stoffige handen langs haar trui. Er bleven een paar zwarte vegen op zitten. Andra die er tot een halfjaar geleden altijd zo smetteloos schoon had uitgezien. Ze zag er zo veel aantrekkelijker uit dan met dat onberispelijke uiterlijk van vroeger.

Henry moest zich beheersen om niet zijn armen om haar heen te slaan en haar tegen zich aan te drukken. Zijn ogen werden smal, en zijn ademhaling ging sneller.

„Het is pas zondagavond, dus…" vervolgde Andra onbewust van zijn gedachten haar pleidooi.

Henry kwam weer tot zichzelf. Als die kliek op dat roteiland er niet geweest was, was er niets aan de hand geweest, dacht hij bitter. Dan waren ze nooit gescheiden en was Andra dankbaar geweest dat hij terug wilde komen, maar goed, ze wilde niet anders. En hij dus ook niet.

„Best, laten Roos en Mark dan maar vroeger weggaan. We moeten met die bezoekregeling ook niet te spastisch omgaan," stemde hij toe.

Andra haalde opgelucht adem. Het zou voor Steven een enorme teleurstelling zijn geweest als Roos en Mark niet in de kerk waren.

Henry pakte een voorleesboek op. Op de voorkant stond een kleurige plaat van een klein meisje tussen de bomen. Hoe vaak had hij Andra deze verhalen niet horen voorlezen. Hij zag het zo weer voor zich nu hij deze boeken in zijn handen had. Ze kon goed voorlezen. Veel beter dan hij. Vroeger, toen Roos en Mark klein waren, had hij het ook nog wel gedaan. Ach… vroeger. Dit was een stuk van het verleden dat hij niet kwijt wilde.

„Deze boeken moet je hier laten, Andra," zei hij. „Daar ben ik aan gehecht."

Ze keek hem verbaasd aan. „Maar daar lees ik Steven en Jolien altijd uit voor," protesteerde ze.

„Dat kun je goed zien ook. Ze liggen bijna uit elkaar. Koop maar een paar nieuwe. Nee, wacht, dat doe ik wel voor je. Dan heb je tenminste weer gave exemplaren. Ik doe het wel met die oudjes. Jolientje moeten we hier toch ook kunnen voorlezen." Hij glimlachte overredend.

„Nee, Henry." Andra aarzelde geen moment. „Ik laat hier bijna alles staan. Rijen en rijen boeken van jou. Dus de boeken waaruit ik altijd heb voorgelezen, neem ik mee. Als jij nieuwe wilt hebben, is dat jouw zaak. Ik zou ze zeker kopen, want Jolientje en Steefje zijn er dol op. Net als Roos en Mark vroeger." Ze nam de twee delen uit zijn hand en legde ze terug op de stapel. De boeken zagen er wat smoezelig uit: een paar bladzijden waren gescheurd en weer zorgvuldig geplakt met plakband, dat op de hoeken omgekruld was. In het midden waren er een paar bruine bobbelige bladzijden waar een beker chocola van Mark overheen was gevallen, en Roos had op een bladzij voor de kantlijn allemaal letters gezet toen ze net had leren schrijven. „Kijk eens. Dat is de R. De R van Roos," had ze triomfantelijk geroepen. Andra wilde geen nieuwe uitgaven. Ze wilde deze twee houden. Dit was een stuk van het verleden waar ze graag aan terugdacht. De goede tijden die er ook geweest waren.

Henry stak zijn handen in zijn zakken, wilde iets tegenwerpen, maar bedacht zich toen hij haar ogen zag. Zo vastberaden.

„Goed, goed," gaf hij spijtig toe. Hij keek de kamer rond. Raar gezicht, dat half lege boekenrek. Het was alsof de halve kamer leeg was. Hij werd somber van de onttakeling. „Neem je alle kinderboeken mee?"

„Nee," antwoordde Andra snel. „Niet allemaal. Ze moeten hier ook nog iets hebben om te lezen. De twee kleintjes tenminste. Mark en Roos zorgen wel voor zichzelf."

Hij knikte.

„Kun je me nu de verlanglijsten van de kinderen geven? Ik heb er geen idee van wat ik voor hen moet kopen."

Andra aarzelde. Ze dacht aan alle cadeautjes die Jolientje in een folder van de speelgoedwinkel had aangekruist. Van velletjes vouwpapier tot grote Barbiepoppenhuizen. Roos was ook veelzijdig met haar wensen: van een hippe wollen muts tot een dvd-speler. De jongens waren realistischer. Mark wilde een microscoop die boven haar begroting was, en Steven wilde verf en een brandweerauto.

„Kijk eens, dit zijn ze. Ik heb doorgestreept wat ik hun wil geven." Ze gaf hem de folders. Vreemd was dit. Tot en met vorig jaar had zij in haar eentje alle cadeaus gekocht en gedichten en surprises gemaakt. Waarschijnlijk had Henry er geen idee van wat hij aanhaalde met die sinterklaasviering bij zijn moeder. Ze wist bijna zeker dat hij de duurste cadeaus zou uitkiezen. Moest ze daar nu nog iets van zeggen? Ze keek naar zijn betrokken gezicht. Ze wist niet waardoor hij zo aangeslagen leek. Maar niet zeggen dat hij geen dure cadeaus moest kopen. Het hielp op dit moment toch niet. „Je kunt altijd je moeder om advies vragen," stelde ze voor.

Hij trok een wenkbrauw op. Het gaf zijn smalle gezicht iets geamuseerds, wat in tegenspraak was met de uitdrukking in zijn ogen. „Lisette wil graag de inkopen doen. Ze heeft veel smaak."

Andra knikte met een ironische glans in haar ogen. Dat had ze kunnen weten. Henry die zelf cadeaus zou kopen? Nee. Het was te hopen dat Lisettes smaak een beetje met die van de kinderen overeenkwam.

Henry stond op. „Dan ga ik maar weer eens." Hij stapte over de stapels boeken heen. Allemaal boeken waar hij niet om gaf en die alles te maken hadden met de interesses van Andra. Tuinboeken, kunstboeken, wat theologische dingen en muziekboeken. Haar inbreng was altijd verschillend geweest van de zijne. Er zou een heel andere sfeer in huis komen wanneer ze weg was. Zakelijker en stijlvoller. Geen houten keukentafel met groeven, maar een design gladde kersenhouten tafel. Meer zoals hij het vroeger thuis gewend was geweest. Zijn ogen gleden door de kamer. Andra had dit vertrek altijd kil gevonden. Het was achteraf ook geen kamer die bij haar paste. Raar dat je die dingen pas zag als je er van een afstand naar keek.

„Dag Andra."

„Ja, ik zal je uitlaten." Ze liep voor hem uit naar de voordeur.

Alsof ik een vage bekende ben, dacht hij toen ze de deur voor hem openhield. Hij herkende de beleefde uitdrukking op haar gezicht. Zo had ze ook naar de kennissen van de tennisclub gekeken. Kennissen die ze niet graag mocht. Hij keek naar het glanzende donkerbruine hout van de deur met de koperen knop waar haar kleine vierkante hand op rustte. Een hand die hem zo vertrouwd was.

„Dag, Henry."

De deur sloot achter hem. Hij keek even om. Zou ze hem nakijken door het raam zoals ze vroeger altijd had gedaan wanneer hij naar zijn werk ging? Nee, ze was al weg. Hij startte de auto en trok veel te hard op.

Later in de week kwam Henry's moeder langs. Andra zuchtte toen ze haar auto op het garagepad ontwaarde. De kinderen waren thuis. De kleintjes lagen al in bed, maar Roos en Mark waren op hun kamer. Ze waren ook aan het schiften wat ze wilden meenemen en wat in hun oude kamer moest blijven. Als oma Waardijk zich maar een beetje inhield. Andra begroette haar wat beducht. Haar schoonmoeder zag er slecht uit, constateerde ze vluchtig. Zou ze zich alles zo aantrekken? Ondanks alles kreeg ze medelijden met haar.

„Ik zit in de keuken," zei ze.

„Geeft niet. Ik blijf maar even," kondigde mevrouw Waardijk aan en nam plaats. Haar blik viel op de keukenkastjes, waar een verzameling blauw aardewerk en porselein op had gestaan.

„Neem je het porselein mee?" informeerde ze.

„Ja, want Henry vond het altijd afschuwelijk." Andra had het aardewerk op diverse rommelmarkten opgedoken, en andere dingen had ze in kleine winkeltjes gekocht. Ze had er een neus voor.

„Ik vond het uiteindelijk wel aardig. Het past hier. Weet je zeker dat je het meeneemt?"

Andra gaf er geen antwoord op. Dat verwachtte mevrouw Waardijk ook niet.

„Je kunt het, totdat Henry iets anders heeft, eigenlijk net zo goed hier laten staan. Je gaat toch eerst in het huis van die marineman, die Lont, wonen?"

„Hmm, hmm," antwoordde Andra.

„Nou dan. Overigens vind ik dat je daar erg dwaas aan doet. Om te beginnen ben ik het er al niet mee eens dat je naar dat Wieringen verhuist, en ten tweede... je beseft toch wel dat Roos verliefd is op die zoon van Rogier?"

Andra keek haar schoonmoeder strak aan.

„Dat moet je gemerkt hebben," ging mevrouw Waardijk met stelligheid verder. Met een vingertop tikte ze alle knopen van haar lila mantelpakje aan.

„Ik vraag me werkelijk af of je beseft waar je aan begint. Je zult zien dat die jongen veel bij jullie over de vloer komt. Het is tenslotte zijn huis dat je hem ontneemt.

Denk je dat Roos ertegen kan als die jongen niets om haar geeft? Of... en dat zou helemaal een ramp zijn... als hij ook verliefd op haar wordt? Twee verliefde pubers onder één dak. Weet je wel hoe gevaarlijk dat is? Dat is de kat op het spek binden. Wil je soms dat ze, nog jonger dan jij was, aan iemand blijft hangen? Je verknoeit haar jeugd op deze manier." Ze keek Andra aan met de blik waarmee ze haar jarenlang tot keuzen had gedwongen die Andra zelf niet had willen maken. Met voldoening zag ze de kleur die opsteeg vanuit haar hals tot aan het korte blonde haar.

Andra vocht om haar zelfbeheersing terug te krijgen. Hoe was het mogelijk dat Henry's moeder haar nog altijd wist te treffen in haar zwakke punten. „Ik denk dat u zich onnodig druk maakt, maar lief dat u zich zo om Roos bekommert," zei ze, en ze slaagde erin erbij te glimlachen. „Vooralsnog gaat Jaak bij zijn oom wonen, en inderdaad, ik hoop dat hij vaak bij ons zal zijn. Het blijft zijn huis."

„Dat jij hem ontneemt. Maar let vooral niet op de woorden van iemand die meer van het leven weet dan jij. Goed, ik heb je erop gewezen. Kom je niet beklagen als het misgaat," onderbrak oma Waardijk haar.

„Ik heb veel vertrouwen in mijn dochter," zei Andra fier.

„Het gaat niet om Roos. Het gaat me om die jongen," zei oma ongeduldig.

Andra pakte driftig de waterketel en vulde hem. Het water bruiste over de rand. „Jaak is een fijn joch, en als u het niet erg vindt, wil ik het er niet meer over hebben," zei ze over haar schouder.

„Steek je kop maar in het zand," mompelde haar schoonmoeder verongelijkt.

Voor de keukendeur die openkierde, stond Roos roerloos. Ze had haar vingers nog op de deurknop en zag dat haar nagels wit waren van het knijpen in het metaal. Ze was net de trap afgekomen en had de stem van haar grootmoeder herkend. Ze had eerst terug willen gaan, want ze had er geen zin in om weer gekapitteld te worden over het feit dat ze bij haar moeder en haar broers en zusje wilde blijven.

Toen haar eigen naam viel, was ze blijven staan, en ze had alles gehoord wat haar grootmoeder zei. Haar hart bonsde in haar keel. Verliefd op Jaak. Dat hoorde een oma niet op zo'n manier te zeggen. Niet als je alleen maar verliefd was en verder niemand het nog mocht weten. Een vriendin telde niet mee. Dat was heel anders. Daar plaagde je elkaar een beetje mee. Nu werd het net beginnende, warme gevoel opeens opgeblazen tot iets wat veel groter was. De kat op het spek binden... Ze bedoelde zeker dat Jaak en zij met elkaar zouden vrijen of zo... Haar wangen brandden. Opmerkingen van Brechtje over jongens schoten haar opeens te binnen. Maar dat wilde zij helemaal niet.

Bah! Ze rilde, draaide zich behoedzaam om en sloop de trap weer op. Geruisloos opende ze haar kamerdeur en trok hem weer achter zich dicht. Langzaam trok ze de gordijnen dicht, draaide zich om en keek de vertrouwde kamer rond. Ze keek naar zichzelf in de spiegel die op de deur van haar klerenkast hing. Haar ogen waren groot en lichter blauw dan normaal, en haar wangen waren donkerrood. Had iedereen gezien dat ze verliefd was op Jaak? Nee toch? En waarom vond ze dat nu opeens erg? Omdat oma er van alles bij haalde waar ze zelf nog niet aan had gedacht. Tante Trees en oom Marius hadden het vanzelfsprekend gevonden dat ze veel en graag met Jaak optrok. Maar dat deed Mark ook. Jaak en hij waren goede vrienden. Roos was niet vaak verliefd geweest. Brechtje had haar weleens gezegd dat ze een koude kikker was, maar ze liep nu eenmaal niet vlug warm voor iemand. Voor Gerben misschien. Maar het gevoel dat ze voor hem had gehad, was weggeëbd in de maanden dat ze op Wieringen was geweest. Daar was Jaak geweest. Ouder en zo veilig op de een of andere manier. Waarom zei oma dit nu? Ze maakte er iets smoezeligs van. 'De kat op het spek binden!' Ze keek naar haar slanke bruine armen. Wat misselijk van haar om zo tegen mama te praten. Dat zei oma natuurlijk alleen maar om hen hier te houden. Oma wilde niet dat ze weggingen, en ze wilde nog minder dat mama bevriend was met Rogier. Daarom probeerde ze het op deze manier. Straks maakte mama zich nog druk om haar ook. Er kwam opeens een beschermend gevoel voor haar moeder in haar boven. Mama die dit voor het grootste gedeelte voor Steefje deed. Omdat Steefje ziek werd als hij hier moest blijven. Maar dan moest zij ervoor zorgen dat er geen reden voor haar moeder was om bezorgd te zijn. Ze haalde diep adem en klemde haar lippen op elkaar. Goed dan. Dan zou ze het doen ook.

Ze haalde een washand over haar gezicht, klopte bij Mark op de deur (hij kon oma altijd zo goed afleiden) en liep, veel rumoeriger dan tien minuten geleden, naar beneden.

„Rustig. Je maakt je zusje en je broertje wakker," knorde oma toen ze binnenkwam.

Zag ze het goed? Keek oma voldaan?

„Dag, oma," groette ze koeltjes. „Dag, mam, is er al thee?"

Andra had nog steeds rode vlekken in haar gezicht.

„Nog niet, kind. Ik heb even gewacht, maar ik ga zo inschenken..." zei ze beheerst.

„Fijn." Roos liep naar de tafel.

Andra zag hoe zelfverzekerd haar dochter zich bewoog. Haar lange blouse zwierde mee met iedere beweging die ze maakte. Haar mooie dochter. Ze hield op dat moment zo veel van haar dat het pijn deed. Roos was gecharmeerd van Jaak. Maar dat waren meisjes van die leeftijd toch vaak? Ze offerde Roos toch niet op voor Steefje, zoals Henry's moeder net suggereerde? Die twee waren toch alleen maar erg goede vrienden? Ze had er zich nog nooit druk om gemaakt. Ook niet als Brechtje het met een geheimzinnig gezicht over vriendjes had gehad. Roos was nuchter genoeg, en verliefdheden hoorden erbij op haar leeftijd. Ze zou niet graag zien dat Roos, net zo jong als zijzelf had gedaan, zich aan iemand verbond. Oma Waardijk wist dat, en ze was een meester in het uitspelen van iemands zwakke plek. Altijd al geweest.

Roos keek demonstratief op haar horloge. „Mam, is het goed als ik Gerben nog even vraag of hij met mijn Engels wil helpen?" Ze pakte haar mobieltje al uit haar zak.

„Ga je zo laat nog weg? Vind jij dat goed, Andra?"

Andra keek op de klok die boven de schouw hing.

„Hoe laat is het? Half tien. Nee, Roos, vraag maar of Gerben je morgen op school nog even helpt. Je hebt toch pas het laatste uur Engels?"

„Ik vraag of hij me komt ophalen," besliste Roos en drukte de toetsen van haar mobieltje in. „Ja, Ger?" Ze glimlachte naar haar oma en liep terug naar de gang.

85

„Mogen wij niet horen wat je te zeggen hebt?" informeerde haar grootmoeder.

Roos wuifde even met een hand en sloot de deur achter zich.

Andra was even verrast. Roos belde nooit zo laat naar Gerben. Voorzover zij wist, was de vriendschap op een veel lager pitje komen te staan. Hoewel, vorige week was hij hier geweest om Roos met haar Engels te helpen. Een aardige jongen. Zie je wel? Ze zette een kop thee neer voor haar gewezen schoonmoeder. „Roos heeft veel vrienden, moeder Waardijk," zei ze warm van opluchting.

Mevrouw Waardijk keek misnoegd. „Denk maar om wat ik je gezegd heb," waarschuwde ze nog een keer.

Andra negeerde de woorden. „Hoe gaat het met uw maag?" veranderde ze van onderwerp.

„Matig. Ik houd het erop dat ik te veel stress heb de laatste tijd."

Roos kwam terug in de keuken en ging op de laatste woorden in.

„Nou, oma, dat is waar. U maakt zich ook zo druk om van alles en nog wat. Het is maar goed dat we hier straks uit de buurt zijn. Veel rustiger voor u," zei ze gespeeld onbevangen. Ik ben net zo gemeen als papa en oma zelf, dacht ze toen ze zag hoe haar grootmoeders gezicht verstrakte. Oma vond het echt erg dat ze hier uit de buurt verdwenen.

„Kind." De stem van oma Waardijk beefde even. „Het komt juist doordat jullie weggaan." Om haar ogen verdiepten zich een paar rimpels.

„Ja, sommige dingen gebeuren nu eenmaal." Roos wist niet hoe sprekend ze op dat moment op haar vader leek. Precies met dezelfde intonatie en dezelfde woorden had Henry zich verontschuldigd bij zijn moeder en bij Andra toen hij vertelde dat hij wilde scheiden omdat hij nu pas de vrouw van zijn leven had gevonden: die dingen gebeuren.

„Daar ben ik het niet mee eens. Een mens kan een heleboel zelf aan een situatie doen," wierp mevrouw Waardijk tegen en keek veelbetekenend.

Nu bedoelt ze dat ik de scheiding had kunnen voorkomen, wist Andra.

Op dat moment kwam Mark de keuken binnen. Roos vroeg zich af hoe het mogelijk was dat haar broer, die doorgaans weinig zei, voor zoveel ontspanning kon zorgen.

„Ha, die oma. Hoe gaat het?" Hij legde een boek op tafel en ging naast haar zitten.

„Ach, jongen." De wrok was opeens verdwenen uit de stem van mevrouw Waardijk. „Kon beter natuurlijk, maar jullie komen in ieder geval gezellig Sinterklaas bij mij vieren. Daar verheug ik me op. Moeten we soms een Sinterklaas bestellen voor de kleintjes? Zouden ze dat leuk vinden?"

Had ze nu niet in de gaten hoe pijnlijk dit was voor mama? Roos kon het zich bijna niet voorstellen, maar ze zag aan haar grootmoeders ogen dat ze deze keer niet expres onaardig was.

„Doe maar niet, oma. Dat hebben we nog nooit gedaan, en het is niets voor Steven. We vieren het ook nog met mama bij tante Trees en oom Marius."

Oma keek even verward naar het jonge gezichtje van Roos. „Hoezo, ook nog 'Sinterklaas met mama'?"

Roos zuchtte.

„Twee keer cadeaus. Zo zie je maar weer: alles heeft zijn voordeel," zei Mark zo onbekommerd dat Roos ondanks de knoop in haar maag even moest lachen.

„Het is wat," besloot oma Waardijk met een zuinig mondje.

8

Roos en Mark gingen zondagmiddag vroeg naar hun vader. Ze voelden zich nog steeds vreemd opgeprikt op de flat van Lisette. Zo raar, op visite gaan bij je eigen vader. Hij begon zelfs tegen hen te keuvelen alsof ze klanten waren die overgehaald moesten worden tot het sluiten van een contract. Stomvervelend.

Mark pakte op een gegeven moment een boek uit zijn tas en mompelde: „Nog even nakijken."

Roos drentelde langs de boekenkast van Lisette en haalde er een boek uit dat ze op haar boekenlijst wilde zetten.

„Is dit een mooi boek?" vroeg ze.

„Ik geloof niet dat ik het ken," antwoordde Lisette. „Ik heb het cadeau gekregen, en dan kom je er soms niet toe iets te lezen."

„O."

„Maken jullie altijd surprises voor Sinterklaas? En gedichten?" vroeg Lisette verlangend.

„Ja. Alles met toeters en bellen," zei Roos.

„O. Leuk. Het is voor mij al een hele tijd geleden dat ik echt Sinterklaas gevierd heb. Mijn ouders wonen in het buitenland, en mijn broer ook."

„Wat doet uw vader daar?"

„Zeg toch Lisette," verzocht Lisette voor de zoveelste maal. „Hij is in dienst bij een ambassade. We verhuisden vroeger heel vaak van het ene land naar het andere. Daarom vind ik het leuk weer eens Sinterklaas te vieren."

Mark had ondanks alles opeens met haar te doen. Roos werd er kribbig van. Ze wist best hoe teerhartig hij was en keek hem waarschuwend aan. Nou niet opeens leuk en gezellig doen, zei haar blik.

„Jullie moeten nog even een lijstje aan Lisette vragen," siste Henry toen Lisette even de kamer uit was.

„Cadeaus voor Lisette? Ik ben zo arm als Job. Daar heb ik helemaal geen geld voor," weerstreefde Roos.

„Geeft niet." Henry trok zijn portemonnee en gaf Roos en Mark ieder honderdvijftig euro. „Hier ... en denk erom: een gedicht erbij... of een surprise."

Roos was verstomd. Ze keek naar de biljetten in haar hand.

„Voor de anderen ook, neem ik aan. En waar moet dat gedicht voor

Lisette over gaan, pap? Nog een leuk ideetje?" vroeg ze sarcastisch.
„Kan me niet schelen. Verzin maar wat."
Honderdvijftig euro. Niet niks voor kinderen van die leeftijd. Een beetje blij mochten ze er wel mee zijn.
„Weet u wat... dicht zelf maar wat voor Lisette en maak een grappige surprise. Wij deden dat nooit, dat deed mama altijd. Wij kunnen het helemaal niet," zei Roos grimmig.
„Maar... Jullie hebben vorig jaar toch voor je moeder een surprise en een gedicht gemaakt," wilde Henry zeggen, maar hij hield de opmerking binnen toen hij Roos' felle ogen zag. Dat was nog te vroeg allemaal. Misschien was het wel niet zo'n goed idee nu al Sinterklaas te vieren. Maar Lisette en zijn moeder wilden het zo graag.
Lisette kwam terug en merkte de veranderde stemming op. Ze keek vragend naar Henry, maar hij haalde zijn schouders op.
„Kuren," vormde zijn mond klankloos het woord.

„We moeten een beetje vroeg naar huis," kondigde Roos om drie uur aan.
Mark stond meteen op. „Ja, dat is waar. We moesten maar gaan, Roos. Anders denkt Steefje misschien dat we niet op tijd zijn."
Voordat Lisette kon zeggen dat ze er net waren, verdwenen Henry's kinderen weer. Henry keek ze wrevelig na.
„Wat was er nu opeens?" vroeg Lisette en legde haar hand op zijn arm.
„Roos had zeker weer eens last van een slecht humeur. Ze kan zich nog niet zo goed vinden in de situatie," gromde hij.
„Het heeft tijd nodig," suste Lisette.
„Maar ze doen alsof ik een vreemde ben," wond Henry zich op. „Ik denk dat Andra hen tegen mij opzet!"
Lisette dacht even na. Andra?
„Vast niet. Je moet hun een beetje de tijd geven," herhaalde ze en sloeg haar armen om hem heen.
„Nu we toch nog onverwacht een paar vrije uurtjes hebben voordat we naar Thea gaan..."
Ze ging voor hem staan, maakte een paar knopen van zijn donkerblauwe overhemd los en stak haar ene hand onder het hemd en legde de andere in zijn nek.

„Kom?" vleide ze en hield haar hoofd naar achteren. Haar lange donkere haar viel over zijn armen. Henry duwde de gedachte aan zijn kinderen naar de achtergrond. Hier had hij het tenslotte allemaal voor gedaan. Al die ellende. Over de vraag of het de moeite waard was, wilde hij op dit moment niet nadenken. Hij duwde de deur naar de slaapkamer open. „Liesje, liefje..."

Lisette glimlachte. Het zou allemaal wel in orde komen.

Andra en haar kinderen waren vroeg op Wieringen. Andra en Roos waren veel nerveuzer dan Steven, die die middag nog even Caja, het kleine ezeltje, had opgezocht en nu opgewekt met Jaak babbelde.

Roos vond het moeilijk de kameraadschappelijke toon tegenover Jaak te hervinden. Ze was terughoudend, en Jaak had haar even verwonderd aangekeken.

„Je moet je niet druk maken om Steefje. Hij haalt net zo gemakkelijk adem als dat hij zingt," zei hij.

„Ik maak me niet druk."

„O nee?"

„Nou ja, tenminste niet erg. Straks is het over." Ze schoot in de lach toen hij haar met opgetrokken wenkbrauwen aankeek.

„Steef maakt zich nergens druk om. Ik lijk wel mal," gaf ze toe.

Roos was dankbaar dat ze de normale vriendschappelijke toon terug had en dat Jaak dacht dat ze alleen maar zenuwachtig was. Oma had het bijna bedorven met die rotopmerkingen van haar.

„Een beetje spanning is niet erg, zegt Johanna altijd," merkte Jaak op.

Ze keken naar Steven, die nu het kippenhok in wilde gaan.

„Doe dat maar niet, Steef. Straks stink je naar kippenmest en moet je onder de douche," waarschuwde Roos.

Steven keek naar zijn handen, die al wat smerig waren van het aaien van het ezeltje, en rook aan zijn vingers.

„Ik vind niet dat het stinkt," zei hij.

Roos kwam dichterbij. „Nou, dan ben je de enige. Kom mee, handen wassen."

Ze gingen terug naar het huis van tante Trees.

Andra zag de lange jongen samen met haar dochter en Steven terugkomen. Alleen maar goede vrienden. Logisch dat ze gecharmeerd van hem is. Hij lijkt sprekend op zijn vader en zijn oom. Het beeld stelde haar voor een deel gerust.

Een uur later keek Andra naar haar jongste zoon die onbevangen vooraan stond. De grote kerk was bijna vol. Het was de laatste zondag van het kerkelijk jaar: de dag waarop traditiegetrouw de mensen die het afgelopen jaar gestorven waren, werden herdacht. De koperen kroonluchters glansden, en de kaarsen verspreidden een zacht licht.

Johanna, gekleed in een glanzend donkerroze colbertje en een pantalon in een bijpassende kleur, was gespannen. Ze keek naar de kinderen die vooraan in de zijbeuk van de kerk stonden opgesteld. Steefje stond naast een meisje dat zich, vanaf de eerste keer dat hij mee repeteerde, over hem ontfermd had. Andra had de lange donkerblauwe toga met de witte geplooide kraag die de kinderen droegen, nog even opgestreken bij tante Trees. Hij leek tussen de andere kinderen erg jong, en op het gezicht waarmee hij naar Johanna keek, lag een toegewijde uitdrukking. Andra zag de beweging van Johanna's hand toen ze Steven als eerste liet inzetten. Moeiteloos zong zijn hoge heldere stem de woorden: „De heiligen, ons voorgegaan."

En de rest van de kinderen zong het refrein:
„Geprezen zei Zijn naam,
Hij deed hen veilig gaan,
Komt zingen wij tesaam
met alle heiligen..."

„Heiligen? Nou, nou," kon Roos niet nalaten te zeggen toen de laatste woorden van het lied klonken.

„Ach, Roos, daar worden geen heilige boontjes mee bedoeld. Leg ik later wel uit," fluisterde Andra terug. Ze was weer vol aandacht voor de cantorij. Aan de rug van Johanna kon ze zien dat ze tevreden was over haar pupillen. Een paar slierten ontsnapten aan de lichtbruine knot in haar hals. Toen het lied beëindigd was, nam ze schuin voor Andra plaats. De spanning in haar schouders was weg en ze glimlachte naar de kinderen die tegenover haar bleven zitten en luisterde naar de overdenking die begon.

„Denken wij nu aan hen die we verloren hebben," zei de predikant vanaf de kansel.

Even dacht Andra aan het verlies dat zij dit jaar had geleden. Mocht je ook rouwen om een levende? Ze had Henry verloren. De Henry van wie ze zo intens veel had gehouden, was er niet meer en was er misschien wel nooit geweest. Had ze van een droombeeld gehouden? Het deed er niet toe. Hij was er niet meer, en dat was reden genoeg om te treuren. Alleen was het vreemd dat openlijk te doen. Als iemand overleden was, had iedereen met je te doen en vond je het niet erg als ze medelijden met je hadden. Nu wel. Als iemand liet merken dat hij medelijden met haar had, schaamde ze zich, ook al zei ze honderd keer tegen zichzelf dat het onzin was.

Bij het slotlied aan het eind van de korte dienst zag ze Jurriaan zitten, samen met Jaak en Rogier. Rogier, die bijna wegging. En wat was er toch tussen Jurriaan en Johanna, schoot door haar heen terwijl ze meezong. Ze waren zich altijd bewust van elkaars aanwezigheid, maar negeerden elkaar tegelijkertijd. Ze moest er Johanna eens naar vragen. Ze gunde de jonge vrouw ook iemand met wie ze gelukkig zou kunnen worden, al was zij de laatste om iemand goede raad te geven. Maar toch, het was heerlijk je druk te kunnen maken om een ander. Het was alsof je eigen narigheid minder zwaar werd. Johanna en Jurriaan. Zelfs de namen vond ze goed bij elkaar passen.

Bij de uitgang groette de predikant alle kerkgangers.

„Dat was uw zoon, die zo mooi zong," merkte hij op toen hij Andra een hand gaf.

Ze knikte, verhuld trots.

„En ik begreep van Johanna dat u hier over een paar weken naartoe verhuist?"

„Ja."

„Dan alvast van harte welkom. We zijn erg blij met hem." Hij keek in de richting van Steven, die nog bij Johanna stond, en wendde zich toen tot Roos en Mark. „En met jullie ook natuurlijk."

Roos keek naar het vriendelijke gezicht. Hun eigen dominee was veel jonger, maar ze vond deze man erg aardig.

„We zijn hier al met Kerst," flapte ze eruit.

„Dat doet me goed. Ik hoop dat je broertje dan ook weer zingt," glimlachte hij.

„O, vast wel," zei Roos.

„En?" vroeg Johanna later, toen ze nog even langskwam bij tante Trees. „Hoe klonk het?" Tegen Steven zei ze: „Wat zong je mooi, man."

Steven glunderde. Hij had rode wangen van de slaap. Jolientje was al bijna onder zeil en hing zwaar tegen oom Marius aan.

„We maken het niet te laat. Kom, jongens," zei Andra toen de koffie op was.

„Ik vind het niet prettig dat je over die smerige weg door de polder rijdt," klaagde tante Trees.

„Ik rijd voorzichtig en u weet dat ik graag achter het stuur zit," stelde Andra haar gerust. „Echt waar. Dag, tante. Dag, allemaal."

Rogier en oom Marius liepen mee naar buiten. Rogier zette Jolientje op de achterbank en tikte haar even op haar neus. „Dag, krummel, dag Steef, Mark, Roos. Tot donderdag."

Daarna wendde hij zich tot Andra. „Ik geef je tante gelijk. Niet prettig dat je dat stuk moet rijden. Ik weet best dat je goed rijdt en dat je voorzichtig bent, maar toch... bel even zodra je er bent."

Het deed Andra erg goed, die zorg zonder neerbuigendheid.

„Doe ik. Dag Rogier, dag oom Marius."

De twee mannen keken de auto na totdat de achterlichten verdwenen waren.

„Ik zal blij zijn als ze hier wonen." Oom Marius draaide zich om en liep terug.

Rogier keek naar de lucht, waar de maan net achter de wolken verdween en door een lichte rand liet zien waar hij stond. „Anders ik wel," zei hij en volgde oom Marius het huis in, waar Jurriaan en Johanna zwijgend tegenover elkaar zaten.

Rogier herinnerde zich een opmerking van Andra over die twee en vroeg zich opeens ook af wat er tussen hen speelde. Hij was zo vaak voor langere tijd weggeweest dat hem veel ontgaan was. En in de periode dat Anneke ziek was geweest, was hij niet erg aanspreekbaar geweest voor zijn broer, besefte hij. Totaal opgeslokt door zijn eigen sores. Als Jurriaan iets om Johanna gaf... hij had er de leeftijd ruimschoots voor, en Johanna ook. Merkwaardig dat ze geen van beiden een relatie hadden. Hij bekeek zijn broer met andere ogen en schaamde zich opeens voor zichzelf. Was hij zo vervuld geweest van zijn eigen verdriet en de zorg om Jaak dat hij als de normaalste zaak van de wereld geaccepteerd had dat Jur er voor hem en Jaak was zonder zich te verdiepen in zijn omstandigheden? Jurriaan was vroeger een wilde geweest.

Pas na zijn vijfentwintigste had hij zijn draai gevonden en was hij in het aannemersvak beland. Zijn vader en moeder hadden het weleens betreurd dat hij geen studie had afgemaakt, maar dat had hij onzin gevonden. Jur was niet iemand die alleen maar op een kantoor kon zitten, en zijn bouwbedrijf floreerde. Het vrijwilligerswerk bij de brandweer had hem veel voldoening en verantwoordelijkheidsgevoel gegeven. Het was tekenend voor hem dat hij die opleiding zonder probleem volgde en voor de examens slaagde. Hij had een paar keer een vriendin gehad en één keer had iedereen gedacht dat Jurriaan eindelijk de ware had gevonden, maar dat was toch weer afgeketst. En Johanna?

„Jo, hoe lang is het geleden dat jij van het conservatorium kwam?" vroeg hij peinzend.

Ze keek hem verbaasd aan. „Ik denk wel een jaar of tien geleden. Hoezo?"

„Zomaar. Ik vroeg het me opeens af. En heb je al die tijd hier gewerkt of nog ergens anders?"

„In Amsterdam. Ik heb lesgegeven aan de volksmuziekschool. Met veel plezier. En ik geef daar nog steeds een paar uur muziek aan een scholengemeenschap."

„Maar een groot gedeelte van je tijd werk je toch weer hier, op Wieringen," stelde hij vast.

„Ja. Ik ben teruggekomen omdat ik een beetje bij mijn familie in de buurt wilde wonen. Ik heb een paar schattige neefjes en nichtjes waar ik peettante van ben, en ik vind het ook fijn hier te wonen," zei ze simpel. „In de stad heb ik in mijn eentje hooguit kans op een flat, of ik moet een huis kopen, en hier heb ik een huis met een tuin."

Rogier knikte peinzend.

Jurriaan keek ook naar de jonge vrouw. Hij wilde iets zeggen, maar zweeg.

Johanna zag zijn blik. Ze stond op. „Kom, ik moet weer eens gaan."

Oom Marius drukte haar terug op haar stoel. „Kom, Johanna, drink nog iets met een paar oude zeebonken."

„Nou, spreek voor jezelf," zei tante Trees. „Oude zeebonken. Ik niet en Jur ook niet. Hoe gaat het trouwens met de zaak, Jurriaan?"

„Zijn Johanna en ik opeens aan de beurt om achtergrondinformatie te geven?" vroeg Jurriaan en grinnikte.

„Nou ja, je bent hier meestal wanneer de kinderen er ook zijn," zei tante Trees. „En dan kom je niet echt aan praten over jezelf toe. Waar is Jaak trouwens opeens?"

„Nog even naar een vriend. Hij zou voor half elf weer thuis zijn. Hij moet morgen het eerste uur beginnen. Dus hij moet er niet te laat in liggen," antwoordde Rogier.

Oom Marius keek op de klok boven de schoorsteenmantel. „Dan heeft hij nog een uur."

„Jaak geeft weinig gezeur, wat dat betreft," zei Jurriaan. „Je kunt goed afspraken met hem maken. Dat herinner ik me van mezelf wel anders op die leeftijd."

„Op die leeftijd?" vroeg Johanna onverwacht scherp.

„En later. Het verstand kwam bij mij pas met de jaren," zei Jurriaan zonder een zweem van zijn normale lachlust.

Johanna keek hem aan en knipperde met haar ogen. Daarna keek ze van hem weg. Over haar gezicht gleed een moment een bedroefde uitdrukking.

Rogiers blik ging van zijn broer naar Johanna. Zie je wel, die hadden narigheid met elkaar gehad waar ze nog steeds niet uit waren.

„Moet je veel uitvoeringen geven met Kerst, Jo?" vroeg hij om haar af te leiden.

„Vier. Ik hoop dat de ouders er niet genoeg van krijgen die kinderen overal naartoe te brengen. Gelukkig zijn ze ermee ingenomen dat ze nogal in de smaak vallen. Anders werd het een toer dat grut bij elkaar te krijgen. Ik mag zo langzamerhand wel een bus aanschaffen," zei Johanna. Ze keek zo vrolijk dat Rogier dacht dat hij zich die treurige uitdrukking op haar gezicht verbeeld had.

„Probeer er een te krijgen bij Van Vliet. Die wil vast wel rijden. Ik zag dat er een dochter van hem meezong."

„Gerard van Vliet? Heeft die al zulke grote kinderen? Hij heeft toch bij jou in de klas gezeten, Jur?" informeerde tante Trees.

„Klopt. Gerard is altijd erg voorlijk geweest," zei Jurriaan droog.

Hij nam een laatste slok uit zijn glas bier en hield zijn hand boven zijn glas toen tante Trees nog een flesje pakte.

„Nee, Trees, dank je wel. Niet meer voor mij, want ik moet nog rijden en ik heb vannacht piket."

Tante Trees zette het flesje bier terug in de koelkast.

„Zoveel branden zijn er toch niet op Wieringen," merkte Johanna op.

„Nee, het zijn bij ons meer ongelukken. Er gebeurt nogal eens iets op de weg, en wij zijn er vaak eerder bij dan de politie. We moeten regelmatig iemand uit een wrak zagen," zei Jurriaan. „Er wordt vaak erg hard gereden op de N99."

Tante Trees keek op haar beurt op de klok. Hè, door dat gepraat over ongelukken werd ze ongerust... ze wilde dat Andra belde.

Oom Marius zag de blik van zijn vrouw. „Ze kunnen er nog niet zijn, Trees. Als ze zo hard heeft gereden, is ze een verschrikkelijke snelheidsduivel. En ze rijdt niet over de N99."

Tante Trees lachte wat gegeneerd. „Nou ja," zei ze en ging weer zitten.

Andra belde een halfuur later.

„Gelukkig dat je er bent, kind," zei tante Trees opgelucht.

Andra legde de hoorn weer neer en glimlachte met genegenheid. Tante Trees was nog bezorgder dan haar moeder vroeger.

De laatste weken van het jaar leken voorbij te vliegen.

Rogier vertrok naar de Antillen, en Andra en hij namen voor zijn vertrek nog een paar zaken door, op een druilerige dinsdag. Ze zaten tegenover elkaar in de ruime kamer van De Hoeve. Het was half twee en ondanks het tijdstip had Rogier een paar schemerlampen aangedaan omdat het donker was in de normaal zo lichte kamer.

Rogier schraapte zijn keel en keek naar de jonge vrouw die stil op de bank zat. „Beschouw het dit jaar alsjeblieft als je eigen huis. Als je iets wilt aanpassen of meubels wilt verschuiven, ga je gang. Zolang je het huis niet afbreekt, mag alles," schertste hij.

Andra knikte en keek naar de man die haar in een klein jaar vertrouwd was geworden. Hij was net naar de kapper geweest, en het blonde haar waarin een paar grijze haren zichtbaar waren, was militair kort geknipt. Zijn uniform hing klaar aan de kapstok.

„Hoe laat vertrek je morgen?" vroeg ze. Ze wist dat zijn schip al in Zuid-Amerika lag.

„Om tien uur moet ik op Schiphol zijn. Ik vertrek om half twaalf," zei hij.

Ze keek hem in de grijze ogen en zag het begin van uitwaaierende rimpels om zijn ooghoeken en groeven die van zijn neusvleugels naar zijn mondhoeken liepen. Ze vouwde haar handen in elkaar en strekte ze toen naar hem uit. „Ik zal je missen."

Hij stond op, ging naast haar zitten en greep haar handen. „Ik jou ook. Jou en je kinderen."

„Ja?" vroeg ze onzeker.

„Ja. Ik vind ze lief. Die eigenwijze, lastige Roos, die aanhankelijke Steven, Mark, net als Jaak, zo wijs en verstandig af en toe, en die grappige Jolly."

Andra werd warm toen hij de kinderen zo typeerde. Ze wist wel dat hij veel om hen gaf.

Verstandig zijn, Andra, dacht ze, maar toen ze de warmte van zijn arm tegen de hare voelde, zette ze alle wijze gedachten overboord. Ze draaide zich naar hem toe, sloeg haar armen om zijn hals en legde haar hoofd tegen zijn schouder.

„Lieve Rogier."

Zijn armen trokken haar stevig tegen zijn trui. „Zul je me schrijven, of mailen?" Hij legde zijn kin op haar lichte haar, en zijn mond beroerde vluchtig haar voorhoofd. „Andra?"

„Allebei," murmelde ze en hief haar gezicht omhoog.

Hij keek even naar haar mond en drukte zijn lippen er vast op. Zijn mond was hard, en zijn wang was een beetje ruw toen ze haar hand naar zijn gezicht bracht.

Na een paar minuten dachten ze weer helder na.

„Dit hadden we niet afgesproken," zei ze een beetje buiten adem.

„Nee. Absoluut stom," zei hij hees en boog zonder spijt zijn hoofd weer naar haar toe. Het was zo lang geleden dat iemand haar zo had vastgehouden, en Andra besefte dat het voor Rogier nog langer geleden was. Anneke was al zo lang overleden. Misschien had hij intussen wel een relatie gehad, maar op de een of andere manier geloofde Andra dat niet, en het kon haar niet schelen ook.

Een kwartier later duwde ze hem achteruit. Ze was buiten adem, en haar lippen voelden gezwollen aan in haar gloeiende gezicht.

„Voor mensen die weten dat ze stom zijn, is dit bepaald onnozel," probeerde ze haar stem onder controle te krijgen, maar dat lukte niet helemaal. Ze hoorde hoe de toon trilde.

„We moeten nog even verstandig praten," gaf hij toe en streek met zijn duim over haar lippen.

„Rogier! Nee. We moeten elkaar eerst beter leren kennen. Ik..."

„Stil maar. Ik weet het wel. Je kunt niet van de ene relatie in de andere stappen."

„Ik moet deze keer heel zeker weten dat ik mezelf kan blijven," zei ze.

„Dat wil ik ook. Ik wil je helemaal niet anders hebben." Zijn lichtgrijze ogen keken naar haar hoogrode wangen en de kleine neus.

„Maar ik weet niet precies hoe ik ben. Ik ben net een puber, geloof ik," zei ze een beetje wanhopig. „Ik weet niet wat ik kan en wat ik wil. Ja, ik wil eerst een tijd voor mezelf en voor de kinderen gezorgd hebben. Mijn eigen zaken regelen zonder dat er iemand bij alles wat ik doe roept dat ik dat toch niet kan."

Hij keek haar aan. „Je weet toch wel dat ik dat niet zou doen," zei hij pijnlijk getroffen.

„Nee, maar ik moet het eerst ondervinden, geloof ik. Jij hebt ook niets aan iemand die meteen terugkruipt in een hoek zodra ze tegengewerkt wordt, en die het zelfvertrouwen van een mug heeft."

„Nou, muggen kunnen anders aardig steken," merkte hij droog op. Hij zou, als Andra met hem verder zou willen, op moeten boksen tegen de geest van Henry en zijn moeder, besefte hij. Ze was zo gekwetst tijdens haar huwelijk dat ze, ook al wist ze dat hij van haar hield, er niet aan zou toegeven. Andra had tijd nodig. Jaren van zelfdiscipline kregen de overhand. Ze was er nog niet echt aan toe.

„Nog één kus en dan gaan we redelijk praten." Hij gaf haar nog een zoen en zette haar toen een stukje van zich af.

„Luister. We schrijven en mailen elkaar. Over alles en nog wat. Alles wat ons bezighoudt."

„Over de kinderen?"

„Nee, ook over de kinderen, maar vooral over wat je denkt en vindt," zei hij een beetje ruw.

Ze glimlachte. „Dat wist ik wel, hoor."

„En luister goed. Je bent me helemaal niets verplicht. Niet, omdat je een jaar in mijn huis woont, denken dat je daarom iets met mij moet krijgen. En dit laatste uur…"

Hij wachtte even.

„Ga nu niet zeggen dat dat niets betekent," zei ze kribbig.

Opeens zag hij iets van Roos in haar. Hij lachte. „Integendeel. Ik hoop dat je er heel vaak aan denkt en dat je erg naar me verlangt. In ieder geval net zoveel als ik naar jou. En ik hoop dat je, wanneer ik terugkom, weet of je wel of niet bij me wilt horen."

Ze keek hem in zijn ogen. Grijs, net als de zee, herinnerde ze zich.

„En of jij mij nog wilt," zei ze.

„Precies." Hij glimlachte, stond op en sloeg nog een keer zijn armen om haar heen.

„Dan is dit voorlopig ons afscheid. Kom, we gaan naar Trees en Marius. Hier komt niets van verstandig praten."

Hij pakte haar hand en trok haar mee naar de gang, waar hij een jas om haar heen sloeg. „Kom op. Anders word je kletsnat."

Andra rende achter hem aan naar het huis van haar oom en tante. Ze vond het heerlijk dat hij zoveel moeite had om zijn zelfbeheersing te bewaren. Er was niets zo goed om zelfvertrouwen te krijgen als dit, dacht ze terwijl ze haar voeten veegde op de mat van tante Trees, waar met zwarte letters 'welkom' op stond.

„Wij zijn het," riep Rogier toen hij niemand in de keuken zag.

Tante Trees kwam naar beneden en riep omhoog naar de zolder. „Marius, de kinderen!"

Andra werd warm van blijdschap bij die hartelijke woorden. Rogier draaide zich om en gaf, onzichtbaar voor Trees, nog een vluchtige zoen op Andra's mond.

„De laatste, voorlopig dan," zei hij.

9

Andra was achteraf blij dat ze besloten hadden om voor de kerst te verhuizen. De decembermaand was al druk genoeg met de schoolrapporten en feesten.

„Het sinterklaasfeest bij oma Waardijk was," zei Roos vijf december na afloop tegen haar broer, „een doodsaaie bedoening. Dat doen we nooit meer, Mark. Ook al behangen ze ons met goud."

„Nou?" weifelde Mark en wierp een blik op zijn cadeau.

Zijn vader en Lisette en oma hadden stevig in de bus geblazen.

Jolientje kreeg het barbiehuis waarom ze had gevraagd, een paar poppen en een kapset voor poppen, maar ze vroeg zich aan het eind van de avond hardop af waar de verstopcadeautjes bleven.

„Sinterklaas verstopt toch altijd cadeautjes, papa?"

„Dat is hij dit jaar vergeten," zei oma Waardijk beslist.

„Sinterklaas vergeet toch niets?" klaagde Jolientje. Ze keek beteuterd naar de lege mand.

Steven, die de hele avond zo goed als niets had gezegd, onderbrak zijn poging om een computerspelletje uit het plastic te halen. „Natuurlijk wel, Jolly. Sinterklaas is al oud. Dus hij vergeet heel veel. Daarom heeft hij toch zo'n groot boek?" troostte hij.

Door opmerkingen die hij opving op school, twijfelde hij af en toe aan het bestaan van Sinterklaas, maar op een avond als deze had hij een sluitende verklaring voor het feilen van de sint.

Jolientje pakte de barbiepop op en trok haar een rok uit.

„Die moet naar bed. Die heeft slaap," zei ze en gaapte daarna met een wijd open roze mondje.

„Ja, we moeten naar huis, papa. Jolientje is moe," zei Roos en stond op.

„Nou, wat was het gezellig, hè?" drong oma Waardijk aan terwijl ze haar kleinkinderen kuste.

„Ja, dank u wel."

Lisette vond dat Henry's kinderen erg goed opgevoed waren. Ze wist zeker dat ze er niets aan hadden gevonden, ondanks de royale cadeaus die ze hadden gekregen. De verveelde uitdrukking op het gezicht van Roos had boekdelen gesproken. De avond was haarzelf ook tegengevallen. Ze had twee surprises gekregen die overduidelijk

uit een winkel kwamen. Henry en zijn moeder waren geen talenten op dat gebied, en het was ook moeilijk. Ze had zelf met veel moeite wat geknutseld voor ieder kind, maar het was geen succes geweest. De kinderen zelf hadden niets gemaakt, en ze had slechts één gedichtje gekregen bij een cd. Aan zijn ogen had ze gezien dat het van Mark was. Midden op een groot vel papier stond:
Om je even te verzetten
Geen oude cassette
Maar een cd voor Lisette.
Meer kon ze ook eigenlijk niet verwachten. Het zou pas beter worden als ze er een beetje aan gewend waren dat Henry niet meer bij hun moeder hoorde. Teleurgesteld zag ze de kinderen bij Henry in de auto stappen. Het feest was voorbij.

Henry bracht zijn kinderen naar huis. Wat ongemakkelijk besefte hij dat Andra deze avond alleen had doorgebracht. Maar ja, daar had ze zelf voor gekozen.

Andra opende de deur voordat hij kon bellen. „Ik zie het al. Jolientje heeft slaap," zei ze opgeruimd toen ze de kleine oogjes van haar jongste zag.

Roos en Mark haalden opgelucht adem. Het beeld van een moeder die alleen zat, had hun de hele avond parten gespeeld. Gelukkig zag ze er vrolijk uit.

Henry laadde de cadeaus uit. Zoals Andra al had verwacht, waren de cadeaus kostbaar. Een clichésituatie, dacht ze afkerig: een vader die de kinderen bedolf onder te luxe dingen om goed te maken dat hij was weggegaan. Steven had een spelcomputer gekregen, Roos een dvd-speler. Jolientje klemde de barbiepop onder haar arm en liet het barbiehuis over aan Henry. Mark droeg de microscoop die hij had gekregen meteen naar zijn kamer.

„Tjonge, wat heeft Sinterklaas in de bus geblazen. Jullie boffen," huichelde Andra. „Jullie hebben toch wel 'dank u wel, Sinterklaas' geroepen?"

Roos knikte. „De hele avond," zei ze sarcastisch. „En als wij het niet zeiden, riep oma het voor ons. Heb je je niet verveeld in je eentje, mam?"

„Nee hoor," zei Andra naar waarheid. Ze had die avond gedichten en surprises gemaakt voor de kleine presentjes die ze had gekocht.

Mama meende het, dacht Roos en ze was bedroefd bij het idee dat het misschien altijd wel zo zou gaan in het vervolg. Eerst bij papa en bij oma iets vieren, en dan nog eens thuis bij mama. „Ik ga mijn spullen wegbrengen," zei ze narrig en liep zonder nog naar iemand om te kijken naar boven.

Henry keek zijn dochter pijnlijk getroffen na. Het was ook nooit goed met dat kind. Hadden Lisette en hij zich zo uitgesloofd. Ze had zich vanavond goed gedragen, maar de enthousiaste reacties waarop hij had gerekend, waren uitgebleven.

„We moeten maar iets afspreken voor Kerst en oud en nieuw," zei hij tegen Andra. „Heel vervelend dat je voor de feestdagen verhuist. Kun je het niet uitstellen?"

„Nee, maar het komt wel goed, Henry."

Ze werkte hem beleefd de deur uit en vermeed het iets te vragen over het verloop van de avond.

Roos kwam terug met een spel in haar hand.

„Laten we in ieder geval maar een spelletje doen, net als vorig jaar. Dan is er tenminste iets hetzelfde," zei ze en legde de kaarten op tafel.

Daar heb je nu dure cadeaus voor gekregen: spelen met een spel dat al jaren in de kast ligt, dacht Andra en probeerde niet voldaan te kijken.

„Een microscoop. Niet gek," viste ze toch later op de avond bij Mark toen ze zijn sinterklaascadeau zag.

„Tja." Hij haalde zijn schouders op en probeerde zijn genoegen over de microscoop te verbergen.

Andra overwon zichzelf. „Mark, je mag gerust blij zijn met zo'n mooi cadeau. Je vader heeft geprobeerd jou iets te geven waarvan hij wist dat je het mooi zou vinden. Dat is toch fijn."

Hij knikte en wist geen raad met het gevoel dat hij had overgehouden aan deze avond. Hij keek strak naar de vlek in het bruine tafelblad. Er lagen nog papiersnippers die Andra niet had weggegooid en een paar restjes gebloemde stof. Mama was bezig geweest met surprises. Het was zo gek allemaal. Hij barstte in tranen uit.

Andra sloeg haar armen om hem heen en liet hem huilen. Hij had zich dit laatste jaar zo volwassen gedragen dat ze weleens vergat dat hij nog zo jong was. Roos kreeg en vroeg altijd meer aandacht dan hij. Ze moest erop letten dat hij het ook moeilijk had, al liet hij dat niet zo merken.

„Wat ellendig, hè Mark? Maar het zal vast wel beter gaan zodra we een beetje aan de situatie gewend zijn," probeerde ze te troosten.

Hij knikte maar liep even later ook met een verdrietig gezicht naar boven. Andra bleef achter in de keuken met een bezwaard gemoed en probeerde niet bitter te zijn. Het lukte niet. Was de decembermaand alvast maar voorbij. Ze keek in de spiegel toen ze naar bed ging en zag de slaapkamer achter zich. Zo groot en zo leeg, deze kamer van Henry en haar samen.

Henry was met een ander en ze wilde hem niet eens terughebben. Hoe was het mogelijk? Vorig jaar zou ze er alles voor gegeven hebben hem te horen zeggen wat hij nu al een paar keer had voorgesteld. En ze zou voor geen geld terug willen naar het leven dat ze vorig jaar omstreeks deze tijd had geleid. Naar de maanden dat ze werd bedrogen en evengoed zo hoopvol was geweest. Als ze maar deed wat Henry wilde, zou het wel weer in orde komen tussen hen, had ze toen gedacht. Dat wist ze nu in ieder geval wel beter, en nooit, nooit zou ze meer iemand naar de ogen kijken zoals ze gedaan had. Niemand. Ook Rogier niet. Ondanks haar vaste voornemen het niet meer te doen, huilde ze die avond om alles wat ze verloren had. Toen het snikken stopte, dacht ze aan wat ze nu langzaam weer aan het opbouwen was: allereerst zelfrespect en het respect van de kinderen dat ze herwonnen had. Het gedrag van Roos van een jaar geleden was niet te vergelijken met haar houding nu. Ook dat had ze gewonnen. Al met al had ze veel om dankbaar voor te zijn.

De verhuizing naar Wieringen verliep veel vlotter en minder pijnlijk dan Andra zich had voorgesteld. Jurriaan had aangeboden haar met een vrachtwagen van zijn bedrijf te verhuizen. Ze had het dankbaar aangenomen, omdat er niet veel te verhuizen viel. Alleen boeken, serviesgoed, de tafel en de stoelen uit de keuken en een paar kasten. De fotoboeken hadden ze verdeeld. Henry zou kopieën laten maken van het deel dat hij hield, en hij vroeg hetzelfde van Andra. Henry was, uit financieel oogpunt bekeken, heel voorkomend geweest. Schuldgevoel maakte hem royaal.

„Moet ik nog helpen met verhuizen?" had hij gevraagd, maar Andra had het vriendelijk van de hand gewezen.

„Nee, Henry. Mark en Jaak helpen Jurriaan. Maar aardig dat je het aanbiedt." Wat werden ze toch vreemd beleefd tegen elkaar. En ze hadden ruim zestien jaar hun leven met elkaar gedeeld. Andra dacht dat het soms net was alsof ze meedeed in een toneelstuk waarvan ze de tekst moest improviseren.

Roos had toch nog een paar tranen gestort toen ze afscheid nam van haar klasgenoten. Ze was niet meer zo close met Brechtje als vroeger, maar ze waren toch altijd goede vriendinnen geweest. Brechtje huilde ook. Ze sloeg haar armen om Roos heen.
„Je komt toch om de week hier het weekend?" snikte ze. „En dan kom je toch bij ons langs?"
Roos knikte. „En je moet ook bij mij op Wieringen komen."
Dat troostte Brechtje een beetje. Ze was nieuwsgierig naar de mensen over wie Roos zo enthousiast was geweest.
Steven had de laatste dag op school getrakteerd, en Jolientje ook.
„Eddy zei dat ik zijn beste vriend was," zei hij nadenkend toen hij weer thuis was.
„En wat zei jij?" informeerde Roos.
„Ik zei ook dat hij mijn beste vriend is. Maar ik meende het niet," zei hij nauwgezet. „Dat is eigenlijk liegen, hè Roos?"
„Nnnnee," zei Roos. „Dat is alleen maar aardig. Soms kun je niet helemaal eerlijk zijn."
Hij dacht na. „Anders worden mensen verdrietig, hè?" zei hij wijs.
„Ja. Maar dat mag maar een enkele keer," zei Roos vlug. „Meestal worden mensen verdrietig als je niet eerlijk bent."

Andra stond die morgen in de kamer waar, behalve een half leeg boekenrek, alle meubelen waren blijven staan en trok de deur zonder spijt achter zich dicht. Ze had alles in ieder geval netjes achtergelaten. Daar kon niemand iets van zeggen
Roos had haar voor gek verklaard.
„Gekke mam," had ze gemompeld. „Schoonmaken voor dat serpent." Ze was opeens weer hevig anti-Lisette.
Maar Andra wilde het niet anders. Ze wilde het schoon achterlaten. Als ze eerlijk was, nog meer met het oog op haar schoonmoeder dan voor Lisette. Oude gewoonten liet je niet zomaar los.

De onttakeling van de keuken kostte haar moeite. Het enige vertrek in het huis dat echt van haar was geweest. Met weemoed keek ze naar de bronskleurige tegels, die blonken in het bleke zonlicht dat door het venster viel. Ze was hier toch ook erg gelukkig geweest. Maar het was voorbij.

„Dag..." fluisterde ze tegen haar oude leven en stapte in de auto.

Mark zat bij Jurriaan en Jaak in de vrachtauto op de voorbank.

Hij had ogenschijnlijk geen moeite met het afscheid, maar Andra besefte dat ze niet te veel op het uiterlijk moest afgaan.

Gelukkig dat ze hulp had. Van oom Marius en tante Trees, en van Jurriaan en Jaak. „En van Rogier natuurlijk als hij thuis geweest was," voegde ze eraan toe.

Al had ze dan tien keer tegen hem gezegd dat ze aan niet meer toe was dan aan een vriendschap. Ze kleurde even bij de gedachte aan hun afscheid. Nou ja, vriendschap... Ze voelde veel meer voor hem dan dat. En hij ook voor haar, gelukkig, dacht ze met een vleug van blijdschap. Maar toch moest dat gevoel wachten totdat zij en de kinderen hersteld waren van deze amputatie. Want dat was het. Niet meer en niet minder. En ze vond het ook een beetje vreemd van zichzelf dat ze, nadat ze zo lang en zo veel, te veel, van Henry had gehouden, zo'n warm gevoel kon hebben voor een andere man. Bijna alsof ze ontrouw was geworden aan zichzelf.

Andra had Rogier sinds zijn vertrek iedere avond gemaild. Het was bijna zoiets als het bijhouden van een dagboek. Hij schreef iedere dag een paar regels terug. Het was druk op het moment. Er waren drugssmokkelaars actief in de wateren rondom de eilanden. Zodra het iets rustiger was, zou hij langer schrijven. Andra vond het niet erg. Ze was niet gewend aan veel aandacht, en vond het vanzelfsprekend dat zaken voorgingen.

„We schieten al op," zei Roos en draaide zich om naar de achterbank.

Steven keek haar tevreden aan. „Ja. We houden oom Jurs auto goed bij." Hij wees naar de blauwe achterkant van de wagen.

De vrachtauto was tot Andra's verbazing toch erg vol. Ze had aanvankelijk gedacht dat het niet veel meer zou zijn dan in juni dit jaar, maar daar had ze zich op verkeken. Kleding, boeken, de keukentafel en de stoelen. Ook de grote leunstoel waar ze altijd in had gezeten toen de kinderen nog erg klein waren. De stoel vanwaaruit voorgelezen en getroost werd.

Roos had de lange spiegel, waar ze erg aan gehecht was, van huis meegenomen. Voor de rest bleef haar oude kamer ongemoeid.

Mark had het grootste gedeelte van zijn boeken meegenomen en zijn dierbare bouwmodellen.

Verder had Rogier Andra aangeraden een boekenkast extra te kopen, zodat ze haar eigen boeken kon neerzetten, en Andra had in de uitverkoop van een meubelzaak een kast gekocht, die gisteren bezorgd was bij de woonboerderij. Rogier had met plezier zelf een kast voor haar aangeschaft, maar zijn intuïtie zei hem dat hij niet te veel voor haar moest doen.

Oom Marius stond in de deuropening toen de vrachtauto het erf op reed, en tot Andra's verrassing waren daar ook Jet en Jacob. Ze hadden samen met tante Trees en oom Marius het huis doorgewerkt, zodat Andra daar niet naar om hoefde te kijken. Om een beetje een kerstsfeer te creëren had Jet voor in de woonkamer een grote kerstkrans gemaakt. De krans hing in het midden van de kamer en had het formaat van een fietswiel. Dat was ook precies wat het was. Jet was niet kinderachtig geweest met materialen. Blauwspar, verschillende soorten dennengroen en wat lichte coniferentakken waren om het frame gebonden. Het geheel zag er, zonder dat er iets in hing, uitbundig uit. Jet ging ervan uit dat Andra zelf wel versiering had. De dennengeur trok door het hele huis, en Roos raakte de neerslachtige stemming kwijt waaronder ze op weg hiernaartoe had geleden.

„Tjonge," zei ze met licht ontzag toen ze omhoogkeek, waar de krans een flink deel van het plafond in beslag nam. „Feestelijk!"

„Het is niet mis," stemde Mark in.

„Geen boom?" vroeg Jolientje onzeker.

„Tuurlijk niet. Dit is veel mooier," zei Steven en wees naar een van de takken die uitstak. „Daar kun je een engeltje op zetten, Jolly."

„Of een trompetje?" Ze hield haar hoofdje schuin. „Ja, een trompet en een klok."

„Er is ruimte voor een heel muziekkorps," zei Mark royaal en grinnikte.

De auto was in een mum van tijd leeg. Andra wees aan waar haar meubels moesten staan. De keuken kreeg iets heel vertrouwds toen hun eigen tafel en de stoelen er stonden. Ze zette de blauwe aardewerken kommen op de rand van de kast. Met de bank zonder leuning leek de keuken opeens erg op de keuken die ze vanmorgen had verlaten.

Mark zette de kaarsenstandaards die hij op het laatste moment had meegenomen, op tafel. Er zaten nog kaarsen in. Hij legde de lucifers ernaast. Vanavond zouden ze die aansteken.

Tegen zessen was alles aan kant. Andra was in tranen van pure dankbaarheid. Ze legde haar hand op de arm van Jet. „Wat zijn jullie ontzettend aardig voor ons, Jet."

„O, verschrikkelijk," beaamde Jet. Ze keek naar buiten, waar Steven en Jolientje in het halfdonker de pony's aaiden en hun een stukje wortel, dat Steven van oom Marius had gekregen, voerden.

„Dat wordt een geweldige tijd voor die beesten. Ze lopen alleen kans dat ze overvoerd worden. Daar mag je wel op letten, Marius."

„Maak je geen zorgen, Jet. Dat mannetje weet best dat beesten niet te veel mogen hebben," zei oom Marius. Zijn ogen twinkelden. „We zullen ze nu op stal zetten. Kom, Steef, help me maar eens."

Jet had haar aandacht al verplaatst. Ze keek naar de kleine auto die het erf op draaide en schalde: „Kijk, daar heb je Johanna ook. Kom je ook helpen, kind? Opschieten, anders krijg je de kans niet meer."

Johanna stapte uit haar auto en lachte.

„Ik ben expert boekenopruimer. Ga me niet vertellen dat ze allemaal al in de kast staan, want dat geloof ik niet."

„Klopt. Daarmee hebben we op jou gewacht," gaf Jet grif toe.

„Dat komt na het eten wel. Trees heeft net al geroepen. Komen jullie?" vroeg oom Marius.

„Johanna krijgt niets. Wie niet werkt, zal ook niet eten," schertste Jaak. „Eerst nog even deze laatste doos, Jo."

„Geef maar hier." Johanna nam een doos met laarzen over. Ze wierp er een blik in en zei: „Die zou ik maar bij de hand houden. De weersverwachting is slecht voor de komende dagen."

Ze kreeg de kans niet meer om er een plek voor te zoeken. Oom Marius zei dat er eerst gegeten moest worden. Niet over een kwartier, niet straks, maar nu.

Tante Trees had die middag een enorme pan snert gekookt. Iedereen moest blijven eten, en tegen zeven uur liep haar keuken vol met hongerige mensen.

Jurriaan zag de pan op het fornuis staan. Hij tilde het deksel op en zei: „GLieve help, Trees, maak jij soep in een tobbetje?"

Ze gaf hem een tik op zijn arm met de pollepel. „Als ik op jou en Jaak moet rekenen, wel," lachte ze. „Jullie eten als bootwerkers."

„Dat komt doordat wij met onze lengte veel inhoud nodig hebben," legde Jurriaan uit. „Mark, jij bent onze wiskundeman. Reken jij dat eens uit."

„Als ik me goed herinner, was jij er ook niet slecht in. Je hebt het nog een jaar gestudeerd," merkte oom Marius droog op.

„Bouwkunde was het, Marius, en ik ben alles kwijt uit het verleden," antwoordde Jurriaan.

Hij nam plaats aan de lange kant van de tafel en knikte goedmoedig naar Steven, die stil naast oom Marius zat.

„Nou, dan zullen we je geheugen wel opfrissen," beloofde oom Marius en schoof op voor Johanna, die naast Andra ging zitten.

„Jur heeft altijd een slecht geheugen gehad," zei Johanna met een scherpe ondertoon in haar stem.

„Valt wel mee, Jo. Ik weet sommige dingen nog heel goed. Er zijn gesprekken die ik letterlijk heb onthouden," reageerde Jurriaan koel.

Andra probeerde vlug de wrevelige stemming die opeens opkwam, weg te vegen.

„Nou, Mark, dan kun je in ieder geval op Jurriaan rekenen als je iets moet weten."

Johanna had meteen door wat Andra wilde. De boze uitdrukking verdween van haar gezicht. Het laatste wat ze wilde, was de sfeer bederven.

Ze vroeg: „Steef, vind je het nog steeds leuk, al die uitvoeringen?"

Steven knikte. „Ik ben helemaal niet bang voor zoveel mensen tegelijk. Ik sta altijd naast Marianne, en weet je, Johanna, er zitten wel vier kinderen van het koor bij mij in de groep en ze vinden het leuk dat ik bij hen in de klas kom."

„Wat goed!" riep Roos. Meer dan de anderen had ze zich bezorgd gemaakt over de nieuwe school voor Steven. Hij kon zo in zijn eigen wereld leven en was vaak zo onbevangen kinderlijk dat hij soms werd uitgelachen door klasgenoten. Ze was daar een paar keer getuige van geweest en had erop willen slaan uit pure woede.

Steven hield zijn bord bij en zette het voorzichtig voor zich neer. „Wat lekker veel worst, tante. We zijn met z'n elven. Dan moet je heel veel worst in de soep hebben," zei hij met ontzag.

„Hoeveel plakjes heb jij dan?" vroeg Jacob.

„Vijf! En een klein stukje," telde Steven.

„Hoeveel plakjes is dat voor iedereen?"

„Gemakkelijk. Elf keer vijf is vijfenvijftig," zei Steven prompt.

„Goed zo, knechtje." Tante Trees schepte de borden vol en knikte haar neefje prijzend toe. „Jij zult het wel redden op school."

Als het allemaal zo gemakkelijk ging, dacht Andra, en ze zei hardop: „Vanavond doe ik helemaal niets meer."

„Maar we versieren de kerstkrans toch nog wel? Ik heb de ballen expres in de kamer laten staan." Roos wilde graag dat er in ieder geval iets helemaal af was.

„Natuurlijk tuigen jullie die krans nog op. En Jacob heeft vanmiddag nog een heel klein boompje voor in de keuken gehaald," viel Jet haar bij.

„En ook een boom!" zei Jolientje blij. „Hoor je dat, Steef? Een krans en ook nog een boom."

„Boompje!" Jet wilde geen te grote verwachtingen wekken. „Ik heb hem al in een emmer gezet. Het is gewoon een soort potplant, hoor. Jacob houdt niet van die lellen van bomen in huis."

Daar moesten Roos, Steven en Jolientje onbedaarlijk om lachen.

Andra hoorde het gelach en wist dat als er zo hard werd gelachen, de tranen niet ver waren. Ze keek oom Marius aan. Hij begreep haar blik.

„Dan zullen we nu eindigen. Geef jij oom Marius de Bijbel eens, Steef."

Oom Marius las het stuk over de aankondiging van de geboorte van Johannes aan de oude priester Zacharias en zijn vrouw Elisabeth, die zo lang op een kind hadden gewacht. Tante Trees had dit stuk vroeger altijd met weemoed aangehoord. Ze keek haar keuken rond. Geen kinderen van zichzelf. Maar zou ze echt meer van een eigen kind hebben kunnen houden, of van eigen kleinkinderen? Dankbaar besefte ze dat gebeden soms op een andere manier verhoord werden dan ze zich had voorgesteld.

Jet hielp met opruimen en afwassen. Ze duwde iedereen die wilde helpen, weg.

„Opschieten, geen gedoe om ons heen, hè Trees?"

De gasten vertrokken naar het huis een kleine vijftig meter verderop.

Oom Marius had een grote vierkante stallantaarn aan de buitenmuur van het huis gehangen. De kaars die erin stond, verspreidde een warm licht. De bladeren van de groene klimop bewogen heen en weer in het schijnsel.

„Wat gezellig," fluisterde Roos. Ze had haar hand onder de arm van haar moeder gestoken en liep, dicht tegen haar aan, het pad naar het huis op.

„Ja." Andra drukte de hand tegen zich aan.

Aan Andra's andere zij liep Steven. Zijn wat kleverige handje was warm in de hare. Ze liepen, zonder elkaar los te laten, naar binnen. Pas in de kamer liet Roos haar hand onder haar moeders arm vandaan glijden.

„Het ruikt hier... Het ruikt... Mmmm," zei ze en snoof nog eens voordat ze de oude kartonnen doos met kerstversiering op een stoel zette. „Het ruikt hier naar Kerst."

„Ja," zei Andra, en toen waren de anderen ook in de kamer.

Roos hing de kerstballen in de krans en deed af en toe een stap achteruit om het effect te zien. Ze was niet tevreden over een paar zilverkleurige zwanen die ze op de krans wilde hebben.

„Zal ik even?" Jaak zette, zonder zich te hoeven uittrekken, de zwanen op de bovenkant van de krans.

„Precies. Zo moet het," zei Roos goedkeurend. „Wel gemakkelijk als je zo lang bent. Ik heb er bijna een trap bij nodig."

„Ja." Hij keek glimlachend op haar neer. „Je bent ook niet echt een reuzin."

„Nee," gaf ze spijtig toe en hief haar hoofd omhoog. Even keken ze elkaar aan. Roos keek onmiddellijk weg. Wat keek Jaak... Lief was zo'n gek woord voor een jongen, maar dat was het wel. Verder niets, maar toch klopte haar hart opeens onrustig. Ze moest zich niet zo prettig voelen wanneer hij zo keek. Anders zou haar moeder zich ongerust maken. Allemaal doordat oma zulke idiote dingen tegen haar had gezegd.

„Kan dit kaboutertje er ook in of mogen er alleen engelen in die krans hangen?" vroeg Steven en hield een klein rood kerstmannetje omhoog.

„Zien Sammeltjes er ook zo uit, Jaak?"

Sammelkens waren volgens oude verhalen die in Wieringen de ronde deden, kleine aardmannetjes die dol waren op alles wat glom. Ze hielden vooral van koper. Ketels die de bewoners van Wieringen vergaten binnen te halen, werden 's nachts weggehaald, en als mensen geluk hadden, vonden ze hem terug, gepoetst en blinkend, in de Sammelkeskuul. En als ze het erg naar hun zin hadden, bliezen de Sammelkens op kleine fluitjes die eruitzagen als de stelen van ouderwetse witte pijpjes waarin zeelui vroeger tabak rookten.

Steven was tijdens de zomervakantie 's avonds laat op onderzoek uit gegaan toen hij in de verte de harmonie van het eiland had horen repeteren. Hij versleet het geluid van de hobo's voor de fluitjes van de kleine mannetjes en was ervan overtuigd dat de Sammelkens die muziek maakten. Op die manier had hij kennisgemaakt met Johanna, die hem, toen de repetitie was afgelopen, had teruggevonden aan de rand van de Sammelkeskuul. Hij had een liedje gezongen, en zijn verloren manier van zingen had Johanna diep getroffen. Ze had hem thuisgebracht en was sindsdien een goede vriendin van Andra geworden.

„Sammelkens? Zou best kunnen, Steef," antwoordde Jaak en keek naar het kleine, ronde mannetje. „Waar zal ik hem hangen. Hier?"

Steven hield zijn hoofd schuin. „Ja."

Hoewel Roos altijd van haar grootmoeder had gehoord dat een kabouter het toppunt van kitsch was, vond ze de kabouter met het ondeugende gezichtje alleen maar grappig staan tussen de groene takken van de kerstkrans. Ze moest erom lachen.

Nadat de kerstkrans versierd was, kwam het minuscule boompje dat Jacob speciaal voor de kleintjes gekocht had aan de beurt. De ballen die in de doos zaten, waren veel te groot voor het boompje, dat inderdaad niet meer was dan een uit zijn krachten gegroeide potplant.

Roos grinnikte toen ze er een bal in had gehangen. „Eén bal en de boom is vol. Wat staat dat gek."

„Als jullie daar morgen eens zelf versiering voor maakten," stelde Johanna voor. „Van zilverkleurig en rood karton. Sterretjes en klokken en rondjes. En je hangt er een paar kleine rode appeltjes en wat dennenappels in. Die heb ik nog wel thuis liggen."

Roos was het ermee eens. „Dan help ik je met knippen, Steef, en Mark maakt een klokje. Goed?"

Steven knikte slaperig.

„Zal ik hem even douchen, mam?" vroeg Roos, zich opeens weer bewust van haar verantwoordelijkheid.

„Als je dat doen wilt? Dan kom ik je straks toedekken, Steefje," zei Andra.

Roos nam haar broertje bij de hand. „Kom."

„Wat doe jij met Kerst, Johanna?" vroeg Andra toen de rommel aan kant was en ze moe op de bank zaten.

„Eerste kerstdag nog een concert en 's avonds naar mijn familie. Tweede kerstdag weet ik nog niet zeker wat ik doe."

„Als je zin hebt..." begon Andra aarzelend. „Dan vinden we het erg gezellig als je wilt komen. Tante Trees en oom Marius komen, en Jaak en Jurriaan zijn ook tweede kerstdag alleen. Ze gaan, net als jij, eerste kerstdag naar hun familie. Maar je niet verplicht voelen, hoor."

Johanna kwam graag. De laatste maanden was ze onderdeel geweest van de groep mensen die bij tante Trees en oom Marius over de vloer kwamen. Alleen Rogier zou met Kerst ontbreken. Maar Jaak en Jurriaan zouden er wel zijn.

„Heb je de zus van Jurriaan al ontmoet?" vroeg ze.

„Nee, en zijn ouders ook niet."

„Dat zijn schatten van mensen. En Guurtje is een enorme vrijbuiter. Een enig mens. Die doet precies waar ze zin in heeft."

Er klonk bewondering in Johanna's stem.

„Hoe vindt haar man dat?" Andra was altijd benieuwd hoe andere vrouwen hun zaken aanpakten.

„Die vindt alles best. Siep is een schat. Werkelijk," antwoordde Johanna vermaakt. „En die kinderen van hen zijn allerliefst. 'Gezonde verwaarlozing is erg goed voor een kind,' zegt mijn moeder altijd, en die kinderen zijn er het levende bewijs van."

„Er staan hier een schildersezel, een pottenbakkersdraaischijf en een weefgetouw van haar in de schuur," zei Andra.

„Dat zal wel. Ze heeft allerlei hobby's gehad. Alleen muziek heeft ze laten liggen, want ze zingt als een kraai," lachte Johanna. „Maar ze doet aan toneelspelen, en haar kinderen spelen met haar mee. Heel grappig om te zien. Ze wonen alleen op een flat in Amsterdam. En als je nu denkt dat ze dat erg vinden? Helemaal niet. Het zijn echte stadskinderen. Maar wanneer ze hier komen, vinden ze de ruimte heerlijk. Jurriaans ouders wonen in Middenmeer. Die hebben evengoed nog redelijk wat grond om hun huis heen. En jij, ga jij nog naar jouw ouders?"

Andra had weinig contact met haar ouders. Een van de moeilijkste dingen die ze het afgelopen halfjaar had moeten doen, was haar ouders inlichten over haar scheiding van Henry. Ze had het ook pas gedaan toen de scheiding vrijwel een feit was. Haar vader was tegen haar huwelijk geweest. Hij vond Henry werelds en te licht in de leer. Toen ze vertelde dat ze ging scheiden, had haar vader somber gezegd: „Andra, je hebt een fout gemaakt toen je met hem trouwde. Maar je hebt hem trouw beloofd, en wat God heeft samengevoegd, zal een mens niet scheiden. Dit is een zonde in de ogen van de Heer." Ondanks het feit dat niet zij, maar Henry de scheiding had aangevraagd, en dat Henry een ander had, was vader Coronel onverbiddelijk geweest. „Zoals je je jasje knipt, moet je het maken, Andra. Kom nu niet bij mij aan. Ik heb je van tevoren gewaarschuwd."

Andra had totaal overstuur de hoorn van de telefoon neergelegd. God was in de ogen van haar vader altijd toornig, en ze had alle zeilen moeten bijzetten om het gezicht van God als de goede herder en de vriend op wie je je altijd kon verlaten, weer terug te halen. Tegelijkertijd was ze zich ervan bewust dat Hij ook de Almachtige was, die hemel en aarde geschapen had. Soms vond ze het zo moeilijk Hem te zien als een vader die zich over zijn kind ontfermt. Haar eigen vader was niet zo geweest, en als ze aan Henry als vader dacht, zag ze hem zoals hij tegen Steefje was. Licht minachtend en afwijzend.

Oom Marius, die zelf geen kinderen had, en Rogier, die zich zo mild om zijn zoon en haar kinderen bekommerde, waren eigenlijk betere voorbeelden dan haar eigen vader.

„Ga jij naar jouw ouders met Kerst?" herhaalde Johanna haar vraag.

„Nee. Ze wonen te ver weg." Andra kon de opluchting niet uit haar stem houden.

Johanna keek haar opmerkzaam aan, en een warm medelijden welde in haar op. Andra had het zwaar gehad. Haar man, die vreemde schoonmoeder en dan ook nog ouders die kennelijk niet met haar mee konden voelen en in deze situatie bijna vreemden voor haar waren.

„Ik kom graag tweede kerstdag," zei ze. „Moet ik nog iets maken, of meenemen? Zal ik een paar hartige taarten in elkaar flansen? Die hoef je dan alleen maar in de oven te zetten."

Op dat moment kwam Roos weer binnen. „Leuk, kom je tweede kerstdag bij ons, Johanna?"

„Wij ook," zei Jaak. Hij hing nog een pluk engelenhaar in de krans.

Roos probeerde niet al te blij te kijken, maar haar glanzende ogen verraadden hoezeer ze daarmee ingenomen was.

„Mogen de kaarsen aan? En wanneer moeten wij dan naar papa toe?" vroeg ze toen benauwd.

Andra zuchtte. Ze stak de dieprode kaarsen aan die op een lage kast stonden.

„Dat moet ik nog afspreken met je vader, lieverd."

„Misschien zijn ze wel naar de wintersport of zo. Daar ging Lisette altijd naartoe met Kerstmis," zei Roos. De gedachte monterde haar meteen op. Dan hoefde niemand zich naar of eenzaam te voelen.

„Maar je vader laat oma Waardijk niet alleen," merkte Andra op.

Oma Waardijk had altijd beide kerstdagen bij hen doorgebracht. Ze kon zich geen andere Kerst voorstellen dan met haar schoonmoeder en het traditionele diner dat ze altijd in huize Waardijk hadden gebruikt.

„Ach nee, dat denk ik ook niet. Ik zie oma nog niet op ski's de berg af gaan, en papa laat haar ook niet alleen thuis," verwierp Roos haar eigen gedachte. Ze schoot even in de lach bij het idee van haar keurige grootmoeder op ski's.

Mark, die net de kamer in kwam, hoorde die woorden.

„Mam, of je Steven komt toedekken," zei hij tegen Andra, en daarna tot Roos: „Je moet oma niet onderschatten. Die springt nog van een schans wanneer ze zeventig is."

En toen spraken ze er verder over of oma nu wel of niet te oud was om nog skiën te leren.

De ervaring met Sinterklaas had Lisette het besef bijgebracht dat ze niets moesten forceren.

„Als we hen de kerstdagen en met oud en nieuw nu bij Andra laten, kunnen ze in het nieuwe jaar een paar dagen bij ons logeren," stelde ze voor. Henry ging er graag mee akkoord.

Oma Waardijk was er hevig op tegen. Ze zag op tegen de kerstdagen, die altijd gevuld waren geweest met het verblijf bij het gezin van haar zoon. De schoondochter, die nog niet eens een echte schoondochter was, vulde dat gemis niet op. Integendeel. Maar Henry zwichtte niet voor haar herhaaldelijk uitgesproken opmerkingen. En daarna klaagde mevrouw Waardijk over de pijn in haar maagstreek, die telkens vaker optrad.

„Zenuwen, moeder. Gaat wel over," zei Henry luchtig. „Zeg maar wat u wilt hebben met het kerstdiner. We gaan eten bij de Brasserie. Ik heb al gereserveerd. Weet u nog dat u vorig jaar zei dat u dat zo miste sinds de dood van pa?"

„Jawel, maar..." Mevrouw Waardijk zweeg en keek haar oude huis rond. Het was weer helemaal haar huis. Alleen de beschadigde tegels in de keuken, die groot en hol leek doordat de stoelen en de tafel weg waren, en de half lege boekenkast in de kamer verraadden dat er tot voor kort een groot gezin had gewoond.

„Nou ja, we zullen het ermee moeten doen," zei ze.

Lisette was niet van plan vlug bij Henry in te trekken.

„Koudwatervrees," schertste Henry toen ze dat bij hem aankaartte. Hij pakte de post op die nog op de deurmat lag en zei verstrooid, terwijl hij de brieven vluchtig bekeek: „Die post ligt altijd op de bovenste plank van de boekenkast, Liesje."

„O ja? Goed om een vaste plek voor iets te hebben. Dat moet je zo houden. Er moet ook niemand anders voor je post zorgen dan jijzelf," zei ze vrolijk, maar er lag een scherpe ondertoon in haar stem. Als ze ergens niet voor voelde, was het in de voetsporen van Andra te stappen.

Hij keek haar verbaasd aan. „Kleine moeite toch?"

„Zeker. Ik leg mijn post altijd op de hoek van de tafel. Dus als je mijn spullen daar wilt neerleggen, vind ik dat erg prettig. O, dat is een beetje lastig. Er is hier geen tafel meer," zei ze effen.

„Hè?" Hij keek haar verbouwereerd aan en realiseerde zich opeens de veranderde situatie. Lisette was een werkende vrouw die zelf een secretaresse had. Hij zou zich een beetje moeten aanpassen. Gelukkig dat Andra zo'n huismus was geweest. Hij had zichzelf nooit geschikt gevonden voor een rol in het huishouden, zoals een paar collega's van hem. Hij sloeg een arm om Lisette heen en keek haar even diep in de ogen. „Het is nog een beetje wennen voor ons allebei. Je moet maar een beetje geduld met me hebben."

Ze knikte onaangedaan. „Natuurlijk. Maak je niet ongerust, ik help je er wel mee."

Dat was niet het antwoord dat hij had willen horen. Lastig, die succesvolle vrouwen. In de zaak was het erg prettig, maar thuis... Hij glimlachte naar het mooie gezicht. „Goed zo, geef me maar op mijn Duvel. Dat heb ik af en toe nodig." De berouwvolle reactie vertederde haar. Hij moest gewoon nog een beetje opgevoed worden. Erg verwend natuurlijk. Eerst door zijn moeder en daarna door Andra.

Henry's blik dwaalde van Lisettes gezicht door de lege keuken. Wat ongezellig was het hier geworden, terwijl het vroeger altijd zo'n prettig vertrek was. Maar goed dat ze meestal buiten de deur of bij zijn moeder aten.

„We moeten natuurlijk wel een tafel hebben. Daar heb je gelijk in. Moeder koopt er wel een. Daar hoeven we ons niet druk om te maken. Trouwens, er staat er nog een in het huis dat ze voor Andra had ingericht. Het huis is al bijna zeker verkocht, vertelde de makelaar. Ik maak er nog een flinke winst op ook. We kunnen de tafel uit dat huis hier neerzetten."

Lisette had de neiging te knarsetanden. Henry was toch wel hardleers. „Nee, Henry. Als ik hier intrek, wil ik geen tafel die je moeder heeft gekocht. Dat Andra daarmee genoegen nam, was haar zaak, maar ik wil dat niet," antwoordde ze beslist. „Ik heb mijn eigen smaak en ik richt mijn eigen huis in."

Even was hij uit het veld geslagen, maar hij herstelde zich onmiddellijk. „Ik bedoel ook dat die tafel er kan staan totdat we iets nieuws hebben. Als de kinderen komen logeren in de kerstvakantie, moeten ze toch in de keuken kunnen zitten."

Ze zag er de praktische kant van en zei luchtig: „Is goed," en legde haar handen aan weerszijden van zijn gezicht.

„Mark lijkt sprekend op je," zei ze week, „en die kleine Jolientje ook."

„En Roos lijkt het meest op me," vulde hij aan.

„Misschien wel," zei ze met tegenzin. Roos was het kind dat de meeste moeite zou opleveren. Henry dacht nog steeds dat hij het belangrijkst in het leven van zijn dochter was, maar zij betwijfelde het. Het zou hem weleens erg kunnen tegenvallen.

„Is het geen plaatje van een kind?" vroeg hij trots.

„Ze lijkt op jou, zei je toch?" plaagde ze. „IJdeltuit."

Hij stak zelfbewust zijn handen in zijn zakken en draaide zich op zijn hakken om. „Kom, laten we even een hapje gaan eten en een tafel gaan bespreken voor eerste kerstdag."

Ze volgde hem naar de auto. Volgend jaar zou het vast heel anders zijn. Dan zouden de kinderen hier Kerst vieren. Opgewekt nam ze naast hem plaats in de auto. De logeerpartij in het nieuwe jaar moest slagen. Ze zou een paar leuke dingen bedenken om te doen, en Roos wilde vast de uitverkoop in. Het moest lukken. Ze zouden een leuk gezin worden. Misschien nog niet meteen, maar later.

10

Eerste kerstdag begon rustig en ingetogen. Steven had zijn jack over zijn pyjama aangetrokken om Caja, het ezeltje, wat extra voer te geven. Hij stond naast haar bruingrijze flanken, legde een hand op haar neus en zei: „Weet je wel dat er een ezeltje bij was toen de Here Jezus was geboren? Dat was natuurlijk het allergelukkigste ezeltje van de hele wereld, hè?"

Caja keek hem met haar donkerbruine ogen aan en balkte zacht.

„Ik dacht wel dat je het wist. En weet je ook dat ik straks in de kerk moet zingen?"

Het ezeltje nam traag een pluk hooi uit de ruif en vermaalde het tussen haar tanden.

Steven vervolgde. „Dan zing ik: 'Uit hoge hemel daald' Hij neer'. Dat zongen de mensen heel vroeger."

Hij streelde nog even over haar vacht, pakte een emaillen schaal op en liep naar het kippenhok, waar de kippen nog op stok zaten. Hij vond in het donker vijf eieren en legde die in het rek in de bijkeuken. Daarna stapte hij de keuken in, klom op het aanrecht, pakte lucifers en stak de kaarsen aan die op tafel stonden. Even weifelde hij: kaarsen aansteken... dat mocht eigenlijk niet als er niemand bij was. Heel gevaarlijk, had mama gisteren gezegd. Maar ze brandden nu toch al, en het licht was zo mooi. Misschien werd mama wel verdrietig als hij gevaarlijke dingen deed. Hij blies de kaarsen weer uit, deed de kerstkandelaar aan die precies leek op een trappetje dat naar boven en weer naar beneden ging, pakte een boek met veel platen van de plank en nam plaats aan de tafel.

Toen Andra een halfuur later beneden kwam, zag ze hem zitten in het schemerdonker. Hij had zijn knieën onder zich getrokken, zijn boek tot vlak bij de kaarsenstandaard geschoven en prevelde halfluid de woorden.

Ze streelde de smalle schoudertjes en zei: „Dag, Steefje. Gelukkig kerstfeest."

„Dag, mama. Jij ook prettig kerstfeest," antwoordde hij ernstig.

Ze had gedacht dat ze weemoedig zou zijn, deze eerste Kerst zonder Henry in een ander huis, maar ze voelde zich tot haar verbazing tevreden en bijna vrolijk.

„Zullen wij samen het kerstontbijt klaarmaken, Steefje?"
„Ja."
Terwijl Andra de tafel dekte, dribbelde Steven opgewekt om haar heen. Hij pakte de bramenjam, die tante Trees gemaakt had, uit de voorraadkast en zette een broodmandje klaar.
Andra zette een kerst-cd op en zong zacht mee.
Steven neuriede de melodie.
Zonder dat ze gewekt hoefden te worden, verschenen Mark en Roos met Jolientje en schoven aan bij de feestelijk gedekte tafel.
„Hè, gezellig. Zullen we gewoon in onze pyjama eten?" vroeg Mark.
Andra knikte. Er was tijd genoeg om na het ontbijt te douchen. „Wel de tijd in de gaten houden, want Steven mag niet te laat komen." Ze legde op ieder bord een grote schijf van het kerstbrood dat met poedersuiker bestrooid op een schaal lag.
Jolientje prikte met haar wijsvinger in het midden van de ovale snee brood. „Dat vind ik altijd heel lekker!" Ze bracht de goudgele amandelspijs naar haar mond en at bedachtzaam. „Mmm."
Ze lachten allemaal om haar verrukte gezichtje.
Roos keek naar de gezichten rondom de tafel waar het kaarslicht op viel en slikte de brok weg die opeens in haar keel zat. Zou niemand aan papa en oma denken behalve zij?
Mark ving haar blik en schudde even zijn hoofd. Hij wist precies waar zijn zusje aan dacht. Niet over praten.

Eerste kerstdag verliep verder rustig. Ze dronken koffie bij tante Trees en oom Marius, zongen de oude kerstliederen en deden een paar spelletjes, tot groot genoegen van de jongste twee.
Tweede kerstdag kwamen de gasten in de loop van de middag naar De Hoeve. Iedereen bracht iets mee, en het werd hoe langer hoe drukker en rumoeriger.
Jaak had zijn hond niet achter willen laten, en Leika gromde goedmoedig naar de kat, die eerst even blies, maar daarna haar oude kameraad herkende. Steven zong luidkeels het lied dat hij die morgen in de kerk had gezongen, en Jacob probeerde een kokosnoot te splijten met een hamer.
Jet en tante Trees voerden een gesprek en probeerden boven de herrie uit te komen. Oom Marius keek in de microscoop waar Mark

een theelepel prut uit de tuin onder had gelegd.

Johanna zat op de houten keukenbank en zag Andra met een vertwijfeld gebaar naar haar hoofd grijpen. Ze schaterde het uit.

Andra zag haar lachen, plofte naast haar op de bank en lachte mee. „Wat een keet, hè?" zei ze.

Jurriaan zag de beide vrouwen zitten. Wat merkwaardig dat de weg van Johanna en de zijne elkaar telkens kruisten na al die tijd. Terwijl ze jaren in dezelfde plaats hadden gewoond en elkaar hadden gemeden. Een gevoel dat hij jarenlang onderdrukt had, stak de kop op. Johanna. De kloof die tussen hen was ontstaan, was nooit meer gedicht. Zijn schuld, vast, maar net zo goed die van haar. Misschien in het komende jaar...

Johanna ving zijn intense blik en wendde haar ogen af. „Vraag maar eens of Jurriaan een kerstverhaal wil vertellen," zei ze tegen Andra.

„Kan hij goed vertellen?"

„Hij vertelde vroeger het kerstverhaal altijd voor de kinderen van de kerk. Dat was altijd prijs. De kinderen, en ook hun ouders, net zo goed als het grut, waren onder een hoedje te vangen als hij vertelde. Doodstille kerken. Dat kunnen we hier ook wel even gebruiken. Wat een herrie maakt dat spul met elkaar."

Andra stond op en liep op Jurriaan toe.

„Jur, ik hoor net dat jij zo goed kunt vertellen. Zou je willen?"

Jacob sloeg inmiddels met een dreun de kokosnoot doormidden, zodat de stukken in het rond vlogen.

Andra voegde er droog aan toe: „Voordat het huis afgebroken wordt bijvoorbeeld?"

Jurriaan knikte, greep Jolientje vast en verhief zijn stem.

„Jaak, breng jij die hond eens naar de schuur. Andra, heb je een kerstbot voor dat beest? En houd jij die kat eens in bedwang, Roos. Dan ga ik een verhaal vertellen."

„Ha," zei Jaak vergenoegd.

Vijf minuten later begon Jurriaan met 'Er was eens', en in de stille keuken waren alleen zijn stem en het zachte gesuis van de gaspit onder de soeppan te horen.

Dit was nu de Kerst waartegen ze zo vreselijk had opgezien. Andra stond bij het aanrecht en keek de keuken rond. Ze zag de aandachtige gezichten van haar kinderen en de mensen die ze als familie beschouwde. Mensen die ze van God had gekregen toen ze zo eenzaam was dat het leven haar bijna te veel werd. Haar ogen werden vochtig, en diep dankbaar roerde ze met een houten pollepel in de soeppan. Dit heel gewone aardse: brood, soep, haar kinderen, familie en een paar vrienden rondom de keukentafel... Dit was leven. Even dacht ze aan haar vader. Wat zou hij wel zeggen als hij wist dat ze stond te bidden boven een pan soep? „Waar blijft de eerbied, Andra?" Ze hoorde het hem zeggen. Haar vader kon gerust zijn. Zich eerbiediger en dankbaarder voelen dan op dit moment was niet mogelijk.

Kerst en oud en nieuw waren voorbij. Andra bracht haar kinderen naar haar oude woonplaats voor een korte vakantie bij hun vader. Ze waren stil, en Steefje had, nadat hij in de auto was gestapt, niets meer gezegd. Andra piekerde of ze Henry moest vragen of hij de kinderen niet te veel wilde verwennen, maar besloot het niet te doen. Hij was toch niet helemaal gek?

Jolien klemde haar lievelingspop tegen zich aan en vroeg, toen Andra voor het huis parkeerde: „Ga jij nou terug naar huis, mama?"

„Ja, liefje, maar je mag vanavond bellen met Roos' mobieltje en dan zeg ik je welterusten," antwoordde ze.

De auto van Henry's moeder stond op de oprit.

„Kijk eens, oma is er ook." Andra stapte uit en tilde Jolientje de stoep op. De voordeur ging open en Henry en zijn moeder kwamen naar buiten. Roos nam Steven bij de hand. „Toe maar, daar is oma Waardijk."

Ze voelde het weerstrevende lichaam van haar broertje en keek vlug om naar Andra, die weer bij het autoportier stond.

„Kom je niet even binnen?" riep oma Waardijk en wuifde met haar hand.

Andra slikte haar weerzin weg.

„Even dan."

Ze volgde haar kinderen de vertrouwde gang door. Het was er warm.

De cv draaide waarschijnlijk op volle toeren. Normaal was de gang erg kil, dacht ze vluchtig.

Lisette bevond zich in de zitkamer, maar de kinderen liepen gewoontegetrouw door naar de keuken.

„Wat een gekke tafel!" riep Jolientje en keek naar de donkere kersenhouten tafel die midden in de keuken stond. „Waar is onze tafel?"

Zes bijpassende stoelen waren onder de tafel geschoven, en bovenop stond een lange glazen vaas met drie rozen.

„Onze tafel staat toch bij ons thuis in Wieringen, Jolly," zei Andra vlug.

„En het ruikt hier ook gek," zei Jolientje met opgetrokken neus.

„Dat komt doordat er andere dingen staan. Dat merk je straks niet meer," zei Mark.

„Nou... Poeh," zei Jolientje. En dat werd haar stopwoordje zodra ze iets tegenkwam wat haar niet aanstond in hun oude huis.

Inmiddels was Lisette de keuken in gekomen. Ze groette in het algemeen, en daar was Andra blij om. Ze zou het op dit moment niet kunnen verdragen haar een hand te moeten geven.

„Eh, zal ik even koffie inschenken?" vroeg Lisette, wat verlegen met de situatie.

„Ja, doe maar. Andra heeft alleen melk, en Mark en Roos ook suiker. De kleintjes graag limonade," antwoordde oma Waardijk op gezaghebbende toon.

Andra besefte pijnlijk dat ze gast was in het huis waar ze zestien jaar had gewoond. Niet dat ze op dit moment graag in Lisettes plaats was geweest. Oma Waardijk dicteerde als vanouds, maar nu was zij het object van haar regelzucht niet. Lisette mocht opdraven, maar het bleef vreemd op visite te zijn in je eigen huis. Maar was het ooit haar eigen huis geweest? Nee toch? Het was altijd oma Waardijks huis gebleven, en dat zou het blijven, wie er ook bij Henry zou intrekken.

Andra zag hoe Lisette koffie schonk uit de kan van het roestvrijstalen koffiezetapparaat. Alles was gloednieuw en vreemd. Met de keukenmeubels was ieder spoor van Andra Coronel uit het huis verdwenen.

Na een kwartier stapte ze op. Het onzekere gezichtje van Steven bleef haar achtervolgen. Ze was gerust toen Henry de kinderen een paar dagen later terugbracht.

„We hebben het heerlijk gehad, niet, kinderen? Nou, vertel eens aan mama wat we allemaal gedaan hebben," zei hij uitbundig. „Nou?"

Jolientje begon: „Naar een grote stad geweest. Naar Amsterdam... en daar... eh..."

Steven zei niets. Hij klemde even zijn armen om Andra's middel, liet haar toen abrupt los en verdween naar de ezelstal.

„Hé, Steef," riep Henry hem achterna.

„Laat hem maar even, pap. Hij heeft Caja gemist," zei Roos en zette de weekendtassen uit de auto. Ze had deze paar dagen over haar broertje en zusje gemoederd. Steefje was zo zwijgzaam geweest dat het haar ongerust had gemaakt, en Jolientje zorgde met haar kinderlijke openhartigheid telkens voor gegeneerde pauzes in gesprekken. Van het winkelen met Brechtje was niet veel terechtgekomen. Op de middag dat ze de stad in zouden gaan, had Lisette gevraagd of het goed was dat ze meeging, en Brechtje had al zo enthousiast 'ja' geroepen dat Roos er niet onderuit kon zonder regelrecht onbeleefd te worden. Het was nog best leuk geweest ook. Lisette had een goede smaak en wist wat haar stond. Brechtje had een ketting met grote kralen van haar gekregen, en Lisette had haar ook een ketting aangeboden: één met grote rode kralen die ze prachtig vond. Maar ze had hooghartig geweigerd en gezien hoe akelig Lisette dat had gevonden.

Was Lisette maar niet de vriendin van haar vader. Dan zou ze haar erg aardig vinden, dacht Roos rampzalig. Nu was zij degene die ervoor gezorgd had dat hun hele gezin uit elkaar was gevallen en moest ze haar wel een mispunt vinden.

„Het zal misschien later wel wennen, maar dat mens in plaats van mama... Bah!" zei ze later tegen Mark en vervolgde hoopvol: „Maar ze zijn nog niet getrouwd." En als het aan haar lag, zou dat niet gebeuren ook, zei haar toon.

Mark, die drie dagen op eieren had gelopen, had alleen maar zin om heel hard en heel lang te schelden, maar omdat hij niet wist tegen wie, zweeg hij.

Roos en Mark hadden in de vakantie hun boeken doorgekeken en gemerkt dat ze met de meeste vakken niet achter waren. Met wiskunde waren ze zelfs verder, wat vooral Roos veel plezier deed. De eerste dagen gingen ze met de bus naar school. Het weer was zo slecht dat zelfs de meest geharde fietser uit het dorp in de schoolbus stapte. De jongens en meisjes die in de bus zaten, kenden ze na drie dagen zo goed dat ze bekenden leken in de zee van vreemde gezichten op de nieuwe school.

Roos kwam bij Liesbeth in de klas, en Mark kende inmiddels ook enkele jongens met wie hij gelijktijdig een paar vakken volgde.
Jaak zat in het examenjaar en had zijn eerste schoolonderzoeken achter de rug. Hij was populair bij zijn klasgenoten, en onwillekeurig straalde daar iets van af op Mark en Roos, zodat ze vlug in hun groep opgenomen werden. Ondanks dat en tot haar eigen verbazing miste Roos Brechtje. Brechtje liet altijd openlijk haar eigen belang voorgaan, maar had tegelijkertijd iets zonnigs en aantrekkelijks, zodat je haar die egocentrische instelling vergaf. Ze waren zo lang vriendinnen dat ze elkaar zonder woorden begrepen, en al was Liesbeth veel aardiger, Roos miste soms de kritische en scherpe commentaren van Brechtje op haar omgeving. Ze zou vragen of Brechtje in de voorjaarsvakantie kwam logeren, besloot ze.

Steven en Jolien hadden het erg naar hun zin op hun nieuwe school, die veel kleiner was dan de school in Alkmaar. Steven kende een paar kinderen al doordat ze ook op de cantorij zaten. Hier was hij niet de jongen die dromerig en kinderlijk voor zijn leeftijd was en die door andere kinderen een watje werd gevonden, maar de jongen die bewondering afdwong door zijn stem. Dat maakte hem vrijer in de omgang, en daardoor verliep de aansluiting met de andere kinderen soepel. Andra bracht hen naar school, en ze namen boterhammen mee voor de lunch, die de meeste kinderen op school gebruikten.

Andra voelde zich niet alleen. Ze moest alle financiële zaken zelf regelen en verbaasde zich erover dat ze vroeger alles uit handen had gegeven en een aanhangsel van Henry was geworden. Ze was volledig thuis op de hoeve van Rogier Lont, en het enige waarover ze zich af en toe bezorgd maakte, was dat Roos zich te veel aan Jaak zou hechten. Andra nam het haar schoonmoeder nog steeds kwalijk dat ze haar argwanend had gemaakt. Gelukkig had Roos niets gemerkt. Anders zou ze haar onbevangenheid tegenover Jaak nog kwijtraken. Maar hoe zou dat moeten als zij en Rogier samen verder wilden gaan? Ze verlangde af en toe hevig naar hem en nam zichzelf dat kwalijk. Dit was toch gek? Net gescheiden en dan in plaats van naar haar ex-echtgenoot verlangen naar een man die ze niet eens zolang kende. Daarom schoof ze de gedachte aan Rogier ver voor zich uit. Aan de kus die hij haar had gegeven, en waar niets vriendschappelijks aan was geweest, durfde ze niet meer te denken. Roos ging voor. Niet dat ze nog iets merkte van een speciale vriendschap tussen haar en Jaak. Roos leek hem net zo te beschouwen als Mark. Een soort oudere broer. En Rogier was voor Andra niets meer dan een goede vriend, zei ze met klem tegen zichzelf. De mailtjes die hij stuurde, kon ze iedereen laten lezen. Daar stond nooit iets in wat op meer dan vriendschap wees. Toch gaf het lezen van die berichtjes glans aan haar dagen, en ze leerde Rogier er goed door kennen.

Als iemand Andra vorig jaar omstreeks deze tijd had voorspeld dat ze zich na de scheiding van Henry tevreden en, merkwaardig genoeg, ook tamelijk gelukkig zou voelen, had ze hem of haar voor gek verklaard. En toch was het onmiskenbaar zo. Wanneer ze met Leika, de hond van Jaak, die vaak bij haar gestald werd, over de wit bevroren weg liep en de oranjerode banen zag die de laaghangende zon op de glinsterende weilanden wierp, voelde ze zich gelukkig. Als de kinderen het ook maar waren.

„Het gaat toch goed met de kinderen, vindt u niet?" vroeg ze aan oom Marius, toen ze na zo'n wandeling een kop koffie ging halen bij het buurhuis.

Hij zag een glimp van angst in haar ogen. Ze was bang dat ze zichzelf bedroog, besefte hij.

„Ze zijn gelukkig, maar ze missen Henry, en dat kan ook niet anders. Hij heeft een tijd gehad dat hij een leuke vader was, en dat herinneren ze zich. Wees blij, zou ik zeggen, want het valt niet mee een vader te hebben voor wie je alleen maar minachting of angst voelt," zei hij wijs en legde zijn hand over haar vingers die op het pluchen tafelkleed lagen.

Andra knikte. Meer kon ze ook niet verwachten. Oom Marius was gelukkig eerlijk tegen haar. Dat gaf haar vertrouwen in hem en in zichzelf. Ze zouden het wel redden.

„Dank je wel, oom."

Op een regenachtige dag in februari, toen Andra de dieren had gevoerd, het stro in de hokken had verschoond en op het punt stond de hond uit te laten, stopte de auto van Jurriaan voor de deur.

Ze opende de achterdeur en hield Leika, die verheugd de deur uit wilde rennen, tegen. „Hier jij."

De hond ging op de mat liggen en roffelde met zijn staart toen Jurriaan binnenkwam.

„Wil je koffie, Jur?"

Hij wuifde het aanbod weg.

„Nee, ik moet alleen een paar spullen van Rogier hebben die boven op zolder moeten liggen. Ik heb het razend druk, want mijn secretaresse is al een tijdje ziek. Hopeloos. Ik zit met mijn handen in het haar. Straks eerst maar een uitzendbureau bellen, maar zo vlug hebben die ook niet iemand voor me. Net nu ik een paar goede contracten kan afsluiten."

Hij zag er werkelijk gestrest uit, en dat was zo ongewoon voor Jurriaan dat Andra met hem te doen had. Hij liep naar de zolder en ze hoorde hem rommelen. Hij zat echt omhoog met die vergadering. Zo moeilijk kon het toch niet zijn die te verslaan en uit te werken. Ze was secretaresse geweest voordat ze trouwde, en als ze afging op wat haar baas haar had gezegd, een goede.

„Als je wilt, kan ik je vandaag wel helpen. Waar gaat het om?" bood ze aan toen hij weer beneden was.

Hij keek haar verbaasd aan en legde een map op tafel. „Heb je ervaring met notuleren en zo?"

„Ik ben directiesecretaresse geweest voordat ik trouwde. Zo erg kan ik er niet uit zijn dat dat me niet zou lukken."

„Echt?" Zijn gezicht klaarde op.

„Ik moet wel een paar dingen regelen, en ik moet om drie uur weer naar huis," zei ze zakelijk.

„Maakt me niet uit." Hij liep naar de deur en draaide zich, voordat hij naar buiten liep, aarzelend om: „Als je er voor half twaalf kunt zijn, of is dat te vroeg?"

„Waar?"

„Op mijn kantoor. Je weet waar het is?"

Ze knikte.

„Tot zo dan?" Hij keek haar dankbaar aan en streek een sliert haar die in zijn ogen viel, naar achteren. Hij leek even sprekend op Rogier, zag ze, en ze herhaalde: „Tot zo dan."

Een kwartier later had ze geregeld dat oom Marius de kinderen zou opvangen en tante Trees bedong meteen dat ze 's avonds allemaal bij haar zouden eten. „Pasta, want daar houden de kinderen zo van," zei ze, en in haar ogen blonk de belofte van spaghetti-bolognese.

Andra haalde een van haar mantelpakjes uit de kast en hield het zich voor terwijl ze in de lange spiegel van Roos keek. Nee, dat deed ze niet aan. Dat jasje wel, maar die rok niet, want dan voelde ze zich meteen weer de schoondochter van oma Waardijk. Die wijde, zwarte broek erbij, besloot ze. Lekker zwierig. Ze was beslist allergisch geworden voor mantelpakjes. Wat lichte make-up, een kam door haar haar. Klaar!

Om elf uur was ze aanwezig op het kantoor van bouwbedrijf Lont. Jurriaan zag haar binnenkomen en liep onmiddellijk naar de deur.
„Fijn dat je er bent."
Hij stelde haar voor aan een paar mannen en een meisje van een jaar of achttien. „Andra Waar... eh..." Hij herstelde het onmiddellijk. „Andra Coronel, die ons vandaag uit de brand helpt."
„Daar moet je nu voor bij de brandweer zijn om het zo uit te drukken," zei het meisje snedig, en Andra schoot in de lach.
Dat kind was hooguit drie jaar ouder dan Roos. Ze zag Roos nog niet aan het werk op een kantoor. Het zou anders best goed voor haar zijn om in de vakantie te werken. Maar eens stimuleren.
„Zorg jij straks voor de koffie, Marieke?"
Het meisje knikte en zette alvast kopjes op een blad.
„Cake erbij?"
„Ja natuurlijk."
Daarna kwamen er enkele mannen binnen die plaatsnamen om de ovale tafel midden in het kantoor. Een directeur van een woningcorporatie, een uitvoerder en nog een aannemer. Ze gaven handen en spraken op een manier die Andra zich herinnerde uit de tijd dat ze voor de vader van Henry had gewerkt. Hij was een plezierige baas geweest. Daarna was de gedachte aan het verleden weg.

Jurriaan wees Andra op de stoel naast zich, en ze zat er na twintig minuten weer helemaal in. Ze had geen moeite met het tempo en vroeg als ze een term hoorde die ze niet met de strekking van de woorden kon combineren, om uitleg.

De oudste van de mannen knikte even goedkeurend.

„Prettig dat u dat vraagt. Laten we dit nog even goed doornemen, want het is ook onduidelijk."

Andra leerde Jurriaan van een andere kant kennen. Dit was op en top een zakenman. Hij was veel scherper dan ze gedacht had dat hij zou zijn. Ze dacht in een flits aan Johanna. Het zou voor Johanna best eens goed zijn Jurriaan mee te maken wanneer hij aan het werk was. Johanna had vast nog steeds het beeld van een Jurriaan die maar een beetje aan klungelde. Dat was te merken aan de ironische manier waarop ze soms naar hem keek wanneer hij iets opmerkte. Hoewel, ironisch? Dat was het woord niet. Het was...

Opletten, Andra! Wat zei die man nu? Ze vergat Johanna.

De mannen pauzeerden voor een korte lunch, die Marieke verzorgde, en na nog anderhalf uur namen ze afscheid. Andra zocht meteen naar een computer die ze gebruiken kon om de notities uit te werken en zag een bureau waar een wirwar aan papier op lag en waar een computer op stond.

„Kan ik hier zitten, Marieke?" vroeg ze het meisje dat bedrijvig de kopjes weer ophaalde.

„Vast wel. Dat is de werkplek van Karin, en die komt voorlopig niet terug," zei Marieke

Andra ging zitten en wierp een blik uit het raam. Ze zag Jurriaan, die naar buiten was meegelopen, bij de geparkeerde auto's voor het gebouw staan praten. De auto's reden weg, iemand toeterde en Jurriaan zwaaide even. Toen draaide hij zich om en liep energiek het kantoor weer in.

„Dat verliep prima. Is er nog een kop koffie of zo?" vroeg hij handenwrijvend toen hij binnen was. „Je kon het goed volgen, Andra. De directeur maakte me nog een compliment over je. Ter zake kundig vond hij je."

„Kijk aan," zei Andra en was ondanks haar scepsis (hoe kon die man nu weten wat ze had opgeschreven) blij. Ze verschoof de stapel papier die op het bureau lag en zag aan de dagtekening dat de papieren er al een tijdje lagen.

„Is er de laatste dagen soms wat blijven liggen?" vroeg ze.

„Ja." Hij nam haar weifelend op. „Zou je...?"

Ze knikte. „Ik zal de boel een beetje ordenen zodra ik dit heb uitgewerkt. Ik trek je wel aan je mouw als ik ergens niet uitkom. Dus maak je niet druk."

„Ik bedoel eigenlijk of je hier niet een paar dagen zou kunnen komen om de boel weg te werken. Totdat Karin terug is bijvoorbeeld?"

Hij keek haar hoopvol aan.

Ze dacht vlug na. Het huis was op orde, de kinderen waren naar school... De dieren kon ze doen voordat ze wegging.

„Van half tien tot half drie zou lukken." Ze hoorde zelf hoe zakelijk ze sprak. Het werk van die morgen had bepaald invloed op haar.

„Fantastisch, maar gaat dat wel? Je hebt je handen al vol aan de kinderen en de dieren," opperde hij, opeens bezwaard door zijn eigen voorstel. Ze woonde hier net, en om dan meteen al ergens aan de slag te gaan...

„Ik kan ook niet een hele dag werken, maar ik regel wel iets met hulp van tante Trees... of van Jet," bedacht ze.

„Je zou me zo..."

„Uit de brand helpen?" Er verschenen kuiltjes in haar wangen.

Jurriaan keek er geboeid naar. Dit herinnerde hij zich van de tijd dat Andra, zeventien jaar oud, voor het eerst op Wieringen kwam. Ze was toen verlegen, maar vrolijk geweest. Hij was toen net veertien, maar hij herinnerde zich hoe gecharmeerd hij van haar was geweest. Het zachtaardige was er niet af toen hij haar in het begin van dit jaar weer ontmoette, maar de vrolijkheid was verdwenen. Ze was zo mager en breekbaar dat tante Trees zich er grote zorgen om had gemaakt. Er was geen sprake geweest van kuiltjes in haar wangen.

Ze pakte nog een ordner en sloot haar programma op de computer af.

„Je bent een geweldige meid," zei hij warm.

„Ach, welnee," weerde ze af en liep met een blij gevoel naar haar auto toe. Volgende keer ging ze op de fiets, nam ze zichzelf voor. Een beetje meer lichaamsbeweging was nooit weg. Ze was blij dat ze niet meer zo mager was, maar het moest niet doorschieten.

Tot Andra's verbazing vonden tante Trees en oom Marius het helemaal geen gek idee dat ze voor een paar ochtenden in de week ging werken. „Dan kom je er meteen een beetje in hier, en als je ervoor zorgt dat je niet te lange dagen maakt, is het vast leuk."

Tante Trees had alvast pastasaus gemaakt en op het aanrecht klaargezet. Uit de zware gietijzeren pan kwam de geur van tijm, tomaten en basilicum.

Andra snoof. Ze had opeens trek. „Maar u gaat niet voor mij koken en klusjes doen. Voor vandaag mag het, maar ik moet mijn eigen zaakjes opknappen. Jullie doen toch al zo veel voor me."

„Ach, kind, als je eens wist hoe fijn we dat vinden," zei tante Trees uit de grond van haar hart.

Andra wist dat ze het meende. Ze sloeg haar arm om de mollige schouder van haar tante.

„Wat verwent u me," zei ze liefkozend en opende de keukendeur voor Jolientje en Steef die voor oom Marius uit het tuinpad op holden en zwaaiden.

„Dag, lieverds," zei Andra en knuffelde haar kinderen. „Hoe was het op school?"

„Leuk. Ik heb een konijn gemaakt. Van klei," vertelde Jolientje enthousiast.

„En jij, Steef?"

„Gerekend en ik moest hardop lezen."

Andra hield verschrikt haar adem in. Had ze zijn lerares meer moeten vertellen over zijn probleem met praten?

„En wat moest je voorlezen?"

Hij begon te lachen. „Een verhaal over een ezeltje. Heel grappig."

Ze ademde langzaam uit.

„En de juf zei dat ik het erg mooi voorlas," zei hij. Hij stak zijn handen in zijn zakken en probeerde niet te laten merken hoe voldaan hij was over het compliment.

„Goed zo. Ik wist wel dat je goed kunt voorlezen. En dan nu chocola." Tante Trees verborg haar blijdschap achter een kop chocolademelk. Er mocht niet te veel aandacht geschonken worden aan de stoornis waaraan Steefje een tijdlang had geleden. Ze slaagde er niet helemaal in. Verheugd schonk ze de mokken vol en schoof die over tafel naar de kinderen toe.

Roos was erg ingenomen met het werk van haar moeder, al vond ze er ook een beetje een vreemde kant aan zitten.

„Dan is Jurriaan je baas, mam," merkte ze op. „Hoeveel ga je verdienen?"

Daar had Andra nog niet over nagedacht. Ze hadden het helemaal niet over geld gehad.

Mark lachte. „Mama in zaken," zei hij.

Andra keek bedremmeld. „Ik was al blij dat ik hem helpen kon."

Roos schudde haar hoofd. „Nou ja," zei ze.

11

Oma Waardijk belde die avond om een afspraak te maken en kreeg Roos aan de lijn. Roos kon niet nalaten het als eerste te vertellen.

„Mama werkt, en ze is helemaal vergeten om te vragen wat ze gaat verdienen," kraaide ze.

„Mama werken? Hoezo? Wat doet ze dan? Helpt ze je tante met het huishouden of zo?" vroeg mevrouw Waardijk.

„Natuurlijk niet, oma. Ze valt in voor een secretaresse op kantoor bij Jurriaan."

„Secretaresse! Wat gek. Waarom? Hebben die luitjes van de brandweer dan een kantoor? Waar is dat goed voor?" vroeg mevrouw Waardijk.

„Hè oma, Jur zit toch bij de vrijwillige brandweer. Hij is overdag gewoon aannemer," legde Roos ongeduldig uit.

„Bespottelijk. Geef me je moeder maar even." Ontstemd tikte mevrouw Waardijk op het glas van het telefoontafeltje.

Andra nam met tegenzin de telefoon van Roos over. „Ja?"

„Wat hoor ik, Andra? Ben jij aan het werk? Dat is toch niet waar?" vroeg haar ex-schoonmoeder.

„Een paar morgens in de week," bevestigde Andra.

„Je lijkt wel niet goed wijs. Hoe doe je dat met de kinderen? Ze lopen toch niet langs de straat? Je laat ze toch niet de hele dag over aan die oude tante en oom van je?" Mevrouw Waardijk had er een handje van van om iets gewoons een ramp te maken.

„De kinderen zijn overdag naar school. Wanneer ze thuiskomen, ben ik er. En verder is mijn tante een paar jaar jonger dan u," kon Andra niet nalaten te zeggen. Ze wist niet goed of ze nu kwaad moest worden of lachen.

„Ik weet niet wat Henry hiervan zal zeggen," snibde mevrouw Waardijk.

„Helemaal niets, want het zijn zijn zaken niet," zei Andra beheerst. „En hier heeft u Roos weer."

„Maar…" Mevrouw Waardijk haalde diep adem en stopte noodgedwongen met haar commentaar. Henry had inderdaad niets meer te vertellen over Andra. Als ze thuis was wanneer de kinderen uit school kwamen, kon zijzelf er met goed fatsoen ook niets van zeggen. En zelfs al was Andra niet thuis wanneer ze uit school kwamen, dan nog had ze er niets over te vertellen. Dat regelde haar exschoondochter zelf, bedacht ze wrokkig. Wat had Henry toch buitengewoon dom gehandeld met die Lisette. Ze zou hem straks meteen bellen.

Toen Roos had opgehangen, draaide mevrouw Waardijk het oude, vertrouwde nummer. Er werd niet opgenomen. Ach, natuurlijk niet. Er was niemand. Henry was aan het werk, en Lisette ook. En Lisette woonde ook nog in haar eigen flat.

Mevrouw Waardijk ging zitten en keek uit het raam naar het verkeer op straat. Haar ogen werden wazig. Wat miste ze de kinderen, en wat miste ze Andra. Haar was ze voorgoed kwijt. Zelfs wanneer ze haar schoondochter ontmoette, was het niet meer hetzelfde. Andra was veranderd. Van een ontvankelijke, jonge vrouw die haar raad nodig had, was ze een zelfbewuste, werkende vrouw geworden, die zeker niet zou luisteren naar wat een ouder mens, dat het leven kende, te vertellen had. Mevrouw Waardijk legde haar hand in haar maagstreek. Ze moest nu toch echt naar een dokter gaan. Deze pijn duurde te lang. Dat het spanning was die op haar maag werkte, geloofde ze niet meer. Eerst maar een afspraak maken. Dat telefoontje naar Henry kon wel wachten.

Het drukke, maar geregelde leven beviel Andra buitengewoon goed. Ze stond 's morgens om half zeven op en ontbeet met haar kinderen. Roos en Mark moesten om half acht de deur uit, en daarna had ze tijd om samen met Steefje de dieren te voeren. Jolientje zocht altijd naar eieren en was nog steeds trots dat ze die wist te vinden. De kippen legden de laatste tijd de eieren niet in het leghok, maar zochten een andere plaats op. Oom Marius schold op die, wat hij noemde 'stomme dieren', maar Jolientje kwam er altijd achter waar ze lagen.

Andra bracht de kleintjes naar school en fietste daarna door naar het kantoor van bouwbedrijf Lont. Ze had deze laatste weken veel respect gekregen voor Jurriaan. Hij leidde zijn bedrijf met een mengeling van zakelijkheid en vriendelijkheid. Ze begreep steeds minder van de manier waarop Johanna en hij met elkaar omgingen. Afstandelijk en soms alsof ze heel vertrouwd met elkaar waren.

Op een donderdagmorgen waren ze om kwart voor tien alleen in het kantoor. Jurriaan stond op zijn gemak met een kop koffie in zijn hand voor het raam en vroeg zonder zich om te draaien: „Gaat Steefje vanavond weer naar de cantorij?"

„Ja, hij vindt het nog steeds geweldig. Johanna doet het zo leuk."

Andra had haar computer al aangezet en nam er een paar orders bij die ze geprint had.

„Dat zal ook wel," antwoordde hij.

Klonk zijn stem nu echt zo gedeprimeerd of verbeeldde ze het zich? In een opwelling vroeg Andra: „Jurriaan, op het gevaar af dat je zegt 'bemoei je met je eigen zaken', wat is er tussen jou en Johanna? Ik bedoel: wat is er misgegaan?"

Ze zag zijn rug verstrakken. Zonder zich om te draaien vroeg hij: „Hoezo?"

„Kom op nou," zei ze ongeduldig.

„Waaraan heb je dat gemerkt?"

„Wanneer jullie samen in één kamer zijn, kijken jullie altijd vanuit jullie ooghoeken naar elkaar en jij ziet iedere beweging van Johanna."

„Ik misschien van Johanna, maar zij niet van mij," zei hij.

„Denk je dat echt?" vroeg Andra verbaasd. Ze keek naar zijn rug en zag dat zijn haar te lang werd. Het hing net over de rand van zijn corduroy jasje.

Johanna die hem niet zag wanneer hij in de kamer was? Hoe kon iemand zo blind zijn?

„Johanna moet niets meer van me hebben, en misschien heeft ze daar wel gelijk in. Ik weet het niet meer," zei hij na een paar tellen een beetje bitter.

Andra keek naar het scherm van haar computer, waar ongevraagde berichten verschenen. Er dansten enkele figuurtjes over een houten vloer. *Pret met Parket...* verscheen er in rode letters onder. Stompzinnig, flitste het door Andra heen voordat ze antwoordde. „Heb je wel geprobeerd met haar te praten? Misschien klaart dat de lucht."

„We hebben geen ruzie," zei hij snel.

„Nee, maar er zit iets niet goed tussen jullie," zei ze, „en daar is het leven te kort voor." Moet je mij horen, dacht ze. Iemand anders raad geven terwijl ik mijn eigen huwelijk heb laten mislukken.

„Praat jij eens met Johanna. Misschien wil ze jou vertellen wat haar zo dwarszit. Mij lukt het niet," zei hij dof.

„Jullie hebben dus samen iets gehad?" Draai je nu toch eens om, dacht Andra, of nee, toch maar niet. Het praat gemakkelijker als je iemand niet hoeft aan te kijken. Zij had altijd problemen aangehoord van Roos en Mark tijdens de afwas of terwijl ze naast elkaar in de auto zaten.

„Hoe weet je dat?"

„Ik ben toch niet op mijn achterhoofd gevallen," zei ze meewarig.

Jurriaan ademde op het raam en tekende toen met zijn vinger een grote J op het beslagen glas. „Ik dacht dat niemand wist hoe dik het aan was tussen ons, want toen wij iets met elkaar hadden, woonden we hier niet. Als we eens in de drie weken het weekend naar huis gingen, waren we allebei bij onze eigen ouders.

We zochten elkaar wel op, we gingen samen uit, en we zaten samen in de kerk, maar we probeerden niet te laten merken hoe stapel we op elkaar waren. Johanna's ouders waren altijd erg bezorgd om hun dochters, en dat had maar gedoe gegeven.

Maar zodra we weer terugreisden naar Amsterdam, hadden we het rijk alleen. Ik denk dat mijn ouders ook niet wisten hoe serieus het tussen ons was."

„Hoe oud waren jullie?" vroeg Andra.

„Heel jong. Ik was tweeëntwintig, Johanna twintig. Zij zat op het conservatorium en ik studeerde bouwkunde."

Andra glimlachte even om dat 'heel jong'.

„Zij zat op kamers, en ik ook. We woonden niet samen, hoor. Dat wilde Johanna niet. Het zou om te beginnen een enorme heibel gegeven hebben, want haar ouders kwamen regelmatig langs. We aten wel altijd samen en…"

Hij schraapte zijn keel. „Ik was echt gek op haar. En zij ook op mij. Dat dacht ik tenminste. We bezochten concerten op het conservatorium, en zij ging met mij mee naar de Jaap Edenbaan om te schaatsen en af en toe, als Johanna tijd had, zelfs naar een discotheek. Ze studeerde hard. Haar grootste probleem was goed onderdak te vinden. Ik heb haar wel vijf keer verhuisd. Telkens weer een boedelbak huren omdat haar hospita vond dat ze minder lawaai moest maken. Ze zong veel toonladders en ze studeerde ook nog eens piano. Niet echt fantastisch voor huisbazen."

Daar kan ik me iets bij voorstellen, dacht Andra. Haar schoonmoeder had het al lastig gevonden als Steven hard zong.

„Het tweede jaar had ze een kamer gevonden bij een oude mevrouw die bijna doof was. Ze was er zo blij mee dat ze de hond van die vrouw uitliet en af en toe boodschappen voor haar deed. Echt iets voor Jo. Ze bracht vaak iets voor haar mee wanneer ze thuis was geweest."

Jurriaan was zich niet bewust van de vertederde klank in zijn stem.

„Maar goed... Johanna had dan wel haar studie gevonden, ik niet. Ik kon mijn draai niet vinden. Liet alles versloffen... En ik had een paar vriendjes van hetzelfde laken een pak. We kenden alle kroegjes in de buurt vanbinnen en vanbuiten. Dat was leuk, maar het schoot niet op. Toch ging alles wel... totdat ik enorme ruzie met Johanna kreeg."

„Waarover ging dat?" informeerde Andra. Ze was niet verbaasd over het verhaal van Jurriaan.

„Om niets! Alleen maar omdat er een paar meisjes bij een feest waren dat ik met een paar vriendjes had georganiseerd. Het was bij een van de jongens thuis, en Johanna was razend!"

„Alleen maar omdat er meisjes bij waren? Zij was er toch ook altijd bij, neem ik aan, als jij een feest organiseerde?" vroeg Andra ongelovig.

„Ach, een van die meiden was erg aanhalig. Natuurlijk net iemand aan wie Jo een hekel had. Je kent dat wel," zei hij knorrig.

„Ja, dat ken ik." Andra's stem klonk bits.

Vlug keek hij om. Op haar gezicht was niets te lezen.

Hij draaide zich weer om en met zijn blik op een boom waarvan de takken nog helemaal kaal waren, vervolgde hij: „Johanna had die avond een openbare uitvoering waar ik geen zin in had. Ik had haar die deuntjes al zo vaak horen repeteren dat ik het stuk noot voor noot mee kon zingen. Daar was ze al kribbig over. Ze was de hele tijd eigenlijk al humeurig, helemaal niets voor haar. Ze kwam me ophalen bij Tim, die vriend die het feestje gaf. In de herrie had niemand een bel gehoord, en de voordeur was open. Johanna stond opeens in de deuropening van de kamer als een wrekende Nemesis: een lijkwit gezicht en ogen...! Vuur sproeiend!

Ze zag net hoe een van die meiden, ik zou niet eens weten hoe het kind heette, over me heen hing. Die had gewoon een slok te veel op en probeerde me te zoenen en zo. Je weet niet half hoe Jo kijken kan wanneer ze kwaad is."

Andra kon zich er iets bij voorstellen. Vooral hoe Johanna zich gevoeld had op dat moment.

„Wat zei ze?" vroeg ze afgemeten.

Jurriaan draaide zich om. In zijn ogen stond nog steeds onbegrip te lezen.

„Helemaal niets. Ze was weg voordat ik dat kind van me af had geduwd en overeind kon komen. Daarna ben ik achter Jo aan gerend, maar ze was weg. Ik ben daarna teruggegaan naar dat feest. Helemaal nuchter was ik ook niet meer, en mijn jas hing er nog en ik was ook kwaad dat ze zich zo had aangesteld. Het was verdraaid alsof ze me in bed betrapt had of iets dergelijks."

Hij zag Andra's ogen. „Ja, ik weet het! Achteraf dan: stom, stom, maar dat meisje stelde niets voor. Echt niet. En ik zoende haar niet. Zij mij. O, Willemien heette ze. Nu weet ik het weer. Kun je nagaan... De volgende dag was alles weer een beetje gezakt en ben ik naar Johanna toe gegaan, maar ze was er niet. Haar hospita wilde me niet binnenlaten. Mocht vast niet van Johanna. En toen... daarna ben ik een ontzettende ezel geweest. Ik heb de benen genomen. Ik was mijn studie zat, ik was Johanna zat en ik denk dat ik mezelf ook helemaal zat was... Ik heb aangemonsterd op een vrachtboot. Het is gek hoe vlug je weg kunt zijn als je echt weg wilt: drie dagen later zat ik op zee. Ik heb mijn vader en moeder gebeld en thuis wat spullen opgehaald. Ik zocht de laatste dag Johanna nog op, maar ze leek wel van de aardbodem verdwenen te zijn. Nergens te vinden. Niet bij haar thuis. Daar wisten ze ook niet waar ze was, en al te veel durfde ik niet te vragen om geen slapende honden wakker te maken. Ze beantwoordde de telefoon niet... Ik had, toen ik eenmaal aan boord was, spijt dat ik zomaar was weggelopen. Niet dat ik gestopt was met mijn studie, hoor, maar Johanna, die breuk, die zat me ontzaglijk dwars. Ik hield zo veel van haar, daar heb je geen idee van. Dat ze zo maar onvindbaar was... Ik heb haar later geschreven, maar ze... ze antwoordde... nooit."

Hij kwam even niet goed uit zijn woorden. „Ik begreep het echt niet. We hadden... Het was niet gewoon vriendschap of zo. We waren zo close. Misschien wel te. We leken af en toe wel een getrouwd stel."

„Met alles wat daarbij hoorde misschien?" vroeg Andra.

Ze keek naar zijn lange rug. Jurriaan was vast geen afwachtende jongen geweest. Een veel onbesuisder type dan Rogier. Hoewel... Ze dacht even aan hun afscheid. Daar zou ze zich weleens in kunnen vergissen.

„Ja. We waren zo verliefd, en als je dan zo dicht bij elkaar woont... en je voelt je af en toe beroerd... Je weet hoe dat gaat. We hadden..."

„Jullie deelden meer dan de tafel," merkte Andra ironisch op. „Och heden."

„Niet altijd. Dat moet je niet denken. Het was meer ondanks onszelf," zei hij snel.

Andra dacht even aan Roos. Jaak ging volgend jaar studeren, en Roos zou nog een paar jaar thuisblijven. Dat hoopte ze tenminste vurig. Maar zijzelf kon niets voor zijn. Alles wat mis kon lopen, kon net zo goed mislopen als ze een lijfwacht bij Roos neerzette. Er konden altijd situaties ontstaan, met andere vrienden dan Jaak, en daar was ze ook niet bij. Wat had ze zich laten opjutten door oma Waardijk. Ze had haar verstand niet gebruikt. Kijk nu naar Johanna en Jurriaan. Stapel verliefd op elkaar, en er gebeurt iets waardoor ze uit elkaar gaan, maar elkaar nooit hebben kunnen loslaten, voegde ze er in gedachten aan toe. Kijk nu eens, dat bedroefde gezicht. Andra voelde zich opeens de oudere zuster die ze nooit geweest was.

„Jurriaan," begon ze.

„Ja, ik weet wel dat ik nu eindelijk eens naar een ander zou moeten uitkijken. Heb ik ook wel gedaan, ik ben niet voor monnik in de wieg gelegd. Maar het was nooit zoals met Johanna," zei hij hopeloos.

„Hebben jullie het al eens uitgepraat?"

„Nee. Toen ik het probeerde, nadat ik weer aan de wal gekomen was, spuugde ze zowat vuur. Toen werd ik weer kwaad op haar... Nou ja." Hij haalde zijn schouders op. „Daarna ontliepen we elkaar."

Andra schudde verwonderd haar hoofd. Stom klonk dit. Niets voor Johanna zoals zij haar nu kende. Maar hoe lang was dat nu helemaal? Lang genoeg om te weten hoe ze is, besloot ze. „Zal ik eens...?" begon ze aarzelend.

„Ach." Hij leunde met zijn hoofd tegen het raam. „Ik weet niet of het iets uithaalt. Soms zou ik weg willen. Ergens naartoe gaan waar ik helemaal opnieuw kan beginnen. Net zoals jij. Maar ik heb de zaak net een beetje op de rails en om dan weg te gaan... Er zijn ook tien gezinnen van mij afhankelijk." Hij ging rechter op staan.

„Let er maar niet meer op. Ik heb evengoed plezier en ik vader zo'n beetje over Jaak. Dat is toch iets?"

Andra kreeg de gelegenheid niet meer om te antwoorden, want Marieke, haar collega kwam binnen. Jurriaan had zijn gewone opgewekte gelaatsuitdrukking terug.

„Kijk, daar is Marieke. Goeiemorgen, kind, kon je de weg hiernaartoe niet vinden?"

Marieke had een hoogrode kleur. Er plakten een paar haren op haar wang en ze hijgde van het harde fietsen.

„Ik moest de kinderen van mijn zusje naar school en naar de crèche brengen. Ze zou over vier weken een kind krijgen, maar het komt eerder."

Andra schonk een kop koffie voor haar in. „Spannend, Marieke," zei ze.

„Zeg dat. Mijn moeder zei: 'Als het in de wieg ligt, kan er nog narigheid genoeg achteraan komen'," antwoordde Marieke onlogisch.

Andra dacht terug aan de geboorte van haar kinderen en hoe intens gelukkig ze toen was geweest. „Kom, kom, als alles goed gaat, is het het feestelijkste wat je je kunt bedenken."

Marieke snoof. „Nou, niet bij mijn zus. Die heeft er de vorige keer nog een pracht van een depressie achteraan gekregen."

„Ai." Dat had Andra altijd een van de meest trieste dingen gevonden die een vrouw konden overkomen.

„Maar dat hoeft niet bij ieder kind zo te zijn," troostte ze. Ze ging naar haar bureau en zette zich achter de computer.

Marieke volgde haar, ging op de rand van het bureau zitten en liet haar vingers knakken. „Nee hè?" vroeg ze. „Ze krijgt er pillen voor, als ze zich weer somber voelt, zegt de dokter."

„Nou, zie je wel?" Andra had met Marieke te doen. Ze was werkelijk bezorgd.

Jurriaan liep naar de deur. „Ik verlaat jullie. Marieke, denk je er nog wel om dat over een halfuur Flanders komt? Doe wat lekkers bij de koffie. Die vent is dol op zoetigheid."

139

Marieke knikte en ging, zonder er echt aandacht voor te hebben, aan het werk.

„En ik kom nog langs voor de schapen. Volgens mij moeten er een paar lammeren. Heeft Marius niets gezegd?"

Andra knikte. „Hij is vanmorgen al bij ze geweest. Nog niets aan de hand, zei hij."

„Goed. Jij maakt dat verslag nog even af?"

„Doe ik."

Andra was om half drie klaar en haalde Steven en Jolientje van school. Wat een geluk dat ze dichtbij werkte, dacht ze terwijl ze haar fiets tegen het hek zette en het schoolplein op liep. Verschillende moeders groetten haar, en ze maakte hier en daar een praatje. Ze was wonderlijk vlug ingeburgerd. Dat had vast alles te maken met het feit dat zoveel mensen tante Trees en oom Marius goed kenden, dacht ze. Andra wist niet hoeveel gemakkelijker ze zelf te benaderen was nu ze een deel van haar onzekerheid van zich af had gegooid.

„Je kinderen zijn al helemaal gewend, hè?" vroeg Erika, een lange vrouw, moeder van een kind dat ook op het koor zat.

„Ja, dat is me zo meegevallen," antwoordde Andra dankbaar.

„En jij voelt je hier ook wel thuis, toch? Voel je er iets voor in de oudercommissie te komen? Er is een vacature. Of heb je het nog te druk?"

Andra schudde verrast haar hoofd. Oudercommissie, dat was haar in het verleden nog nooit gevraagd.

„Mooi, dan zal ik dat het team voorstellen." Erika beschouwde Andra's hoofdknik als een toestemming en liep resoluut de school binnen.

Een kwartier later was Andra toegevoegd aan de oudercommissie. Wat verbaasd fietste ze die middag met de kinderen naar huis. Wat ging dat hier allemaal gemakkelijk. Vreemd, dat haar leven zo gevuld was op het moment. En ze was veel minder moe dan vroeger. Toen had ze dagen dat ze haar ene been niet voor het andere kon zetten terwijl ze niets buitenshuis deed.

Die avond belde Rogier. Zijn stem klonk dichtbij, alsof hij bij haar in de kamer stond. „Houd je nog een beetje tijd voor mij over wanneer ik thuiskom?" vroeg hij lachend toen ze hem verteld had hoe vol haar dagen waren.

Ze kleurde. Gelukkig dat ze geen beeldtelefoon had.

„Voor jou maak ik alle tijd van de wereld," antwoordde ze.

Roos, die net de kamer in zou stappen, hoorde alleen de laatste woorden en de toon.

Tegen wie praatte haar moeder zo... zo lievig, dacht ze verbaasd. Papa? De hoop vlamde in haar op, maar doofde ook meteen toen ze haar moeder hoorde zeggen: „Dag, ja, ik zal het doen. Dag, Rogier, tot horens."

Rogier. Ze wist wel dat hij mama aardig vond. En aan hem kon ze geen hekel hebben. Niet zoals ze aan Lisette had.

Maar dan werd de kans dat papa en mama weer bij elkaar kwamen, kleiner. Ze zuchtte en stapte de kamer in. Haar moeder stond met een glimlach om haar mond midden in de kamer met de telefoon nog in haar hand. Roos werd kribbig door de uitdrukking op haar moeders gezicht.

„Jullie moeten allemaal de groeten hebben van Rogier," zei Andra.

„Oh, nou... leuk." Roos trok haar mondhoeken naar beneden, ging zitten en keek Andra koel aan. „Je was niet thuis vanmiddag, maar papa heeft gebeld. Oma moet morgen naar het ziekenhuis. Hij belt straks nog."

„Ach..."

„Ja. En het is vast erg. Dat kon ik horen aan zijn stem," vervolgde Roos en wierp haar moeder een beschuldigende blik toe. „Je weet toch dat ze telkens zei dat ze buikpijn had? En dat jij zei dat het zenuwen waren?"

Andra keek betrapt. Ze had zich dat inderdaad laten ontglippen. Het was typisch iets voor haar ex-schoonmoeder zich zo te laten gelden als ze op een andere manier haar zin niet kreeg. Ze had tegen Johanna zelfs gezegd dat het wel aanstellerij zou zijn van haar schoonmoeder.

„Ik zal je vader meteen wel bellen," zei ze en tikte het nummer in op de telefoon die ze nog steeds in haar hand had. De bel ging nauwelijks over toen er al opgenomen werd.

„Met Lisette."

„Eh, ja, met Andra." Vervelend dat ze nu stotterde. Ze had er niet op gerekend dat Lisette zou opnemen. Stom van haar.

„Is Henry er?"

„Hij is bij zijn moeder. Hij komt zo thuis."

„Oh, is ze inderdaad nogal...?"

„Ze weten nog niet precies wat het is, maar er schijnt in haar buik iets mis te zijn. Of met haar maag... Dat is nog niet zo duidelijk," zei Lisette. „Ze wordt morgen opgenomen. O, wacht even, ik geloof dat ik Henry hoor. Blijf je even hangen?"

Andra knikte.

„Ziet ze natuurlijk niet," siste Roos onderdrukt. Wat kon mama toch onnozel doen. Kijk haar nu staan knikken.

„Ja, Lisette, ik wacht," zei Andra.

Een paar tellen later was daar Henry's stem. Zijn stem klonk bedrukt: „Andra, moeder is echt niet goed. Het schijnt dat er inwendig iets niet goed werkt. Ze was de laatste tijd telkens niet in orde, maar ik dacht..." Hij stopte.

„Ja, ik ook," gaf Andra toe. „Gewoon stress..."

„Nou, nee dus," zei hij. „Morgen wordt ze opgenomen. Ze moet waarschijnlijk geopereerd worden. Haar baarmoeder moet eruit. Ik hoop in ieder geval dat het niet ernstiger is." Zijn stem werd onvast.

Andra voelde een vleug van medelijden met hem. Zo hecht was de band met zijn moeder altijd geweest.

„Ze wil graag dat jij met de grote kinderen langskomt morgen," vervolgde Henry. „Voor de kleintjes lijkt het haar niet goed."

De kleintjes niet. Jolly en Steefje telden nog steeds niet mee, dacht Andra zuur. Toen besefte ze dat het onbillijk was. Oma Waardijk had er vast gelijk in. Alleen, als het tante Trees was... Die zou hemel en aarde bewegen om de kinderen nog even te zien.

„Dat is goed. Hoe laat is het bezoekuur?" vroeg ze.

„Vanaf drie uur tot 's avonds acht uur."

„Dat wordt dan 's avonds."

Andra legde haar hand over de hoorn. „Hoe laat zijn jullie morgen uit school, Roos? Half vijf toch pas?"

Roos knikte.

„Dan haal ik jullie op en rijden we na het eten meteen naar Alkmaar," besliste Andra. In de hoorn zei ze: „Morgen om een uur of zeven zijn we er."

„Fijn. Bedankt," zei Henry nederig.

Hij was echt uit zijn doen, dacht Andra. „Hier is Roos nog even."
Roos pakte de telefoon van haar moeder over. Ze had tranen in haar ogen. Roos hield van haar oma. Meer dan een van de andere kinderen. Bedrukt vroeg ze: „Papa? Hoe gaat het nu met oma? Heeft ze pijn?"
Even later legde ze de telefoon neer. „Ik zal het Mark vertellen," zei ze en liep naar boven.
Andra keek naar het weiland achter het huis, waar een paar schapen naar de beschutting van de verweerde stal liepen. Ze hoefden niet naar binnen, volgens oom Marius, omdat hun vacht hen beschermde tegen de voorjaarskou.
Haar schoonmoeder in het ziekenhuis. Tijdens de periode waarin Andra in het grote huis in Alkmaar woonde, was Henry's moeder nooit ziek geweest, op een griepje of wat hoofdpijn na. Het had haar weleens verbaasd dat oma Waardijk zich zo kon inzetten voor het vrijwilligerswerk in het ziekenhuis. Echt meelevend was ze nooit geweest. Niet dat ze veel met patiënten te maken had, want ze regelde meestal de zaken, maar ze ging toch weleens met een wagen met boeken langs de kamers en zei vaak dat de mensen dat zo waardeerden. Andra nam het onmiddellijk aan, al was haar schoonmoeder zo ongeveer de laatste die ze bij haar bed zou willen hebben wanneer ze ziek was. Niet eerlijk van me, dacht ze, en ze maakte een grote pan zuurkoolstamppot klaar. Een kliek overhouden voor morgenmiddag voordat ze naar het ziekenhuis gingen. Mark had de laatste tijd zo'n trek tegen vijven.

Toen Jaak en Jurriaan later op die avond langskwamen, was Roos nog steeds vol van de ziekte van haar grootmoeder.
Jaak luisterde maar met een half oor naar haar relaas. Een schaap stond volgens oom Marius op het punt een lam te krijgen, en hij en Jurriaan wilden erbij zijn.
Roos verdween wat teleurgesteld naar boven en kwam pas weer naar beneden toen Mark riep dat er een lammetje geboren was en dat ze naar de stal moest komen. Maar toen had ze ook nergens anders meer aandacht voor dan voor het aandoenlijke kleine kopje van het beestje, en terwijl Jaak het lijfje schoonwreef, streelde ze het diertje over zijn neus en zei vertederd: „Wat schattig, hè?" Alle wrevel was weg. Stralend keek ze haar moeder en Mark aan.

Later op de avond keek Roos, voordat ze de gordijnen in de zitkamer sloot, naar de donkere hemel waarin door de dichte wolken maar een paar sterren zichtbaar waren. Dat kleine lammetje... dat had ze in Alkmaar nooit meegemaakt. Het was afschuwelijk dat papa Lisette had en dat mama niet meer goed wilde worden, maar de verhuizing had haar ook een paar heerlijke dingen gebracht. Ervaringen waarvan ze nooit gedacht had dat ze die leuk zou vinden. „Jurriaan zegt dat het andere schaap ook vlug lammetjes moet krijgen. Ik hoop dat ik er dan ook bij ben," zei ze tegen Mark.

Andra besefte pas later dat Steven de volgende avond naar koorrepetitie moest. Gelukkig was tante Trees bereid op Jolientje te passen, en oom Marius zou Steven wegbrengen. Johanna zou hem, zoals ze gewoonlijk deed, thuisbrengen. De donderdagavond was ongemerkt een van de gezelligste avonden van de week geworden. Roos zorgde ervoor dat haar huiswerk af was, want Jurriaan en Jaak waren er ook meestal op die avond.

Andra was ervan overtuigd dat de aanwezigheid van Johanna er medeverantwoordelijk voor was dat Jurriaan juist op die avond een klusje te doen had in of om het huis. Ze had haar belofte aan Jurriaan nog niet ingelost: ze had Johanna nog niet gevraagd naar de verhouding met Jurriaan. Het was er op de een of andere manier nog niet van gekomen. Als het een beetje rustiger werd in huis, besloot ze.

12

Andra was niet vaak in het ziekenhuis geweest toen ze nog in Alkmaar woonde. De kinderen waren gelukkig altijd erg gezond, en Henry en zij hadden ook zelden iets gemankeerd. Ze vroeg bij de informatiebalie waar haar schoonmoeder lag.

„Rode lijn volgen, dan de blauwe tot de lift. Tweede verdieping," zei de vrouw achter de balie.

Andra liep met de oudste twee door de gangen van het ziekenhuis. Een verpleegster in een wit pak liep voor hen uit met een blauw plastic rek, gevuld met medicijnen.

„Ik geloof dat ik wel verpleegster wil worden," zei Roos nadenkend.

„Je kunt niet tegen bloed en je wilde toch altijd logopediste worden?" merkte Mark op. „Stop, mam, hier is het. Kamer 31. Ze ligt met drie andere mensen op een kamer."

De kinderen liepen voor Andra de kamer binnen. In het bed dat het dichtst bij het raam stond, lag mevrouw Waardijk. Haar gelaatskleur was doorschijnend wit, en haar kapsel, dat altijd keurig in model zat, was in de war.

Ze zag er moe uit, maar haar ogen leefden op toen ze haar oudste kleinkinderen op zich af zag komen.

„Dag, oma," zei Roos timide en gaf haar grootmoeder een kus.

„Dag, oma," echode Mark en legde zijn hand op haar arm.

„Fijn dat jullie er zijn. En jij ook, Andra." Zelfs de stem van mevrouw Waardijk klonk zachter.

„Vanzelfsprekend," zei Andra.

De ogen van haar schoonmoeder gingen naar de deur die weer openging. „En daar is Henry ook. Dag, jongen."

„Dag, moeder." Henry boog zich over het bed heen. Zijn smalle donkere gezicht stond bekommerd. „En hoe is het nu? Nog veel pijn?"

„Nee, dat valt wel mee."

„Gelukkig." Hij wendde zich tot Andra. „Fijn dat je de kinderen kon brengen."

„Dat spreekt toch vanzelf," zei Andra weer.

„Ja, natuurlijk. Dag Roosje, dag Mark."

De blik van oma Waardijk omvatte haar kleinkinderen, haar zoon en haar ex-schoondochter. „Nu zijn we eindelijk weer eens gewoon bij elkaar," zei ze tevreden.

Roos knikte heftig.

Henry schraapte zijn keel.

„En wat gaan ze morgen nu doen?" vroeg Andra vlug. Dit soort opmerkingen wilde ze liever vermijden. Haar schoonmoeder had nog steeds de hoop niet opgegeven dat Henry en zij weer bij elkaar kwamen, stelde ze vast.

Roos keek achterom naar haar moeder en zag achter haar de deur weer opengaan. „Daar is Lisette," zei ze en trok haar mondhoeken naar beneden.

„Lisette, wat moet die hier?" vroeg mevrouw Waardijk kribbig. Het bedierf haar beeld van 'eensgezinde familie' dat ze net had geprezen.

„Ze wil natuurlijk weten hoe het met u is." Henry deed een stap in de richting van Lisette.

„Er mogen niet meer dan vier mensen bij ieder bed," zei mevrouw Waardijk met vaste stem.

Henry wierp een snelle blik door de kamer. „Dat geeft niets, moeder. De bedden zijn nu niet allemaal bezet."

„Regels zijn regels."

„Dan ga ik wel weg. Ik kom straks terug," bood Mark aan.

„Onzin. We blijven hier allemaal. Als het niet te druk wordt, is er niets aan de hand." Henry pakte een kruk onder het bed vandaan en schoof die naar Lisette toe, die een kleur had gekregen bij de openlijke vijandigheid van Henry's moeder.

Mark was degene die de gespannen sfeer weer normaal liet worden. Hij vroeg een paar dingen over de apparaten die naast en boven het bed hingen.

„Televisie bij uw bed. Luxe boel hier, oma!" prees hij.

Henry ging er dankbaar op in. „Een driesterrenhotel is er niets bij."

Mevrouw Waardijk vergat haar ongenoegen. „De vrijwilligers doen hier goed werk, maar ik heb wel een paar puntjes gevonden waar in het vervolg op gelet moet worden."

Ze had jarenlang met vaste hand de dames (op de een of andere manier waren vrijwilligers altijd dames) geregeerd en was van plan dat nog lang vol te houden.

„Gezellig dat u zoveel mensen hier kent," merkte Roos op. In haar donkere ogen, die groot leken in het smalle gezichtje, stond de genegenheid te lezen.

„Ja, dat is het ook wel," gaf mevrouw Waardijk toe.

Het gesprek werd tot Andra's opluchting wat algemener.

Een halfuur later stond ze op. „Jongens, wij moeten weer weg."

Ze legde haar hand op die van haar schoonmoeder. „Sterkte morgen. En niet te veel piekeren. We... we zullen voor u bidden."

Ze verbaasde zich over haar eigen lef. Dat zij zoiets tegen haar schoonmoeder zei... De wonderen waren de wereld nog niet uit.

„Dank je wel, dat is nooit weg," zei mevrouw Waardijk en hield Andra's hand even vast. „Fijn dat je kon komen."

Andra bukte zich en drukte een kus op de witte wang, die droog en warm aanvoelde. „Dag."

„Dag, Andra."

Mark en Roos volgden. „Dag, oma. Gauw beter worden."

„Als die dokters hun werk een beetje goed doen, zal het wel lukken," antwoordde mevrouw Waardijk.

„Ik bel nog om te vertellen hoe laat ze geholpen wordt," riep Henry hun achterna.

Oma Waardijk werd op het laatste nippertje nog even zichzelf.

„Ze?" vroeg ze met opgetrokken wenkbrauwen. „Dat zeg je niet over je moeder."

„Moeder geholpen wordt!" verbeterde Henry.

Andra glimlachte tegen Roos. Onverbeterlijk was oma. Vreemd dat ze nu zoveel beter tegen die bazigheid van haar ex-schoonmoeder kon dan vroeger.

Toen ze thuiskwamen, brandden tot hun verrassing de vierkante lantaarns die aan de muur van de schuur hingen en zagen ze de auto van Johanna op de oprit staan.

Roos was het eerst de auto uit en liep vlug naar binnen, terwijl Andra hun auto in de schuur zette, die als garage diende.

Toen ze de keuken binnenkwam, zat Roos al naast Johanna op haar knieën naast een pasgeboren lammetje dat klaaglijk blaatte.

„Het waren twee lammetjes. De moeder wil niets weten van dit beestje. We moeten het weer de fles geven, net als vorig jaar," legde Roos verheugd uit.

„Och heden, wat een schatje." Andra was net zo vertederd als de andere twee. „Hoe gaat het met het andere lammetje?"

„Goed. Jurriaan en Marius zijn nog bij het schaap. Zou je zo'n stom beest niet? Dat andere accepteerde ze meteen, maar dit duwde ze weg." Johanna streelde het kleine beestje over haar kopje.

„Daar moet je nou een beest voor zijn," merkte Roos hoofdschuddend op. „Ik zie jou al, mam, als Jolientje een tweeling was geweest. Hupsakee, twee is te veel, eentje naar de buren."

Johanna schoot in de lach.

Andra niet. Had zij in haar gezin niet zoiets meegemaakt? Henry had van Steefje nooit gehouden zoals hij van de andere kinderen hield.

„Ik denk dat een moeder dat inderdaad niet zou doen," zei ze behoedzaam en was blij dat Roos haar aarzeling niet opmerkte. Ze keek rond. „Waar zijn Steef en Jolly?"

„Trees heeft Steefje en Jolientje net naar bed gebracht. Ze waren helemaal opgewonden door de lammetjes," zei Johanna. „Ze waren doodmoe, maar ik denk dat Steef morgenochtend wel vroeg op zal zijn. Hij vond het jammer dat hij het lammetje vanavond nog geen fles mocht geven."

„Waar moet dat beestje blijven vannacht?" vroeg Andra. „Het vriest buiten."

„Ik denk dat Jur een plekje wil maken in de bijkeuken. Daar is verwarming, en dat heeft zo'n diertje echt nog nodig. Hij heeft al een box van de zolder gehaald en een oude deken.

„Wat een geluk dat Jurriaan hier alles weet te liggen," zei Roos, die haar wijsvinger in een klein krulletje van de vacht van het lammetje hield.

„Zeg dat," gaf Johanna wat koeltjes toe. Roos keek op bij de klank in haar stem.

„Je vindt Jurriaan toch wel aardig, Johanna?" vroeg ze verbaasd.

„Ik ken hem al zolang. Dan denk je er niet over na of je iemand aardig vindt of niet," ontweek Johanna het antwoord.

„Maar als Jurriaan weet dat jij komt, komt hij ook altijd," wilde Roos zeggen, maar ze hield de woorden binnen en keek pienter naar het effen gezicht van de jonge dirigente. „Ach ja, dat kan ook wel," zei ze toen maar vaag.

Andra prees in stilte de tact van haar dochter en stond op. „Ik ga maar eens koffiezetten. Daar zal iedereen straks wel aan toe zijn."

Roos knikte, en toen Jurriaan en oom Marius binnenkwamen, keek ze oplettend naar Johanna. Maar niet al te lang, want vlak na die twee kwamen Mark en Jaak de keuken binnen.

Marks ogen glansden en hij zei tegen oom Marius: „Ik denk dat ik misschien beter boer kan worden in plaats van ingenieur."

„Doe dat." Oom Marius glimlachte.

„Of je doet gewoon net zoals mijn vader. Eerst een gewone baan, en daarnaast word je boer," zei Jaak. Hij knielde naast Roos op de grond en streelde het kopje van het jonge diertje.

Johanna lachte om de opmerking. Haar ogen ontmoetten die van Jurriaan. Ze wendde ze vlug weer af en knipoogde naar Andra. Dit moment zou ze willen vasthouden, dacht die. Op de een of andere manier was dit het echte leven. Dit pasgeboren lammetje, oom Marius en tante Trees die voor haar de ouders waren die ze nodig had, de open verstandhouding tussen haar kinderen en de zoon van Rogier en de warme vriendschap van Johanna en Jurriaan. Zonder voorbehoud besefte ze dat ze een gelukkig mens was. Pas veel later die avond dacht ze weer aan oma Waardijk.

Oma Waardijk werd geopereerd, maar tot ieders verbazing knapte ze niet vlug op. Enkelen van de vrijwilligers die in het ziekenhuis bezig waren, brachten haar een bliksembezoekje, maar het werd haar vlug te veel.

De verhouding was ook zo anders. Ze was gewend werk te verdelen. Nu moest ze afwachtend in een bed liggen. Het was haar natuur niet.

„Ik wil eigenlijk alleen maar familie zien," zei ze wat klaaglijk tegen de hoofdzuster die langskwam. „Mijn zoon en mijn schoondochter en de kinderen."

„Nou, dan regelen we dat toch?" zei die monter en legde de thermometer terug in het nachtkastje. „Ik sein de dames wel even in."

Mevrouw Waardijk knikte moe. Zij had ook niet gedacht dat zo'n operatie haar zo zou aanpakken.

Merkwaardig dat juist zo'n fikse tante meer van streek leek dan andere vrouwen, dacht de verpleegster. Ze had regelmatig met mevrouw Waardijk te maken en had haar inzet altijd gewaardeerd. Tegelijkertijd had ze geconstateerd dat de vrijwilligers behoorlijk onder de plak zaten bij hun coördinatrice. En dan nu die omslag. Ze

schoot Henry aan op de gang toen hij die dag op bezoek kwam.
"Uw moeder wil een paar dagen alleen maar familie zien."
"Alleen familie? Dat wordt lastig. Onze familie is niet groot," zei hij met een bedenkelijk gezicht. Wat moeder zich nu weer in haar hoofd haalde?
"Misschien dat uw vrouw overdag een halfuurtje extra overheeft?" zei de zuster.
"Ik ben niet getrouwd," antwoordde Henry afgemeten.
"O?" De hoofdzuster trok verbaasd haar wenkbrauwen op. Ze had toch al een paar keer een blonde jonge vrouw bij mevrouw Waardijk gezien met kinderen die de patiënte 'oma' noemden, en mevrouw Waardijk sprak ook over haar 'schoondochter'.
"Sorry. Ik dacht…"
"Mijn ex-vrouw woont met de kinderen op Wieringen, en mijn vriendin heeft een drukke baan."
Zuster De Wit pakte het blad met de medicijnen op en liep naar de gang.
"Tja… Heeft u hier verder geen familie wonen?"
"Nee, mijn moeders enige zuster woont in Drenthe."
"Beetje ver om iedere dag langs te komen," gaf de verpleegster toe. "Nou ja, u ziet maar even wat u ermee doet. Als uw ex-vrouw op Wieringen woont, is het ook zo eenvoudig niet."
Henry dacht even na.
"Ik zal zeggen dat ze mijn moeder wat vaker moet bezoeken," zei hij. "Zo'n heksentoer is het ook niet om iedere dag even langs te gaan. Dan laat ze haar werk maar zitten. Dat gaat wel lukken." Hij glimlachte bij het idee en vervolgde: "Bedankt voor de tip."
Zuster De Wit keek verbaasd op. Als die twee gescheiden waren, was het nog een hele prestatie van die jonge vrouw zo vaak op bezoek te komen. En om dan voor je ex uit te maken wat ze wel en niet moest doen…
"Misschien dat u zelf wat vaker kunt komen? Of anders uw vriendin?"
"Ik zei al dat wij allebei een drukke baan hebben," zei hij een beetje uit de hoogte.
Arrogante vent, dacht de verpleegster en benijdde zijn ex-vrouw niet. Uit ervaring wist ze dat gescheiden mensen elkaar het leven behoorlijk moeilijk konden maken. Moeder en zoon Waar-

dijk behoorden niet tot het gemakkelijke soort.
„U ziet maar." Met die woorden verdween ze in een kamer.

Die middag belde Henry naar Andra. Zijn stem was uiterst vriendelijk.
„Dag, Andra. Hoe is het met jou en hoe is het met de kinderen? Ze maken je het toch niet lastig, hè? Ik weet hoe Roos kan zijn. Een aardje naar haar vaartje, zullen we maar zeggen." Hij kon de voldoening niet helemaal uit zijn stem houden.
„Verder is het natuurlijk een schat van een kind. Maar nu even iets heel anders…"
Andra herkende de warme toon: Henry als hij een klant tot een order wilde overhalen terwijl die daar niet aan toe was.
„Wat is moeder er nog ellendig aan toe, hè?" ging hij verder.
„Ja," antwoordde Andra behoedzaam.
„Ze heeft wat meer bezoek nodig."
„Ja?"
„Je weet hoe ze aan de kinderen hangt en ik weet dat jij om de dag met hen komt, maar zou je misschien, heel misschien, haar iets vaker kunnen bezoeken? Ze vindt het zo heerlijk als jullie komen. En het is maar voor een paar weken," vleide hij. „Anders zou ik het nooit vragen."
Andra kneep haar hand samen. „Roos en Mark hebben veel huiswerk. Ze komen achterop als ze iedere dag naar Alkmaar gaan."
„Dat is wel zo." Hij dacht even na. „En als jij alleen komt? Vroeg in de middag bijvoorbeeld?"
‚Dat gaat lastig met mijn werk," hield Andra af.
„Kom op. Je kunt toch wel iets regelen met die brandweerman?" lachte hij.
„Tja." Andra begon er maar niet meer aan uit te leggen dat Jurriaan wel cursussen volgde, maar toch bij de vrijwillige brandweer was.
„Nou dan," zei Henry fleurig. „Kan ik dus op je rekenen?"
„Waarom vraag je de mensen van de kerk niet, en je moeder kent toch zoveel vrouwen in het ziekenhuis?" merkte Andra nuchter op. Ze had altijd moeten horen hoeveel contacten mevrouw Waardijk had.
'Vreemd dat jij nooit eens naar kennissen gaat. Als je er een beetje moeite voor doet, word je zo in een groep opgenomen. Kijk

naar moeder.' Ze hoorde het Henry nog zeggen.

„Natuurlijk is dat zo, maar moeder wil alleen maar familie bij haar bed. Ze knapt niet genoeg op, zeggen ze in het ziekenhuis. En jij hebt het altijd zo goed met haar kunnen vinden."

Andra viel even stil van verbazing en vroeg na een paar tellen: „Ik?"

Haar oog viel op de kalender die naast de telefoon lag. 14 maart. Ze hield haar adem in.

„Kom, ik doe mijn uiterste best om iedere avond langs te gaan, maar het lukt een paar keer gewoon niet. Afspraken in het land. Je weet hoe druk ik het heb. En voor jou is dat werken toch maar..."

„Maar wat?" vroeg Andra fel.

„Je hebt het niet echt nodig, dat weet je." Henry hield het woord 'flauwekul', dat hem op de lippen lag, binnen.

„Dat kan wel zijn, maar er wordt op mij gerekend."

„Nou ja, dan vraagt die brandweerman toch even een ander... Er lopen zoveel vrouwen rond die blij zijn met zo'n klein baantje. En je ontneemt zo anderen natuurlijk wel de kans om een beetje bij te verdienen," zei hij.

Het verbaasde Andra niet meer dat Henry, die in zijn werk het toppunt van voorkomendheid was, zo bot tegen haar kon zijn.

14 maart. Een jaar geleden had Henry haar verteld dat hij wilde scheiden en dat hun huwelijk over was omdat hij een ander had. En nu moest zij extra vaak komen omdat haar schoonmoeder niet tegen vreemden kon. „Neem om te beginnen zelf maar wat extra vrije uren op," zei ze koel. „En ik zal zien wat ik kan doen, maar je moet nergens op rekenen. Ik zou vast en zeker jullie dominee inschakelen. Daar waren jullie zo goed mee." Een jaar geleden had het haar erg gegriefd dat ze van hun predikant taal nog teken had gekregen. En nu?

Henry klemde de hoorn van de telefoon tussen zijn kaak en zijn schouder en opende zijn agenda. 14 maart... Alweer een jaar geleden dat hij Andra had verteld dat hij met Lisette verder wilde. Jammer dat een mens niet alles van tevoren wist. Als hij had geweten dat de kinderen voor Andra zouden kiezen en dat Andra zelf zo'n metamorfose zou ondergaan... Ze was inwendig nog steeds de aanhankelijke onzekere vrouw die ze altijd was geweest natuurlijk, maar toch... 'Een verpakking doet veel,' zei hij altijd tegen zijn collega's.

Met mensen was het net zo. Het was dat hij zelf over de scheiding was begonnen. Anders waren ze nog bij elkaar geweest. En nu wilde ze niets terugdraaien. Als hij liet zien dat het voor de kinderen beter was als ze weer bij elkaar kwamen? Ze deed alles voor de kinderen. Als hij die zover kon krijgen dat ze bij hem wilden wonen... Maar goed. Dat was van later zorg. Gelukkig wist Andra nooit welke datum het was. Hij glimlachte geamuseerd en vertederd.

„Henry? Ben je daar nog?"

Hij wachtte even met antwoorden. Zo'n warhoofdje altijd.

„Nee dus!"

Voordat hij iets kon zeggen, werd de verbinding verbroken. Verbaasd hoorde hij het tuut-tuut-tuut en keek naar de druktoetsen op zijn telefoon. Dat zou ze vroeger nooit gedaan hebben. Het waren die mensen op dat verwenste eiland.

Natuurlijk ging Andra wel iedere dag naar het ziekenhuis. Om de dag gingen de kinderen mee. Steven en Jolientje nam ze ook een paar keer mee. Steven wilde weten waarvoor die kastjes bij de bedden waren, was erg geïnteresseerd in de infusen die er stonden en vroeg aan de vrouw in het andere bed wat er uit dat slangetje kwam.

Jolientje klom op het bed en aaide haar oma over haar buik.

„Gaat de pijn over, hè, oma?"

Mevrouw Waardijk keek haar jongste kleindochter aan en kreeg tot Andra's verbazing tranen in haar ogen. Haar schoonmoeder zag er opeens kwetsbaar en eenzaam uit.

„Dag, moeder Waardijk," zei ze toen ze de ziekenkamer verlieten.

Mevrouw Waardijk had zichzelf weer helemaal onder controle.

„Dag Andra, dag Steven, dag Jolientje."

Andra nam de kinderen mee de stad in om iets lekkers te eten en wat nieuwe kleren voor hen aan te schaffen. Jolientje liet haar oog vallen op een prinsessenjurk, die ze niet kreeg. En Steven kreeg een stoere zeemanstrui. Hij keek in de spiegel en zei: „Kijk, mam, ik ben een zeeman. Nu ben ik precies oom Roog."

Hij wilde op Rogier lijken, besefte Andra. Aan de ene kant vond ze het pijnlijk dat Henry daarvoor niet in aanmerking kwam. Een jongen wilde op die leeftijd toch op zijn vader lijken. Aan de andere kant was ze blij dat haar jongste zoon een voorbeeld had gevonden in Rogier.

„Ja, precies oom Rogier," zei ze en knuffelde hem.

Na tien dagen mocht mevrouw Waardijk naar huis. Ze moest wel thuiszorg hebben, want ze was nog zwak. „Maar," zei de behandelend arts, „mevrouw moet in haar eigen omgeving opknappen, en met een beetje hulp thuis zal dat gemakkelijk gaan."

Henry regelde het. Een oud-verpleegster zou iedere morgen een paar uur voor zijn moeder zorgen. Henry en Lisette zouden het 's avonds overnemen en voor haar koken.

„Laat u zich maar lekker vertroetelen," zei de hoofdverpleegster vriendelijk toen ze afscheid nam.

Het ging drie dagen goed. Mevrouw Waardijk was de eerste dag te moe om de zuster, een massieve vrouw van middelbare leeftijd, die met kordate stappen door het huis liep, te vertellen hoe ze alles graag zag. Maar de tweede dag had ze het programma voor die morgen al opgeschreven voordat de zuster er was.

Toen die met een opgewekt „Goedemorgen, hoe voelen we ons?" de slaapkamer binnenstapte, richtte ze zich half op in de kussens en zei: „Gaat... gaat... Hoe heet je? Jeanet? Mmm. Jeanet, ik wil graag dat roodlinnen pakje aan dat in mijn rechter kast hangt. Het moet wel eerst even gestreken worden, en als je dan mijn haar even wast, en als je me dan de föhn aangeeft en ... o ja, ik merkte dat mijn werkster de keukenkastjes vorige week niet heeft afgenomen. Toen ik een glas pakte, kleefde het deurtje. Doe straks eerst de deurtjes maar."

Verbaasd keek de verpleegster naar de vrouw in het bed. Wat een felle ogen had ze opeens. Natuurlijk nog labiel van de narcose. „Nou nou, wat een babbels alweer ... We knappen op, hè? Natuurlijk zal ik uw haar wassen en een paar krullers erin doen als u dat wilt, maar zou u dat pakje wel aandoen? Het kreukt als een ouwe krant als u even gaat liggen. Staat erg slordig. Als we dit eens aandeden," zei ze kalmerend en hield een jersey twinset voor haar middel. „Kijk. Mooi toch?"

„Jeanet, ik ben uitstekend in staat mijn eigen kleren uit te zoeken," zei mevrouw Waardijk hoog. „Dat rode pakje!"

„U moet het zelf weten, maar het maakt wat slonzig... Enfin, dat geeft niet, hoor, als u het graag wilt." Jeanet keek toegeeflijk naar haar patiënte en hing het groene jersey pak terug in de kast.

Mevrouw Waardijk herkende de blik en kon de vrouw op slag niet uitstaan. Zo keek zijzelf wanneer ze lastige mensen bezocht, en onder geen beding wilde ze zo bekeken worden.

Wat bibberig kwam ze later onder de douche vandaan. „Is mijn pakje gestreken?"

Glimlachend hield de zuster haar het linnen pakje voor. „U weet zelf natuurlijk wel hoe het er over een uurtje uitziet," zei ze.

Mevrouw Waardijk had inderdaad al spijt van haar keus. Ze keek in de spiegel en zag hoe flets het pakje, dat haar altijd zo mooi had gestaan, haar nu maakte. En wat had ze nog een last van die wond. Iets anders aantrekken? Vanmiddag maar, wanneer dat mens weg was.

„De wc-bril moet met witte was worden nagewreven," zei ze koel terwijl ze in de stoel ging zitten met de haarföhn op schoot. Jammer, dat ze niet even naar de kapper had gekund voordat ze naar het ziekenhuis moest. Ze zag dat haar grijsblonde haar opeens dunner leek.

„Zouden we het wel opsteken? Dat ligt niet lekker in bed," stelde de zuster voor. „Als ik uw haar eens met een strik achter op uw hoofd bij elkaar nam."

„Zuster, ik wil er niet uitzien als een jarige hond," zei mevrouw Waardijk kribbig. „Ook al ben ik nu twintig keer niet in orde. Een beetje waardigheid mag ik wel houden. De wc-bril alstublieft!"

Na drie dagen hield de verpleegster het voor gezien. „Wat uw moeder eigenlijk wil," zei ze onomwonden tegen Henry, die erg met de situatie verlegen was, „is iemand die ze kan sturen wanneer en waar het haar uitkomt. Ze is gewend de lakens uit te delen en ze denkt dat ik hier kom om schoon te maken in plaats van om voor haar te zorgen. Ik ben heus niet te beroerd om een paar dingen in het huishouden te doen, maar ik ben haar werkster niet." Ze vouwde resoluut haar armen voor haar omvangrijke buik en keek hem aan met een vaste blik.

„Kunt u niet nog een dag blijven totdat ik een oplossing heb gevonden?" smeekte Henry. Hij had de laatste tijd al aardig wat uren opgenomen, en zijn directeur had laten merken dat hij dat toch maar wat moest beperken. Hij kon gewoon niet nog meer vrij nemen.

Jeanet werd vertederd door de uitdrukking op zijn gezicht. Zo'n aardige man. Dat had hij in ieder geval niet van zijn moeder. Het was dat het mens zwak was, anders had ze haar wel het een en ander ingepeperd. Bij alles had die vrouw commentaar geleverd. Dat was ze niet gewend. „Nog twee dagen geef ik u. Maar vrijdag ben ik hier voor het laatst. Dan kunt u in het weekend zelf voor haar zorgen en daarna…" Ze zweeg even en troostte: „Dan is ze vast al een heel eind opgeknapt."

„Moeder, waarom bent u nu zo onaardig tegen Jeanet?" vroeg Henry die avond.

„Ik ben absoluut niet onaardig tegen Jeanet," zei zijn moeder gebelgd. „Maar dat mens wil me betuttelen. Misschien goed voor onnozel volk, maar ik ga ervan uit dat ik haar nog wel iets leren kan over planning en zo. Ze loopt als een kip zonder kop door het huis. Verder geen onaardig vrouwtje, maar hoe die ooit verpleegster is geworden, is mij een raadsel."

„Hebt u dat tegen haar gezegd? Laat maar. Ik zie het al," zei Henry met een blik op zijn moeders gezicht. „Moeder, dat kunt u toch niet maken."

„Ik zou niet weten waarom niet. Daar is ze alleen maar bij gebaat," zei mevrouw Waardijk.

„Nu zit u volgende week zonder hulp," zei Henry. „En het is uw eigen schuld. U weet best dat u nog niet helemaal voor uzelf kunt zorgen."

„Als jij niet zo nodig iets met Lisette was begonnen, was er niets aan de hand geweest… Dan had Andra hier wat klusjes gedaan, en hadden de kinderen me afleiding bezorgd. Vraag dus maar aan Lisette of ze vrij kan nemen. Dat is het minste wat je doen kunt." Mevrouw Waardijk kwam moeizaam omhoog uit haar stoel en liep naar de deur. „En nu moet je me verontschuldigen. Ik ga naar bed." Bij de kamerdeur draaide ze zich om. Er viel haar nog iets in. „Anders vraag je maar aan Andra of ze me een tijdje kan komen helpen. Ik heb tenslotte ook altijd met raad en daad voor haar klaargestaan."

Andra! Verbluft keek Henry zijn moeder aan. Ze was toch nog erg in de war. Andra vragen. Hoe verzon ze het? „Dat kan toch niet, moeder. De kinderen..."

„Waarom niet? Daar kunnen die oom en tante van haar best een paar weken voor zorgen. Ze bemoeien zich toch al aan één stuk door met mijn familie," zei ze fel en liep stapje voor stapje naar de trap. „Roep me maar zodra het eten klaar is. Ik moet even rusten."

Moest hij nu echt koken? Lisette had het een paar keer gedaan, maar hij was er geen ster in. Hij zou wel iets laten brengen.

„Wat wilt u hebben, moeder? Nasi of bami?" riep hij onder aan de trap. „We zijn maar met z'n tweeën, want Lisette moet overwerken."

„Ik wil een biefstukje en aardappels met boontjes en champignons," riep ze terug.

Biefstuk met aardappels en boontjes... Henry belde een traiteur en dacht diep na.

„Jeanet gaat weg. Moeder heeft haar tegen zich in het harnas gejaagd, en moet je luisteren wat moeder nu voorstelde," zei hij die avond tegen Lisette.

Lisette was moe. Ze had een lange dag gehad en luisterde afwezig.

„Ze vroeg of jij wat vrije dagen kon opnemen, en als dat niet ging, of ik Andra wilde vragen of die haar een paar weken wilde helpen.

Lisette trok haar wenkbrauwen op. „Je moeder is knap in de war," zei ze. „Ik kan vanzelfsprekend geen vrij vragen. Je weet hoe druk het is op het moment." En als het niet druk was, piekerde ik er nog niet over, dacht ze. Ze was van die paar dagen koken voor mevrouw Waardijk al erg humeurig geworden. Het was niet gauw goed bij Henry's moeder. En wat zei hij net over Andra? Waakzaam keek ze naar Henry's gezicht. „Wat zei je verder? Wat heeft Andra ermee te maken?"

„Moeder stelde voor dat ik, als jij niet kunt, Andra zou vragen hier een paar weken te komen. Ze mist haar, geloof ik."

Lisettes mond viel open. „Dat kun je natuurlijk niet vragen. Hoe kom je erbij?" vroeg ze onthutst. „Trouwens, Andra doet het nooit. Ik zou er in ieder geval niet over piekeren. Je moeder is buitengewoon lastig, Henry. Normaal al, en nu helemaal."

Henry dacht na. Moeder lastig? Daar had hij Andra niet vaak over gehoord. Ze klaagde natuurlijk weleens dat moeder zich met alles bemoeide, maar zo erg had ze het vast nooit gevonden. Hij had haar altijd makkelijk kunnen sussen met een paar kussen en wat extra aandacht. Andra was gauw tevreden geweest. Zo heel anders dan Lisette. Misschien moest hij het haar toch maar vragen. Een beetje een beroep doen op haar goede hart. En als ze hier dan een paar weken was... De kinderen zouden vanzelfsprekend dan een paar weekends achter elkaar komen. Ze zouden allemaal weer gewoon thuis zijn. Zo lekker als vanouds.

Dat vooruitzicht monterde hem op.

„Ik zal het haar in ieder geval vragen," besloot hij en sloeg zijn arm om Lisette heen. „Het komt allemaal goed," zei hij.

„Ik help het je hopen." Ze lachte en schudde haar hoofd. Wat was ze in een rare familie terechtgekomen.

13

Andra was een moment totaal verbluft toen Henry haar vroeg of ze zijn moeder een paar weken wilde helpen.

"En wie moet er dan voor de kinderen zorgen?" vroeg ze ten slotte.

Henry lachte vrolijk en zei: "Je tante Trees en oom Marius natuurlijk. Je zei zelf dat ze zo goed met de kinderen zijn. En in de weekends zijn we allemaal weer gewoon thuis. Het scheelt je ook dat gesleep met de kinderen."

Andra had zichzelf inmiddels hervonden. "Henry, kijk nog maar eens goed in je kennissenkring rond of vraag de vriendinnen van moeder of ze niet een paar morgens langs kunnen komen. Wat is er trouwens gebeurd met die verpleegster die zo ideaal was?"

Hij kuchte. "Hmmm... Moeder heeft wat onenigheid met haar gehad. Die komt niet meer terug maandag. Moeder is nog niet helemaal in orde na die narcose. Volgens de dokter kan dat nog wel een paar maanden invloed hebben op haar stemming."

Ruzie met de thuishulp. Natuurlijk. "Probeer eerst nog maar verder in de buurt," zei Andra kil en legde neer.

"Wat is er met oma?" vroeg Roos.

"Ruzie gemaakt met de zuster die nog een beetje voor haar zou zorgen," antwoordde Andra laconiek. "Maar ze kan nog niet een hele dag alleen zijn."

"Ach, wat sneu. Waarom vraag je niet of ze hier een paar weken komt logeren?" Roos stroomde over van medeleven met haar grootmoeder.

"Hè? Logeren? Hier?" Onthutst keek Andra haar dochter aan. Dit voorstel was zo mogelijk nog gekker dan dat van Henry.

"Kan toch best..." zei Roos overredend. "En dan ziet ze ons tenminste vaker."

Andra hief haar handen omhoog. "En mijn werk dan?"

Roos merkte dat ze terrein won. "Dan ga je een beetje later. Dat vindt oom Jur best... En verder... verder vraag je of Jet komt." Met zichzelf ingenomen keek ze haar moeder aan. "En 's avonds helpen wij je natuurlijk."

Andra zag het gezicht van haar dochter. Ze wilde dit echt graag. "Nou, je hebt het voor elkaar, zo te horen," zei ze.

„Toch?" zei Roos vrolijk. „Je zult zien dat ze het heerlijk vindt een tijdje bij ons te zijn."

Andra, die Henry's vraag om hulp eerst verontwaardigd van de hand had willen wijzen, kreeg last van schuldgevoel. Tenslotte ging het om de oma van haar kinderen. Ze kon haar toch niet uit haar leven schrappen. Met een licht gevoel van schaamte dacht ze terug aan haar eerste reactie toen ze hoorde dat haar schoonmoeder opgenomen moest worden. Medelijden met een snufje, nou ja, een flinke scheut, leedvermaak. Ze liep naar haar slaapkamer en keek in de spiegel. „Verbeeld je maar niets," zei ze tegen haar spiegelbeeld. „Denk maar niet dat je erg christelijk bent. Je barst nog van de boosheid." Het was waar. Terwijl ze zich met de jaarwisseling erg gelukkig had gevoeld, was de wrok toch niet weg. Overdag had ze er geen last van. Maar 's nachts, als ze wakker werd, schrok ze soms van haar eigen woede. Ze zou nooit terug willen naar Henry en ze was blij dat ze bevrijd was van de invloed van haar schoonmoeder, maar als ze terugdacht aan hoe ze zich gevoeld had in die tijd... Hoe haar zelfvertrouwen totaal aan flarden was gescheurd. Ze kon nog steeds verdrietig worden om de in zichzelf gekeerde, timide vrouw die ze toen geweest was. Al zei ze tien keer tegen zichzelf dat ze het achter zich moest laten en dat ze zo veranderd was, het feit dat Henry en zijn moeder niet leken te zien hoe ze veranderd was, stak haar. „Je moest het maar doen," zei ze hardop tegen de Andra in de spiegel. „Dan moeten ze zien hoe je echt bent." Toen ze de beslissing eenmaal had genomen, maakte ze in haar hoofd een lijstje van de dingen die ze op korte termijn moest regelen. Overleggen met Jurriaan, Jet vragen of ze kon helpen, oom Marius en tante Trees inschakelen. Ze wist dat ze tante Trees er een groot genoegen mee deed. En ze moest Rogier vragen of hij het goedvond dat ze een logé kreeg. Tenslotte was het zijn huis.

Ze liep naar haar computer en schreef de verwarde gedachten en gevoelens aan Rogier. Pas de volgende morgen mailde ze erachteraan: W*at moet je wel van me denken...?*

Zijn antwoord kwam een halfuur later:

Liefste Andra, wat ik van jou moet denken? Dat je jezelf nog steeds schromelijk onderschat. Als jij het aankunt, zou ik je schoon-

moeder maar zeggen dat ze een paar weken mag komen. Dan zul je zien hoe sterk je bent, en eigenlijk altijd geweest bent. En nee, je bent geen engel. Heb ik altijd geweten. Gelukkig maar. Wat ik verder van je denk, wil ik erg graag nog eens rechtstreeks tegen je zeggen. Ik kan bijna niet wachten.
Rogier

Glimlachend las Andra het bericht en ging naar haar werk. Die middag overlegde ze met tante Trees en oom Marius, en daarna fietste ze naar Jet. In eerste instantie vond tante Trees het helemaal niets. Met grote schrikogen zei ze: „Kind, het is haar erom te doen je terug te krijgen naar Alkmaar en naar Henry."

Oom Marius keek peinzend. „Als je vindt dat je het moet doen, moet je het niet laten," zei hij toen nuchter.

„Ja. Ik vind dat ik het moet doen," antwoordde ze. „Ze is eenzaam, geloof ik."

„Je bent een heilige," zei tante Trees aangedaan.

Andra schudde vlug haar hoofd. „Nee, tante, integendeel. Weet je wat ik dacht toen ik hoorde dat ze geopereerd moest worden? Net goed, nou heb jij ook eens iets. Had u niet van me gedacht, hè?"

Tante Trees keek verrast naar het betrokken gezicht van haar nichtje, wreef haar handen over het gebloemde schortje dat ze voor had en sprak toen troostend: „Dat moet je jezelf niet kwalijk nemen. Daar kan ik me alles bij voorstellen. Een ander had haar nooit meer willen zien, dus..."

„Ja, maar toch," zei Andra.

„Goed. Maar voordat je je schoonmoeder een paar weken in huis neemt, moet je wel een paar regels vaststellen."

Oom Marius wist te goed hoe dat soort situaties kon ontaarden. Het eindigde, als je niet oppaste, soms in een denderende ruzie, en dat leek hem niet goed voor Andra. „Ze mag zich niet met jouw zaken of de opvoeding van de kinderen bemoeien. En Jet komt, zodat jij evengoed een paar uur naar je werk kunt. En Henry betaalt Jet. Of je schoonmoeder zelf."

Andra knikte. Toen sloeg ze haar armen eerst om tante Trees en daarna om oom Marius heen.

„Ik word wel ontzettend aanhalig," zei ze aangedaan. „Maar ik vind jullie zulke... zulke..."

„Stop maar," weerde oom Marius af en zijn wangen rimpelden zich in een lach.

Mevrouw Waardijk sputterde eerst wat tegen toen Henry haar het voorstel van Andra overbracht. „Ik daarnaartoe? Laat ze maar hier komen," zei ze.

Henry boog zich naar haar toe. „Moeder, het is dat, of anders zoek ik hier wel een huishoudelijke hulp voor een paar weken. Een verpleegster heb je niet meer nodig. Het gaat er alleen om dat je nog te zwak bent om voor jezelf te zorgen, heeft die dokter gezegd. En Andra heeft een paar regels vastgesteld. Je mag je niet bemoeien met de opvoeding van de kinderen en met de gang van zaken in huis."

Ze trok haar wenkbrauwen omhoog. „Nergens mee bemoeien?" Verongelijkt keek ze naar haar zoon. „Je weet hoe ongeorganiseerd ze af en toe kan zijn. Als ik er niet was geweest, was jouw huishouden een chaos geweest. Besef dat wel!"

„Niet mee bemoeien dus," drong hij aan. „Als u dat niet wilt beloven, beginnen we er niet eens aan. En Andra werkt gewoon een paar uur, heeft ze gezegd."

„O, en wie is er dan in huis voor de lopende zaken? Die halve gare tante Trees? Dan kan ik net zo goed in mijn eentje hier in huis blijven zitten," smaalde mevrouw Waardijk.

Henry zuchtte. Dat zijn moeder zo vermoeiend kon wezen... Het was bijna een opluchting dat ze een paar weken uit de buurt zou zijn.

„Er komt een vrouw, een vriendin van tante Trees, Jet. Roos heeft het nogal eens over haar. Ze is erg op dat mens gesteld. Dus u mag beslist niet onaardig tegen haar doen. Ze is geen personeel. Denkt u daaraan? Beloofd?"

Mokkend gaf mevrouw Waardijk toe. „Maar ik verwacht wel dat jij een paar keer per week langskomt," merkte ze op.

„Dat doe ik heel zeker. Dan zie ik de kinderen tenminste wat vaker. Die paar keer dat ik ze nu heb..."

Het viel Henry zwaarder dan hij had voorzien, dat hij de kinderen maar één keer in de twee weken zag. Al was hij vroeger vaak weggeweest, hij had in ieder geval geweten dat ze onder hetzelfde dak waren als hij. Hij zou op bezoek gaan. Vaak!

Diezelfde avond nog belde hij naar Andra. „Het weekend zorgen wij voor moeder. Ik breng haar maandagmorgen, als je het goedvindt. 's Avonds is ze te moe. Anders bracht ik haar zondagavond wel," zei hij.

„Het is goed," was het een beetje kortaf gegeven commentaar.

Henry hoopte dat Andra tegen zijn moeder vriendelijker zou zijn, want zo'n toon pikte moeder nooit. Hij streek met zijn hand door zijn haar. Wat een problemen had hij toch de laatste tijd. Dat had hij zich een paar jaar geleden niet kunnen indenken. Toen was alles nog zo rustig: Andra die gewoon thuis was en voor de kinderen zorgde en die eraan gewend was dat hij soms laat naar huis kwam. Hij had gedacht dat hij vrijer zou zijn als hij voor Lisette koos. Het tegendeel was waar. Lisette kwam vaak later thuis dan hij en soms ging ze naar haar eigen flat en moest hij zelf eten halen of ergens een snelle hap gebruiken. Als ze wel vroeg was en hij iets later kwam, vroeg ze altijd waar hij zo lang bleef. Ze wist zijn afspraken soms beter dan hijzelf.

„Tegen half twaalf... is dat goed?"

„Ja," zei Andra sober.

Gelaten legde hij de telefoon terug. Het was even niet anders.

Roos vond het fijn dat oma kwam. „Dat vindt ze vast heel leuk, mam. Dan weet ze tenminste hoe wij het hier hebben en waarom we hier wilden blijven," zei ze tevreden. „Zal ik je helpen met het klaarmaken van haar kamer? Welke kamer wil je haar geven?"

„Ik had gedacht van de jouwe," zei Andra droog.

„De mijne?" Roos schrok. Dat had ze niet in gedachten gehad toen ze aandrong op een logeerpartij van haar grootmoeder. „Ik moet mijn huiswerk toch maken?"

Andra lachte. „Zoet maar, ze mag mijn kamer hebben. Die is het grootst. Ik trek wel in het logeerkamertje."

Roos aarzelde. „Maar dan moet jij van je kamer af. Dat is eigenlijk niet eerlijk."

Het deed Andra goed dat haar dochter besefte dat er iemand was die moest inleveren, en dat zij dat niet was.

„Maak je maar niet druk, lieverd. Voor een paar weken is dat helemaal geen ramp," stelde ze haar gerust.

Roos legde haar hoofd even tegen haar moeders schouder. „Vind je het erg dat ze komt?" vroeg ze bedrukt. Oma was nooit aardig geweest voor mama. Daar was ze pas achter gekomen toen ze de vorige zomer op Wieringen met vakantie waren. Oom Marius, Jurriaan en Rogier en tante Trees deden zo anders tegen haar moeder dan ze van haar oma en haar vader gewend was.

Langzaam streelde Andra over Roos' haren. „Ik moest even wennen aan het idee, en oma zal eraan moeten wennen dat ze hier de dingen niet naar haar hand kan zetten. Als ze dat door heeft, zal het allemaal best lukken," zei ze optimistischer dan ze zich voelde.

Haar schoonmoeder was een geduchte persoonlijkheid. Maar zij was zelf veel sterker geworden dit laatste jaar. „Besteed maar een beetje aandacht aan oma. Ze heeft het nodig op het moment. Ik denk dat ze zich af en toe alleen voelt," besloot ze en trok even aan een haarlok. Mooi haar had Roos.

„We kunnen altijd terug... Papa is nog niet getrouwd met Lisette." Hoopvol keek Roos omhoog. „En dan is oma niet meer alleen."

Andra kreeg een brok in haar keel en schudde haar hoofd. „Er is te veel gebeurd. Ik begrijp best dat je je vader mist, maar het gaat niet. Later zul je dat begrijpen. Zet maar een bosje narcissen op oma's kamer. Dat staat gezellig."

Roos ging naar de tuin, plukte een bos narcissen en mengde die met een paar takken wilgenkatjes. Ze zette de vaas op het kleine bureautje dat voor het raam stond en verschoof nog een bloem. Peinzend keek ze de tuin in. Ze was er niet van overtuigd dat ze nooit meer een gewoon gezin zouden worden. Het kon altijd nog.

Maandagmorgen tegen twaalf uur bracht Henry zijn moeder naar Wieringen.

Mevrouw Waardijk was te vermoeid van de autorit om veel aandacht te schenken aan haar omgeving. Ze zat stil voor zich uit te kijken in de gemakkelijke stoel die Andra voor het raam had gezet. De stoel leek te groot voor het fragiele figuurtje.

„Nou, daar zit u dan," zei Henry overbodig. Ze knikte, en de hand waarmee ze de koffiekop naar haar mond bracht, trilde.

„Straks eerst even rusten misschien?" stelde Andra voor.

„Ik zal uw spullen naar boven brengen," zei Henry en keek vragend naar zijn ex-vrouw.

„Tweede deur links. U krijgt de mooiste kamer," zei Andra opbeurend. Ze had met haar schoonmoeder te doen. Zo timide kende ze haar niet.

„Die van jou soms?" vroeg mevrouw Waardijk. Ze had de vorige zomer het huis bekeken en opgemerkt dat Andra een grote, lichte slaapkamer had.

Andra knikte.

„Goed," zei mevrouw Waardijk tevreden.

Even later bracht Henry de koffer en een beautycase naar de grote slaapkamer. Hij keek rond. Dit was dus Andra's kamer. Gek, dat hij hier niets meer te maken had. Hij zag het brede bed, de bos voorjaarsbloemen, de lage stoel voor het bureautje en de crèmekleurige gordijnen. Met tegenzin gaf hij toe dat deze kamer bij Andra paste. Of zijn moeder zich hier prettig zou voelen, betwijfelde hij, maar daar was niets aan te doen.

Mevrouw Waardijk at een boterham en verdween naar haar kamer.
Andra hielp haar in haar nachtpon en voelde hoe de oudere vrouw trilde van vermoeidheid. „Ga maar lekker slapen," zei ze en trok de gordijnen dicht.
„Die gordijnen zijn veel te licht. Ik denk niet dat ik een oog dichtdoe," zei mevrouw Waardijk. Ze sliep binnen vijf minuten.

„Nou. Alvast bedankt." Henry draalde wat bij de deur. Hij vond het nog steeds raar weg te gaan zonder een kus te geven. Andra knikte even en opende de achterdeur.
„Dag, Henry. Werk ze."
„Dag... het is toch goed dat ik haar kom opzoeken?" vroeg hij wat onzeker.
Opeens zag Andra de gelijkenis met Steefje. Zo kon haar jongste zoon ook kijken als hij er niet zeker van was of hij welkom was bij een vriendje. Het verminderde de onderdrukte boosheid die ze voelde door de haar opgedrongen logeerpartij. Ach, Henry was ook niet te benijden. „Natuurlijk. Tot ziens."

De kinderen waren rustig die middag. Roos en Mark waren vroeg thuis. Roos bracht haar oma thee, en Mark vertelde een paar dingen over school. Steefje en Jolientje hadden dag gezegd en verdwenen toen naar oom Marius en tante Trees. Steven mocht helpen met het uitmesten van de stal van de ezel en de pony.

„Kijk, Steef... Wanneer het warmer wordt, mag Caja weer wat langer naar buiten," zei oom Marius. Hij merkte dat de kleine jongen gerustgesteld moest worden.

„Kan ik hier niet eten?" vroeg Steefje, die de stemming haarfijn aanvoelde. De komst van zijn oma herinnerde hem aan de periode vorig jaar waarin hij zo ongelukkig was geweest. Papa die hem niet in huis wilde hebben, die hem veel te druk en te raar vond. Hij wilde die tijd vergeten en hij dacht er ook bijna nooit meer aan, maar... Hij keek naar tante Trees. Het liefste jongetje van de wereld vond ze hem.

Tante Trees keek terug. Al haar liefde voor haar neefje lag in haar ogen. „Nee. Je eet gewoon thuis. Maar je mag na het eten nog even een spelletje komen doen. Afgesproken?" Ze trok even aan een punt van zijn trui. „Mannetje!"

Hij legde zijn hoofd tegen haar aan. „Tante Trees," zei hij innig.

Tante Trees lachte haar ontroering weg. „Vooruit, aan het werk. De tuin moet geharkt worden." Ze gaf hem nog een klapje op zijn broek. „Vooruit, m'n knecht!"

Binnen twee dagen was de situatie aangepast aan het dagelijkse ritme. Andra en de kinderen ontbeten vroeg met elkaar omdat Mark en Roos op tijd weg moesten. Het weer was inmiddels zo goed dat ze op de fiets gingen, en dat vonden ze allebei plezierig. Wanneer oma Waardijk zich gedoucht had, at ze op haar gemak een boterham. Tegen tien uur vertrok Andra naar haar werk en kwam Jet om wat klusjes in huis te doen en mevrouw Waardijk gezelschap te houden en van koffie en thee te voorzien. Jet had bij zichzelf vastgesteld dat mevrouw Waardijk dringend wat frisse lucht nodig had en haalde vanaf de eerste dag om een uur of elf haar mantel. „Tijd voor een wandelingetje," zei ze dan vastberaden.

Omdat mevrouw Waardijk besefte dat Jet daarin gelijk had en ze zo vlug mogelijk van het hinderlijke, slappe gevoel in haar benen af wilde, deed ze wat Jet zei. Het was meteen een goede gelegenheid om eens wat rond te kijken in de omgeving en wat minpunten te ontdekken. Negatieve dingen waren er altijd. Je moest ze alleen even zien. Er moesten redenen genoeg zijn voor Andra om weer terug te gaan naar Alkmaar, had ze voor zichzelf vastgesteld.

Jet trok een felgekleurd rood jack aan en deed een groene band om haar hoofd. Ze stopte haar haar eronder en hield toen de grijze wollen jas van mevrouw Waardijk omhoog. „Kom, in de benen!"

Mevrouw Waardijk stond op en stak haar armen in de mouwen. Ze voelde zich opeens een oud kind dat uitging met haar juf. Het moest niet gekker worden.

„Heeft u wel een muts?" vroeg Jet.

Mevrouw Waardijk knoopte haar jas dicht. „Muts? Nee. Ik draag weleens een baret, maar of ik die bij me heb?"

„Dan maar een sjaaltje om. Anders vat u kou. Hier, deze van Roos kan wel," zei Jet kordaat, en diepte een zwarte sjaal op uit de mand onder de kapstok. Ze drapeerde hem mevrouw Waardijk over haar haar. Met dat magere gezicht en die witte kleur zag ze eruit als een soort vluchteling, dacht ze. Die moest nodig de frisse lucht in. Sneu mens.

Mevrouw Waardijk, op haar beurt, vond Jet een uiterst vreemd persoontje. Klein van stuk, die wat gebogen neus, het roodgrijze haar. Ze droeg altijd kleren die zo fel gekleurd waren dat je ogen er bijna van gingen tranen. En zo buitengewoon bazig als ze was... Enfin, ze zou die Jet later nog weleens op haar plaats zetten. Als ze weer wat opgeknapt was. Voorlopig was ze er nog te moe voor.

Aan de arm van Jet liep ze over de stille landweg en zag de lammetjes in de wei springen. Tot haar eigen verbazing raakte ze zo gewend aan de wandeling dat ze ernaar uitkeek.

Ongemerkt verstreken er een paar weken, en mevrouw Waardijk genoot tot haar eigen verbazing van het verblijf op Wieringen. Niet dat ze met alle omstandigheden gelukkig was. Andra was veel te zelfstandig geworden en glimlachte alleen maar als ze haar raad gaf bij het kiezen van kleding en de opvoeding van de kinderen. Van Jet kreeg ze geen hoogte. Diep in haar hart had mevrouw Waardijk ontzag voor de kleine vrouw die alles naar haar hand zette. Zodra ze zelf weer wat meer opgeknapt was, zou ze dat wel rechttrekken, maar voorlopig liet ze het zo. De koude voorjaarswind gaf haar witte gezicht meer kleur, en ze zag zelf dat ze er beter uit ging zien. Over vertrek werd nog niet gesproken. En dat was terecht. Tenslotte betaalde Henry een lief bedrag voor de zorg die aan haar werd besteed. Eigenlijk te veel... maar vooruit. Ze hadden nooit gebrek aan geld gehad.

Andra mailde nu iedere avond met Rogier. Door het tijdsverschil kon hij niet meteen reageren. Dus ze las 's morgens, voordat ze naar haar werk ging, zijn antwoord. Ze leerde Rogier goed kennen op deze manier, dacht ze toen ze zijn verslag over een feest op Curaçao las. Zo grappig als hij over die jonge matrozen schreef. Ze zette haar computer uit en glimlachte.

„Wat lach je?" vroeg mevrouw Waardijk humeurig. „En wat doe je toch telkens achter die computer? En waarom staat dat ding in de woonkamer? Henry heeft hem gewoon op zijn kamer staan."

„Hij stond ook op mijn kamer," antwoordde Andra. „Maar nu even niet. Ik kan moeilijk iedere avond op uw kamer gaan zitten."

„Nou ja," zei mevrouw Waardijk, die hier niets passends op kon bedenken. Door het raam zag ze de auto van Jet aankomen. Het grind spatte op toen Jet abrupt remde en uitstapte. Ze was in het helpaars gekleed en zwaaide opgewekt.

„Daar is Jet. Wat ziet ze er weer uit!" zei mevrouw Waardijk.

„Ja, vrolijk, hè?" zei Andra en pakte haar jas.

„Nee. Buitenissig. Ik zal haar weleens adviseren. Een beetje kleding doet veel voor een mens." Mevrouw Waardijk keek keurend naar Andra's kleren. Daar was niet veel op aan te merken, gaf ze met tegenzin toe. Wel een totaal andere stijl dan toen ze nog met Henry getrouwd was. Dat mooie decente was eraf, maar ze zag er wel beter uit.

Andra ging er niet op in. Ze pakte een boodschappentas, groette vluchtig en verdween. Bij de achterdeur hield ze Jet even tegen. „Jet, ik moet nog een paar boodschappen doen vanmiddag... En houd je haaks. Mijn schoonmoeder is op het oorlogspad. Ze heeft weer van alles voor je bedacht."

Jet maakte een armgebaar. „Dan is ze vast aan het opknappen. Goed zo. Maak je maar niet druk om mij. Ik red me wel. Iemand had je schoonmoeder moeten vertellen dat de slavernij al eeuwen geleden is afgeschaft. Ik breng haar dat zo zoetjes aan wel bij."

Andra grinnikte. „Als er één dat kan, ben jij het, Jet."

Jet trok een gek gezicht en zei voordat Andra de deur uitliep: „Ga even bij Johanna langs. Ze is niet lekker, hoorde ik van haar buurvrouw."

Andra keerde terug. „Ach... Kun jij dan wat langer blijven? Ik vraag wel aan oom Marius of hij de kinderen uit school wil halen."

Jet gaf haar een vriendschappelijk duwtje. „Ga nou maar en haast je niet. Jacob is vandaag naar Amsterdam, naar een stel oude vrienden. Die komt vanavond pas laat thuis."

„Eet dan bij ons," stelde Andra voor.

„Dat moest ik maar doen," zei Jet. „En schiet nu maar op, anders kom je te laat!"

Andra lachte, sprong lenig op haar fiets en spurtte weg.

14

„Ik ben laat," zei ze verontschuldigend tegen Jurriaan toen ze op kantoor zijn kamer binnenkwam, en ze voegde er in een adem aan toe: „En ik wil ook weer op tijd weg."
Jurriaan keek op. „Dat houdt elkaar lekker in evenwicht. Laat komen, vroeg weer weg. Iets met de kinderen?"
Ze schudde haar hoofd terwijl ze een stapeltje post oppakte. „Nee, ik wil nog even langs Johanna. Volgens Jet is ze niet lekker."
Ongerust keek hij haar aan. „Johanna ziek? Natuurlijk moet je even kijken. Maak het hier vooral niet laat," drong hij onmiddellijk aan.
Andra schoot in de lach. Zo lekker doorzichtig was hij.

Ze arriveerde voor drieën bij Johanna, die met een betrokken, wit gezicht in de deuropening stond.
„Je bent vroeg, An. Ik had je pas tegen half vier verwacht."
„Mijn baas gooide me bijna de deur uit toen hij hoorde dat je niet helemaal lekker was. Kan ik die boodschappen in de fietstas laten zitten?"
„Als er maar geen vlees in zit, want de hond van de buren heeft er zogezegd een neus voor. Vorige week heeft hij de karbonaadjes van de andere buren opgegeten. Ze hadden de auto open laten staan en hij had de halve boodschappentas over het pad gesleurd voordat ze hem te pakken hadden," waarschuwde Johanna en trok huiverend haar vest vaster om zich heen. „Koud, hè?"
Andra vond dat wel meevallen. „Je bent gewoon niet lekker. Daarom heb je het koud." Ze liep achter Johanna de kamer in. Johanna liep weer naar de bank en sloeg een gestreepte slaapzak om zich heen. Haar lichtbruine haar hing sluik langs haar wangen.
„Zal ik eerst eens thee voor je zetten? En ik heb heerlijke bonbons meegenomen," stelde Andra voor.
„Fijn. Ik stond net op het punt mezelf zielig te vinden, maar dat gaat nu natuurlijk niet door," zei Johanna met een flauw lachje.
„Kind. Ik ben blij dat ik een goed excuus heb om nog niet naar huis te gaan. Jet is een parel," zei Andra en zette de theepot op een lichtje.
„Is je schoontje erg lastig?" vroeg Johanna. Ze leefde weer wat op door Andra's bezoek.

„Nee hoor. Maar ze is aan de beterende hand en nu komen al haar slechte eigenschappen weer naar boven. Maar daar wil ik het niet meer over hebben. Genoeg over mij en de kinderen. Daar hebben we het altijd al over. Nu eens over jou," zei Andra. Het klonk zo vastbesloten dat Johanna in de lach schoot.

„Over mij valt niet veel te vertellen." Ze pakte de mok aan die Andra haar aanreikte.

„O jawel." Even aarzelde Andra. Was het niet onbescheiden naar iemands privéleven te vragen?

„Wat is er tussen jou en Jurriaan misgegaan?" vroeg ze toen.

Johanna keek verschrikt op. „Tussen Jur en mij?"

Andra knikte.

Het was even stil in de kamer. Buiten klonk het geblaf van een hond. De vleeseter, dacht Andra vluchtig en zag hoe het gezicht van Johanna treurig werd.

„Wat weet je?" vroeg Johanna.

„Dat jullie, toen jullie allebei in Amsterdam studeerden, iets met elkaar hadden, dat Jurriaan is weggegaan en dat het toen definitief over was tussen jullie. En, dat mag je best weten, vind ik, hij heeft geen idee wat en waarom dat precies was. Hij begrijpt het helemaal niet. Hij dacht dat jullie bij..." Ze zweeg.

Johanna legde haar gezicht op haar opgetrokken knieën.

„Bij elkaar hoorden... voor altijd... Dat dacht ik ook."

„Maar wat is er dan gebeurd?"

„Hij is weggegaan. Terwijl ik..." Ze haalde hortend adem. „Terwijl ik..."

„Hij heeft je gezocht. Na die avond dat je hem zag... met dat halfdronken vriendinnetje om zijn nek. Maar je was onvindbaar," verdedigde Andra Jurriaan.

„Dat wist ik pas later. Toen ik weer thuis was... uit..."

Johanna hief haar gezicht op en er liepen opeens tranen over haar wangen.

„Uit?"

„Uit het ziekenhuis."

„Uit het ziekenhuis? Had je een ongeluk gehad? Maar waarom wist niemand dat? Jurriaan heeft je overal gezocht: op het conservatorium, bij je hospita, zelfs bij je ouders, maar niemand wist waar je uithing."

Johanna's mond vertrok. „Ik kon niet vertellen waarom ik daar was."

Ze snikte even.

„Je had..." Andra begreep het opeens. Ze kreeg een brok in haar keel van medeleven.

„Een baby?" vroeg ze aarzelend.

Johanna keek radeloos langs haar heen naar het schilderij dat boven de bank hing. Ze knikte.

„Ik was zwanger, ja, maar ik kreeg een miskraam. Toen ik wegging bij die vrienden van Jurriaan, ben ik een halfuur later naar de eerste hulp gegaan. Het was midden in de nacht. Het was zo afschuwelijk. Ik... En Jurriaan was er niet."

Andra zag dat Johanna's handen beefden.

Ze vloog naar haar toe en sloeg haar armen om haar vriendin heen, die als een brokje ellende in elkaar zat gedoken. „Ach, lieverd."

Johanna huilde met haar hoofd op Andra's schouder. „Het was zo erg. Zo vreselijk. En later ook. Ik kon het aan niemand vertellen. Wilde het niet vertellen. Mijn vader en moeder... het zijn schatten, hoor, maar zo... zo..." snikte ze wanhopig.

Andra streelde Johanna over haar haar met langzame, troostende bewegingen, alsof het Roos was die verdriet had.

„Huil maar. Huil maar... Ik begrijp het wel," fluisterde ze.

Johanna huilde alsof haar hart was gebroken.

En misschien was dat ook wel zo, dacht Andra. Hoe was het mogelijk dat Johanna precies die avond Jurriaan zo had aangetroffen? Een niet helemaal nuchtere Jurriaan die een meisje om zijn nek had hangen. Ze kon zich zo voorstellen hoe Johanna zich toen gevoeld had.

Na een paar minuten bedaarde het huilen. Met de wijsheid die ze door haar eigen situatie had opgedaan, wist Andra dat het ergste nu achter de rug was.

Johanna ging weer recht overeind zitten. Haar gezicht was rood en opgezet en ze snikte nog na.

„Je voelde je toen de hele dag al niet goed?" zei Andra.

„Nee. Ik had zo'n pijn en ik wist niet hoe ik Jurriaan moest vertellen... Ik wist niet wat ik moest doen... Ik was zwanger, mijn studie... Ik was nog maar in mijn tweede jaar, en Jur... Jur vond zijn hele studie niets. Dat wist ik maar al te goed. Ik had al een maand lopen piekeren... en piekeren... En Jur had niets in de gaten. Die dacht alleen maar dat ik humeurig was. En dat was ik ook. En zo moe. Ik kon mijn ene voet niet voor de andere zetten."

„Hormonen natuurlijk," zei Andra. „En je was niet goed."

Ze dacht na. „Die avond?"

Johanna knikte. „Ik had het hem die avond willen vertellen. Daar was ik al zo boos over. Dat hij niets doorhad en dat hij naar dat stomme feest wilde."

Niet helemaal eerlijk tegenover Jurriaan, dacht Andra, maar je kon van een jong meisje in die situatie geen nuchter oordeel verwachten.

„En toen zag ik hem met Willemien. En dat vond ik toch al zo'n misselijke meid. Jurriaan had het niet door, maar ze hing altijd om hem heen. Altijd haar bloesje tot hier open." Ze wees naar haar middel. „En altijd had ze hem ergens voor nodig." Haar stem veranderde en kreeg een flemend toontje: „Jur... jij bent zo handig. Wil jij even dat schilderijtje ophangen? Wil jij dat plankje verkorten? Wil jij even een nieuw leertje in de kraan zetten? Hij lekt. En dan ging Jur. Onuitstaanbaar!" Onlogisch voegde ze eraan toe: „Hij was echt een goeierd."

Andra knikte. „En toen? Wat zeiden je ouders later, of je vriendinnen?"

Het bleef stil. Johanna's gezicht verstrakte.

„Je, je hebt het toch wel verteld. Toch wel aan iemand?" drong Andra onzeker aan.

Johanna schudde haar hoofd. „Nee," zei ze stil. „Ik kon het niet. Toen ik uit het ziekenhuis thuiskwam, was ik zo ongelukkig. Ik wilde niemand onder ogen komen. En Jur kwam niet. Al die tijd niet. Pas later hoorde ik dat hij vertrokken was. Naar zee. Nota bene. Naar zee."

„Maar hij heeft je gezocht. Overal. Hij wist toch niet dat je in het ziekenhuis lag?"

„Dat hoorde ik pas later. Mijn hospita had het hem niet verteld. Je weet misschien dat ze doof was. Ze had niet begrepen dat ik naar het ziekenhuis moest."

Andra schudde langzaam haar hoofd. Hoe kon alles zo fout lopen...?

„Ik had haar wel gezegd, dat ze Jur moest waarschuwen, maar ze had me niet goed begrepen. Meestal zorgde ik ervoor dat ik haar recht aankeek, zodat ze mijn lippen zag, maar ik denk dat ik er niet op heb gelet, toen... Ik had zo'n pijn. En Jur kwam niet!"

„Och, Johanna toch. Wat erg voor je." Andra herinnerde zich opeens iets. Johanna's gezicht toen ze een oud-Hollandse volksdans leerde aan Roos, Mark en hun vrienden, toen ze Roos' verjaardag en tegelijk de afsluiting van de zomervakantie vierden. Een dans met een melancholieke tekst die sommige liedjes uit het verleden soms bezaten:
Trek maar aan het touwtje en de wieg zal gaan...
En het slot van de dans:
't Touwtje is gebroken en de wieg zal staan,
't touwtje is gebroken... die zal niet langer gaan...

Toen was de uitdrukking in Johanna's ogen haar opgevallen. Zo onverwacht treurig.

„Maar waarom heb je het Jurriaan later niet verteld?" vroeg ze.

Johanna sloeg haar handen voor haar ogen. „Ik weet het niet. Ik schaamde me. Ik weet niet eens waarom. Ik denk omdat ik aan de ene kant ook blij was dat het misging. Het loste best veel problemen op. Maar aan de andere kant vond ik het zo erg. En ik wist ook niet hoe ik het Jur moest vertellen. Als ik een brief van hem kreeg, zag ik telkens het gezicht van Willemien voor me. Ik had haar een paar weken later ontmoet, en ze suggereerde dat zij en Jurriaan die avond..." Johanna's stem stokte.

„Dat was niet zo!" zei Andra fel.

„Dat weet jij niet zeker," zei Johanna weifelmoedig.

„Dat weet ik wel, want Jur heeft me zijn kant van het verhaal van die avond verteld. Hij is je achternagerend, en toen hij jou niet zag, voelde hij zich verongelijkt en is weer naar binnen gegaan." Andra probeerde zich te herinneren wat Jurriaan een paar weken geleden letterlijk had gezegd. „Later is hij naar jouw huis gegaan, maar je deed niet open, zei hij. En de volgende dag wilde die hospita niet vertellen waar je was. Ze wist het dus waarschijnlijk niet, maar Jur dacht dat jij haar gevraagd had niets te vertellen, en daar was hij erg kwaad om. Ach, wat een ellendige samenloop van omstandigheden." Andra wiegde Johanna troostend heen en weer. Wat moest ze zich ontzettend eenzaam hebben gevoeld. Met de lichamelijke nasleep van een miskraam plus het verdriet dat die met zich meebracht, en er dan met niemand over kunnen praten... En Jurriaan die in één klap uit haar leven was verdwenen. Wat triest. Ze zei. „Maar dat je het nooit hebt uitgepraat..."

„Af en toe wilde ik het wel. Maar Jurriaan had, toen hij terugkwam, vaak een vriendinnetje aan de hand. Ze zijn best populair, die gebroeders Lont," zei Johanna een beetje bitter.

„Is dat zo?" Andra dacht na. Dat zou wel zo zijn. Ze waren erg aantrekkelijk. Dat had zij ook ervaren toen ze Rogier voor het eerst had ontmoet. „En jij?"

„Ik heb later een paar keer een vriend gehad, maar... nee. Het was niet hetzelfde."

„Dat hoeft toch ook niet," zei Andra peinzend en dacht aan het verschil tussen de vriendschap met Rogier en de verhouding die ze met Henry had gehad. Henry was slecht voor haar als mens geweest. Ze had gedacht dat ze nooit meer een man in haar leven zou toelaten. En toen kwam Rogier... Ze wilde niet verder aan hem denken. Het ging nu niet om haar.

„Je moet met Jurriaan praten. Hij geeft om je," zei ze stellig.

„Denk jij," zei Johanna.

„Daar verwed ik mijn hoofd onder. Hij heeft me zelfs gevraagd of ik jou zo ver kon krijgen alles uit te praten."

„Vroeg hij dat?" Johanna keek Andra aan en zag op haar gezicht dat ze het meende. Aarzelend ontkiemde er een gevoel van hoop in haar hart. „Ik zie er zo tegen op het te vertellen," zei ze na een tijdje.

Wat verbaasd constateerde Andra dat Johanna, die zo veel assertiever leek dan zijzelf, net zo bang was zich bloot te geven. Mensen verschilden niet zoveel van elkaar, dacht ze, en ze zei, met een beginnend lachje: „Moet ik soms een afspraak voor je maken? Of het hem vertellen? Ik ben tenslotte op het moment zijn secretaresse."

Johanna kon nog niet meelachen. Ze veegde een paar tranen weg die nog uit haar ogen opwelden. „Wil je?" vroeg ze nederig.

Andra knikte. Het liefst zou ze Johanna nu meenemen naar huis, maar oma Waardijk was niet echt geschikt voor iemand die zo van streek was. „Als je het echt wilt," zei ze.

„Ja. Heel graag." Johanna's stem was hees van de tranen en ze geeuwde van spanning.

„Ik schenk nog een kop thee in. Wat eet je vanavond?" vroeg Andra praktisch. Niets zo goed om weer tot jezelf te komen na een emotionele uitbarsting als je bezighouden met aardse zaken.

„Ik heb nog een zuurkoolprak over van gisteren. En ik heb helemaal geen trek. Ik maak wel een blikje soep open. Met een paar crackers, meer dan genoeg," zei Johanna.

„Kom morgen eten. Dan ben je vast weer wat opgeknapt," inviteerde Andra. Ze besefte dat het vandaag donderdag was. De repetitieavond van de cantorij.

„Heb je de repetitie van vanavond al afgezegd?"

„Daar heeft Marita gelukkig voor gezorgd," zei Johanna.

Tegen vijf uur ging Andra met tegenzin weg. Ze sloeg haar armen nog eens om Johanna heen. „Ik vind het zo vervelend je achter te laten. Red je het echt wel?" vroeg ze bezorgd.

Johanna glimlachte waterig. „Maak je maar niet druk om mij." Ze legde haar wang tegen die van Andra en zwaaide haar na totdat ze uit het zicht was. Daarna liep ze langzaam terug naar de kamer en zag bij het passeren van de halspiegel haar roodomrande ogen. Nog een geluk dat Jurriaan haar zo niet zag. Hoewel, daar had Jur zich nooit veel van aangetrokken. Dat was een van de eigenschappen die ze zo fijn in hem had gevonden: dat hij iemand helemaal accepteerde. Ach, hoe had alles zo mis kunnen lopen? Ze was nog steeds van slag en trok de slaapzak over zich heen terwijl ze zich op de bank in elkaar krulde. Als alles goed was gegaan, hoe oud zou haar kind dan geweest zijn? Elf jaar. Iets ouder dan Steefje van Andra. Niet meer aan denken. Dat had geen zin. Ze stopte haar hoofd in de plooi van de slaapzak. Het kwam gewoon doordat ze niet in orde was, dat ze nu zo verdrietig was. Een tijdlang bleef ze zo zitten. Ten slotte kierde er door haar zwarte stemming een lichtstraaltje hoop. Andra zou Jurriaan vertellen waarom hij haar destijds niet had kunnen vinden. De rest, dat van de baby, zou ze zelf moeten vertellen. Ze zag Jurriaans gezicht voor zich zoals ze het vroeger had gezien. Geamuseerd, aandachtig, soms gedeprimeerd, maar vaker intens vrolijk. Gewoon Jurriaan. Ze verlangde opeens hevig naar hem. Liever gezegd: naar de Jurriaan van vroeger, dacht ze.

Andra fietste naar huis. Wat hadden ze een tijd verspild, Johanna en Jurriaan. Zonde. Soms moest je gewoon het heft in handen nemen, dacht ze. Ze zou zo vlug mogelijk met Jurriaan spreken. Het kwam wel erg slecht uit dat oma Waardijk bij hen was, en ze wist dat

Jurriaan morgen een bespreking had in Rotterdam, anders zou ze hem morgen onder kantoortijd wel aanschieten.

„Dag mama," zei Steven toen ze haar fiets tegen de muur van de schuur zette.

„Dag Steefje." Ze boog zich over hem heen en knuffelde hem stevig. „Heb je fijn gespeeld?"

„Ja. En ik hoef vanavond niet naar de cantorij, want Johanna is ziek."

„Dat weet ik. Ik kom net bij haar vandaan. Maar morgen komt ze misschien eten, ze knapt alweer op."

„O. Gelukkig. Kijk. Vier eieren." Hij hief een schaal omhoog en zei in een adem: „Als we die laten liggen, krijgen we kuikens. Jet heeft stamppot gemaakt. Nee, ze gaat stamppot maken."

„Heerlijk," zei Andra en volgde hem naar binnen.

„Je bent laat," zei oma Waardijk afkeurend. „En de kinderen ook."

„Ja. Dag Jet, dag Jolly. Waar zijn Mark en Roos?"

Jet stond voor het aanrecht en sneed met een groot mes andijviestruiken in ragfijne reepjes. Ze draaide zich om en zei, terwijl ze het mes in de hoogte hield: „Ze komen zo. Mark heeft gebeld. Ze moeten iets uitpluizen op de bibliotheek voor een werkstuk. Ze zijn voor het eten thuis."

„Hebt u het een beetje rustig kunnen houden, oma Waardijk?" vroeg Andra en gaf haar tas aan Jolientje die hem naar de gang bracht.

Mevrouw Waardijk keek zuinigjes naar de smalle rug van Jet, die weer doorging met haar werk.

„Rustig? Jet wilde wandelen en heeft me zolang meegesleurd dat ik er doodmoe van was. En de dingen die ik graag wilde dat ze deed, daar is natuurlijk niets van gekomen."

Jet knipoogde bijna onmerkbaar naar Andra. „Maar daarna hebt u een paar uur heerlijk geslapen. Toch?" merkte ze op.

„Ja, als je een mens uitput, wil hij wel," pruilde mevrouw Waardijk.

„Nou dan." Jet was onverstoorbaar. Ze trok zich niets aan van mevrouw Waardijks aanmerkingen.

„We moeten maar niet te laat eten. Henry komt vanavond weer. Hij belde vanmiddag. Hij vond het jammer dat je er niet was." Mevrouw Waardijk vergat haar ongenoegen over Jet en lachte voldaan. „Hij vindt het fijn dat hij zijn kinderen wat vaker ziet," voegde ze eraan toe. „En jullie kunnen het weer heel goed met elkaar vinden. Dat is aan alles te merken."

Andra knikte rustig. Wat had ze net gedacht? Dat het jammer was dat mensen van alles lieten gebeuren zonder zelf het heft in handen te nemen. Dat zou haar niet meer overkomen. Ze haalde diep adem, pakte de telefoon van de houder, liep naar haar eigen kamer en draaide het nummer van Lisette. Ze zou zich over haar gekwetste en vernederde gevoelens heen moeten zetten. Anders zou de breuk met Henry invloed op haar leven blijven houden. En dat wilde ze niet.

De telefoon ging over.

„Lisette?"

„Ja," antwoordde Lisette verrast. „Andra?"

„Ja. Luister eens, Henry komt vanavond hiernaartoe. Ik zou het fijn vinden als je met hem meekwam. De kinderen wennen dan aan je en het is voor alles goed als ze jullie meer samen zien."

Lisette zweeg. Goed voor de kinderen? Zij dacht niet dat ze, als ze Andra was, dat zou kunnen opbrengen, ook al was het goed voor de kinderen. „Weet je het zeker?" vroeg ze ten slotte. „Het is voor jou misschien niet zo prettig."

„De situatie is zoals hij is en we moeten er maar zo goed mogelijk mee omgaan. De kinderen hopen nog steeds dat het goed komt tussen Henry en mij, en het is beter dat ze die illusie aan de kant zetten," zei Andra zakelijk. „Iedereen heeft nu zijn leven weer opgepakt, en dat is goed."

Lisette keek naar de nagel van haar pink. De lak schilferde ervanaf. Ze was even uit het veld geslagen. Andra, die zo anders reageerde dan zij, en vooral Henry, had gedacht dat ze zou doen. Henry, die de nieuwe Andra niet kon accepteren. Voor hem zou het ook goed zijn. „Ik kom vanavond mee," besloot ze.

„Fijn. Kom niet te laat. Dan zie je de kleintjes nog even. Ze moeten op tijd naar bed." Andra legde de telefoon neer en keerde terug naar de kamer.

Mevrouw Waardijk keek op van het tijdschrift dat ze aan het lezen was. „Je belde. Wie heb je gebeld?" vroeg ze.

„O, iemand," antwoordde Andra luchtig.

„Ja, ik weet heus wel dat je niet in jezelf staat te praten, maar..." Mevrouw Waardijk zweeg knorrig. Andra liet wel erg goed merken dat ze zich niet met haar zaken mocht bemoeien. Maar dat kon zomaar weer veranderen. Ze kende haar zoon. Als hij naar een vrouw keek zoals hij dat naar Andra deed, was hij erg in haar geïnteresseerd. En Henry kreeg altijd zijn zin, als het om vrouwen ging. Dat was zelfs zijn handicap, had ze weleens gedacht. Maar nu hoopte ze het... Gelukkig zat die Rogier een paar duizend kilometer verderop.

En toen kwamen Mark en Roos aanfietsen en was haar aandacht bij andere dingen.

Tot Henry's verrassing kondigde Lisette aan dat ze die avond met hem meeging naar Wieringen.

„Lijkt me geen goed idee," hield hij de boot af. De kinderen vonden het leuk hem zo vaak te zien. Hij was in de weken dat zijn moeder op Wieringen logeerde al zes keer geweest, en hij merkte aan alle kanten dat hij terrein terugwon. Mark werd toegankelijker. Roos, ach Roos was altijd dol op hem geweest. Zelfs Steefje verloor zijn terughoudendheid een beetje, en Jolientje was nooit anders tegen hem geweest dan toen ze nog allemaal thuis woonden. Hij was haar pappie, en dat was genoeg.

„Andra vroeg het. Ze belde vanmiddag. Een beetje op tijd, dan zijn de kleinste kinderen nog op en kunnen die ook aan me wennen." Lisette stond van tafel op en ging naar de badkamer om zich op te maken. Ze wilde er goed uitzien wanneer ze daarnaartoe ging. Vroeger had ze altijd wat meewarig naar Andra gekeken: kleurloos en tuttig. Nu was Henry's ex-vrouw zo in haar voordeel veranderd dat het bijna bedreigend was. Ze wilde niet bij haar afsteken. „Ik ben bijna klaar, hoor," riep ze van boven. „Ruim jij de verpakkingen even op, en zet de borden in de afwasmachine.

Henry stak zijn kin naar voren en keek naar de keukentafel, waar de dozen van de pizza's stonden. Wel erg vaak pizza de laatste tijd. Hij moest oppassen dat hij geen buikje kreeg. Lisette had nergens last van, maar hij... En waarom wilde Andra dat Lisette meekwam? Nergens voor nodig. Integendeel. Het ging nu net zo goed tussen de kinderen en hem. En Andra was beslist gevoelig voor de aandacht die ze van hem kreeg. Hij liep naar boven en legde een hand in Lisettes hals. „Zou je dat nu wel doen? Je hebt het erg druk, zei je vanmiddag nog. En het is voor jou toch maar verloren tijd." Hij wreef met zijn wang langs de hare.

Ze keek hem in de spiegel aan en trok haar wenkbrauwen op. „Verloren tijd?" vroeg ze verbaasd. „Als de kinderen en ik aan elkaar gaan wennen, is het juist een goed bestede avond. Ze moeten de situatie toch accepteren. En wanneer Andra daaraan wil meewerken... des te beter."

Henry kreeg het gevoel dat hij klem zat. „Maar forceren is niet goed. Ze kunnen vast beter hier in huis aan je wennen dan in het huis waar ze met hun moeder wonen."

„Dat zie ik niet in." Lisette legde haar lippenpenseel terug in haar make-uptas. „Je bent er nu zes keer zonder mij geweest. Straks denken ze dat het zo hoort."

„Nou, goed dan," zei hij nors en keek naar buiten, waar het al begon te schemeren. Lisette was veel vasthoudender dan Andra ooit geweest was. Als hij haar niet mee had willen nemen, had ze haar teleurstelling verborgen. „Laten we dan maar meteen gaan. Anders moet Jolien weer naar bed. Andra is raar strikt geworden. Vroeger was ze zo niet."

„Jij zei altijd dat ze te slap was voor de kinderen. Dus dat is alleen maar gunstig. Daar plukken wij ook de vruchten van." Lisette liep achter hem aan naar beneden. Ze zag de rechte rug die ongenoegen uitstraalde. Henry was niet gauw tevreden. Daar moest ze iets tegen doen, dacht ze. Ook voor als de kinderen hier waren. Hij moest wel een beetje een leuke vader blijven. Zo leek hij wel erg een knorrige, oude heer te worden.

15

De kinderen zaten een spelletje Memory te spelen toen Lisette achter Henry aan de keuken in stapte. Het was erg vol in het vertrek. Jet was blijven eten. Oom Marius en tante Trees kwamen even een kop koffie halen en Jaak wilde samen met Mark aan zijn brommer sleutelen.

„Wat moet zij hier?" vroeg mevrouw Waardijk binnensmonds aan Andra.

Tante Trees keek uitgesproken vuil naar Lisette. Daar had je dus dat mens dat het huwelijk van haar nichtje had verknoeid. Niet dat het niet goed uitgepakt had, maar toch...

„Ik heb gevraagd of ze meekwam," antwoordde Andra zacht, maar verstaanbaar voor haar tante en haar ex-schoonmoeder. Ze pakte een paar kopjes extra. „Zo Henry, dag Lisette. Mark, neem de jas van Lisette eens aan."

Mark stond op en bracht de jassen weg.

Duidelijker kon het niet zijn dat dit twee gasten waren die beleefd behandeld moesten worden.

„Koffie allemaal?"

„Ja, en dan gaan wij een spelletje met Steven en Jolien doen. We mogen toch wel meespelen?" gaf Henry ten antwoord en ging naast zijn dochter aan tafel zitten. Zijn gezicht straalde van plezier, en Jolientje was vereerd met de aandacht van de twee volwassenen.

„Kijk, ik weet waar de zeehond ligt. En de andere zeehond," wees ze.

„Nou, wat ben jij een knappe meid," prees Lisette en ging naast Steven zitten. Wat was Henry aantrekkelijk als hij zo aardig tegen zijn kinderen deed.

Roos keek uitgesproken chagrijnig naar de vriendin van haar vader.

Andra dacht: je ziet Roos 'mens, wat doe je hier' denken. Wat een geluk dat de anderen er nog waren. Dat zou haar wel intomen.

Er naderde een auto over het pad.

„Daar zul je oom Jur hebben. Die zei dat hij nog zou komen," zei Jaak, die achter Mark aan binnenkwam. Hun handen waren zwart van de smeer.

„Eerst handen wassen," zei oma Waardijk vinnig.

Verbaasd keek Jaak haar aan. „Dat doen we altijd, mevrouw," zei hij beleefd.

„Ja ja." Misnoegd keek mevrouw Waardijk terug. Als die jongen er was, had Roos voor niets en niemand meer echt belangstelling. En dan ook nog die oom van hem. „Het wordt hier wel erg vol," zei ze.

„Dat is waar. Oma, gaat u maar alvast naar de kamer. Roos, neem jij Steefje en Jolientje mee naar binnen. Henry? Lisette? Ik breng jullie zo koffie. Maak het spelletje daar maar af. Tante Trees…"

„Wij gaan naar huis," zei oom Marius. „Toch, Trees?"

„Ik ga mee," viel Jet in. Ze had een hekel aan Henry. Vervelende gladjanus! Hij had haar het geld dat ze verdiende met de zorg voor zijn moeder, in de hand willen geven, maar dat wilde zij niet. Gewoon op de girorekening. Geen polonaise voor haar.

„Niets ervan. Jullie krijgen eerst koffie." Andra drukte Jet in haar stoel terug.

Jurriaan kwam binnen en stelde zich voor aan Lisette. Henry kreeg een vluchtig knikje.

Mevrouw Waardijk was niet ingenomen met de loop die de avond nam. Ze had gedacht dat zij met Henry, Andra en de kinderen samen zou zijn, en nu was de kamer bomvol. Misprijzend keek ze naar de lange man die naast oom Marius had plaatsgenomen.

„Moest je vandaag nog uitrukken, oom Jur?" vroeg Roos. „Ik zag een brandweerauto op de weg naar Den Helder."

„Een ongeluk op de N99."

Vragend keek Andra hem aan. „Dat was dan zeker laat in de middag?"

Hij knikte. „Sommige idioten rijden ook zo hard… Er zat er een beklemd. De ambulance heeft hem naar Den Helder gebracht."

„Vertel eens over die zwaan, oom Jur," zei Jaak snel. Oom Jurriaan was altijd een beetje van slag wanneer hij bij een ernstig ongeluk had moeten helpen.

„Die in het ijs vastzat?" Jurriaan wist waarom zijn neef hem probeerde af te leiden. Wat was die jongen fijngevoelig voor zijn leeftijd. Dat had hij vast van Anneke geërfd. Rogier en hij waren op die leeftijd veel harder geweest.

„Vertellen," eiste Jet en sloeg haar armen over elkaar. Ze hield haar hoofd scheef en haar toch al grote gelijkenis met een papegaai werd zo nog sterker. Straks zegt ze nog: 'Koppie krauw,' dacht Henry wrevelig. Ze zorgde vast goed voor zijn moeder, maar Jet was hem veel te bazig.

Jet schonk Henry geen aandacht. Ze keek naar Jurriaan, die vertelde: „Het was vorige winter... Wij hadden al een paar keer een melding gekregen van zwanen die vastgevroren zaten op het water. Als we dan met veel pijn en moeite de ladders op het ijs legden, of zonder ladders bij zo'n beest probeerden te komen, wandelden ze meestal weg zodra we dichtbij kwamen. Een keer is geen ramp, maar als je dat een paar keer meemaakt, of je zakt door het ijs en die zwaan trippelt weg, krijg je wel de smoor in. Enfin, wij, Kees Leijnse, Jacco, een andere maat en ik, hadden al een paar keer zoiets meegemaakt toen er weer een melding kwam. Nu had ook iemand de dierenambulance gebeld, en die stonden al in vol ornaat te wachten totdat wij het ijs op gingen. Het was echt van: o, die arme zwaan. 'Moet je kijken, een vlucht ganzen,' zei Kees tegen die lui van de dierenambulance. Hij wees in de lucht. Terwijl ze afgeleid waren, pakte Jacco een flinke steen en keilde die over het ijs naar de zwaan. De steen kaatste in bogen over het ijs en kletterde vlak bij de zwaan neer. Dat beest boog beledigd zijn kop en waggelde weg. Toen de mensen van de dierenambulance weer keken, stond hij al op de walkant."

Iedereen in de kamer lachte toen Jurriaan aanschouwelijk met zijn hand gebaarde.

Lisette keek geboeid naar het levendige gezicht van de lange man.

Hij leek precies op zijn broer, die marineman met wie ze Andra een keer had gezien. Net zo lang, net zulke ogen en net zulk blond, steil haar. Leuke vent.

Henry zag haar gezicht.

„Lisette, laten we dat spelletje eerst eens afmaken," zei hij koeltjes.

Lisette knikte.

„Ja, en wij gaan naar huis," zei tante Trees. Ze stond op. Jet en oom Marius volgden.

Jurriaan keek vragend naar Andra.

„We lopen even met jullie mee. Even een frisse neus halen."

Andra begreep dat Jurriaan wilde weten hoe het met Johanna was. Hij pakte Andra's jas en hielp haar erin.

„Tot morgen maar weer, mevrouw Waardijk," zei Jet.

„Morgen is Andra er toch de hele dag?" vroeg mevrouw Waardijk.

„Nee, ik moet nog iets doen, maar ik ben niet al te laat terug," beloofde Andra. „Als het voor jou kan, Jet. Heerlijk!"

„Natuurlijk. Ik geef de badkamer wel een goede beurt, want daar kom je niet aan toe."

Andra legde haar arm om de kleine vrouw en schudde haar zacht heen en weer. „Rustig aan, jij."

Mevrouw Waardijk zag het met argusogen aan. Familiair was Andra toch tegen dat vrouwtje. Een beetje afstand was veel beter voor de verhoudingen.

„Wat vroeger dan vandaag, Jet," zei ze bevelend. „Ik heb moeten wachten met haar wassen, en mijn panty's moeten gewassen worden. Dat is erbij gebleven vandaag en dat vind ik niet fris en..."

„O, maar dat mag u al zelf doen. Dat kunt u best, heeft de dokter me vanmorgen gezegd," onderbrak Jet haar.

Mevrouw Waardijk zweeg.

„Laten we dat spelletje nu afmaken," zei Henry haastig.

Hij had er geen zin in getuige te zijn van een ruzietje tussen zijn moeder en dat rare vrouwtje. Die kon best haar eigen boontjes doppen. „Jij bent zo terug, Andra?"

Andra liep naar de deur. „Jullie zitten hier toch nog wel een klein uurtje?" vroeg ze.

Hij knikte met tegenzin.

„Voordat jullie weggaan, zijn we terug. Dag..." Ze glimlachte nog even tegen Steefje. Hij legde de kaartjes van het spel weer netjes op rijtjes van tien bij tien. Steefje, die als hij een spelletje deed, weer net zo onbezorgd kon kwetteren als vroeger.

„Tot morgen. En zorg dat je dat potje wint," zei Jet tegen Steven en verdween achter de anderen aan.

Jurriaan en Andra liepen naast elkaar achter de drie oudere mensen. Jurriaan boog zich licht naar Andra over.

Henry keek hen na en klemde zijn kiezen op elkaar. Hij had gedacht dat die Rogier belangstelling had voor Andra, maar zijn broer leek ook al geïnteresseerd. Bespottelijk! Hij zag Lisettes blik. En zij leek die man ook al de moeite waard te vinden. Het moest niet gekker worden. Hij keek naar de Memory-kaartjes die op tafel lagen.

„Nou. Laten we dan spelen," zei hij humeurig.

Het werd een andere avond dan hij had gepland.

„Doen jullie ook mee, Mark? En jij, Jaak?" vroeg Roos. Ze vond de sfeer opeens niet meer zo plezierig.

Mark was onmiddellijk bereid mee te spelen. „We krijgen die brommer toch niet meer aan de praat vanavond."

Jaak keek naar Roos' gezicht. Zijn kleine vriendinnetje leek wel ongerust te zijn.

„Best, hoor." Goedmoedig liet hij zich naast Steven op de bank zakken. „Maar denk erom dat jij niet alle potjes wint, makker!"

Steven lachte blij naar de lange jongen naast hem. „Ik win op school ook vaak. Maar Pieter ook. Die is nog beter dan ik... soms..." zei hij nauwgezet. Zijn gezichtje straalde.

Aardig jochie, dacht Lisette.

Jaak zag haar blik naar Steven. Hij wist dat zij de oorzaak was van de breuk tussen Andra en Henry, maar vond haar, ondanks dat, aardig.

„Steven wint vaak van ons," legde Roos haar vader en Lisette uit. „Hij is echt goed."

„Dat heeft hij van zijn vader. Henry had ook altijd zo'n perfect geheugen," zei mevrouw Waardijk vanuit haar gemakkelijke stoel. Ze had haar handen in haar schoot gevouwen en keek naar haar zoon die tussen zijn kinderen zat alsof hij nooit bij hen weg was geweest. Alleen die Lisette hoorde er niet bij, dacht ze. „Jullie vader won dat soort spelletjes vroeger ook altijd," zei ze. „Vergat nooit iets."

Mark herinnerde zich de keren dat zijn vader een afspraak met hem was vergeten. „Nou, dat is dan knap afgezakt," zei hij droog.

Lisette lachte. „Hij wordt ook oud," plaagde ze. Ze vond het prettig zich opgenomen te voelen in hun gezelschap. Zo had ze het zich voorgesteld toen ze met Henry in zee ging: de oudere kinderen met wie je kon praten en lachen, en de kleintjes waarmee je een spelletje deed.

Henry keek opzij. Op zijn knappe gezicht lag een gemelijke trek. „Je hebt toch wel goed geschud?" zei hij tegen Steven.

Steven lachte. „Ik schud altijd goed. Maar dat maakt niet uit. Ik weet toch vaak waar de kaartjes liggen."

Roos was er nog niet helemaal gerust op. Haar vader was opeens in een slecht humeur. En waarom was Lisette nu meegekomen? Het was net zo gezellig geweest de afgelopen weken: haar vader, oma en haar moeder allemaal in een kamer, zonder dat er iemand vervelend deed. Op de een of andere manier liep het op het moment niet goed. Gelukkig dat Jaak er was. „Nou Jolientje, jij bent de jongste, dus jij mag beginnen," zei ze.

Jolientje draaide de kaartjes om, en daarna was Steven aan de beurt. Hij draaide twee kaartjes om. „Een dolfijn en een bloem. Een roos," zei hij precies en legde de kaartjes terug.

„Ga je telkens vertellen wat je omdraait?" informeerde Henry spottend.

„Dat hoort!" Steven knikte ernstig. „Jij bent, Roos."

„Dit is wel echt een spelletje voor kleine kinderen, hè?" zei Henry neerbuigend.

Roos keek hem aan. Ze probeerde haar vader weer in een goede stemming te krijgen. „Probeer het maar eens te winnen," vleide ze lachend. „Mij lukt het niet."

Henry haalde zijn schouders op. Ja, ja. Dat kende hij. Hij had heel vroeger, toen Roos en Mark nog klein waren, weleens meegespeeld. Het was nog precies hetzelfde spel en het waren dezelfde plaatjes. Van de marionet was nog steeds een hoek af. Roos en Mark had hij vaak laten winnen. Hij draaide twee kaartjes om. „Jij was er nooit goed in, Roos. De appel en de boot."

„Doe je best, Steef," zei Roos gemaakt wraakzuchtig.

En Steven deed zijn best. Hij haalde feilloos de kaartjes die bij elkaar pasten, er tussenuit en legde ze apart op een stapeltje. Al vlug was zijn stapel kaarten hoger dan die van de anderen.

Henry, die van plan was geweest Steven te laten winnen, merkte tot zijn verrassing dat zijn goedwillendheid niet nodig was. Hij kwam zelfs achteraan sukkelen, tot groot vermaak van Lisette, die hardop lachte toen Henry een paar verkeerde kaarten omdraaide.

„Nee, pap. Die vuurtoren ligt daar niet," riep Steven.

Toen Henry het goede paar bij elkaar dacht te hebben, lachte de kleine jongen hoog en wat triomfantelijk.

„Nee, fout. Die liggen daar... en daar... Zal ik je soms even helpen?"

Henry trok zijn wenkbrauwen op. Zijn ogen werden smal. „Helpen? Jij? Mij?"

Steven sloeg onzeker zijn ogen neer.

Henry zag het effect van zijn woorden en herstelde het onmiddellijk.

„Ik zou inderdaad wel een beetje hulp kunnen gebruiken. Het gaat niet zo goed," zei hij hartelijk.

Roos haalde opgelucht adem. Gelukkig, papa bedoelde het natuurlijk niet zo vervelend als het had geklonken.

Andra en Jurriaan liepen, nadat ze Jet bij oom Marius en tante Trees hadden achtergelaten, nog een stuk over de smalle landweg waaraan de huizen lagen. De maan wierp een bleek licht over de weilanden, en de kille nachtwind streek langs Andra's wangen. Jurriaan liep zwijgend naast haar.

„Ik heb vandaag met Johanna gesproken," onderbrak Andra het zwijgen.

Hij hield zijn stappen in. „Ja?"

Andra liep verder. „Je moet met haar praten, Jur. Ook al probeert ze je misschien nog op afstand te houden... praat met haar. Ik kan je niet vertellen waarom ze onvindbaar was toen jij naar haar op zoek was. Dat moet ze je zelf vertellen. Verder één ding: ze geeft om je. Dat is zeker."

Zou ze vertellen dat Johanna in het ziekenhuis had gelegen? Ze mocht het doen. Maar dan zou hij willen weten waarom, als hij het niet meteen begreep. Dat kon Johanna hem toch beter zelf vertellen.

Jurriaan lachte grimmig. „Waarom wil ze dan nooit meer met me praten? Ik heb het echt geprobeerd, An, maar Johanna kan zo verdraaid koppig zijn."

Andra zuchtte. „Beloof me dat je haar deze week nog opzoekt. Ze is zo verdrietig. Laat het niet aan het toeval over. Daar ben ik zo langzamerhand ook achter gekomen: als je iets werkelijk wilt, moet je alles in het werk stellen om het te krijgen. Niet afwachten. En vertel haar vooral dat je niets met dat vriendinnetje had, want zij heeft tegen haar een totaal ander verhaal opgehangen!"

Hij keek Andra verbaasd aan. „Die Willemien? Je meent het. Ik had helemaal niets met haar. Dat had ik je toch verteld?"

„Weet ik wel, maar Johanna weet het niet... Dus zet dat vooral eerst recht. Anders blijft ze je wantrouwen." Andra wist uit ervaring hoe ellendig je je voelde als je dacht dat je bedrogen werd.

„Dat klinkt nogal..." Jurriaan aarzelde.

„Bitter?"

„Nee, alsof je er zelf mee bezig bent."

„Dat is ook zo, maar ik probeer het achter me te laten. Ik heb er zelf voor gezorgd dat Lisette hier op het moment is, want ik wil dat de kinderen aan haar wennen. Ik durf hen niet aan een vreemde over te laten, dus ik moet er zelf voor zorgen dat de kinderen haar leren kennen. En ik mocht Lisette vroeger wel. Ik wilde zelfs graag met haar bevriend zijn, maar ik kwam niet in aanmerking. Te saai."

Klonk dat toch bitter? Wel een beetje, dacht Andra.

„Mooie vriendin," zei Jurriaan schamper. „Ik vind dat je het jezelf moeilijk maakt door haar hier te vragen. Ook al is het goed voor de kinderen."

„Niet alleen voor de kinderen," antwoordde Andra snel. „Het probleem is ook dat de moeder van Henry mij en Henry weer bij elkaar wil krijgen. Daar zinspeelt ze telkens op. Wanneer hij er is, doet ze alsof alles weer koek en ei is en of we straks allemaal naar Alkmaar teruggaan. Het is vooral voor Roos erg verwarrend, want die zou niets liever zien dan dat we teruggingen. Mark is realistischer..."

„En Steef? Waarom gaat het zo slecht tussen hem en Henry?"

„Ach, Steefje..." Andra leunde over het hek van een weiland en zag de schapen dicht bij elkaar gedrongen onder de grote boom in het weiland liggen. Witte vlekken tegen een donkere achtergrond.

„Steefje... Aan de ene kant wil hij dolgraag een vader hebben die om hem geeft. Henry heeft hem altijd om zijn vinger kunnen winden. Steefje vond het altijd heerlijk als hij een keer wat aandacht van hem kreeg. Maar dat pakte op den duur toch verkeerd uit. Waarom Henry zich altijd zo ergert aan Steef...? Ik denk omdat Steefje kwetsbaar is, en een zoon van hem hoort niet kwetsbaar te zijn. Ik houd het er maar op dat Steefje hem herinnert aan de tijd dat hij zelf erg onzeker was. En verder vond Henry dat ons gezin al compleet was toen ik in verwachting raakte van Steven. Een derde kind was buiten zijn planning."

„En Jolientje dan?"

„Om te beginnen leek die sprekend op hem, en toen hadden we toch alweer een klein kind. Dus het maakte niet meer uit."

„Mmm." Jurriaans antwoord was kort, maar erg welsprekend.

Andra keek naar de maan, waar net een wolk voorlangs dreef. „Kom, we moeten maar niet te lang wegblijven. Jolientje moet nodig naar bed."

Ze liepen terug. In de kleine stal naast het huis balkte het ezeltje. Het huis lag rustig en vredig in de omarming van de bomen. Het werd echt voorjaar.

In de kamer zat iedereen nog om de tafel. Iedereen vermaakte zich met het spelletje Memory. Steven had al twee keer gewonnen, Lisette één keer, en Henry kwam er tot zijn verrassing niet aan te pas. Hij had een paar kaartjes voor zich liggen en voelde een oude wrevel, die hem nog steeds bekroop als hij een spel verloor, bovenkomen. Lisette had, tot zijn ergernis, al eens vrolijk opgemerkt dat zijn geheugen zeker achteruit was gegaan.

Toen Jurriaan en Andra binnenkwamen en Andra, met een rode kleur van de wind op haar wangen, lachte om een opmerking van Jurriaan, en Henry de vrolijke uitdrukking op haar gezicht zag, werd hij onredelijk boos. Hij kon zijn ergernis niet tegen Andra kwijt en viel uit tegen Steefje, die net juichend een paar kaartjes bij elkaar had gevonden. „Nu weten we wel dat je wint. Kun je alsjeblieft zonder dat geblèr dit spelletje afmaken?" zei hij giftig.

Het werd stil. Andra stond stokstijf bij de deur en Jurriaan deed een stap naar voren.

Steven werd vuurrood en hield de kaartjes stijf vast. Hij keek strak naar de nerf in het bruine tafelblad, terwijl er een paar tranen in zijn ogen kwamen.

„Papa!" riep Roos ontdaan.

Lisette zei verwijtend: „Henry..."

Henry had door dat hij weer in de fout was gegaan. Hij strekte zijn hand uit over tafel en zei berouwvol: „Dat meende ik niet zo, natuurlijk, maar die jongen moet zich toch een beetje beheersen. Hij is er oud genoeg voor. Toch, Steef?"

Steven stopte zijn handen vol kaartjes vlug onder het tafelblad om de handen van zijn vader te ontwijken.

„Jij hebt nooit tegen je verlies gekund, Henry," berispte mevrouw Waardijk haar zoon.

Roos zakte terug op haar stoel.

Jaak legde zijn arm om Steven heen. „Kom op. Maak het uit. Je kunt in één klap uit zijn," zei hij. „Dan heb je iedereen van de tafel geveegd."

De warmte van de schouder van de grote jongen troostte Steven. Hij slikte zijn tranen weg, legde de kaartjes op tafel en draaide vervolgens één voor één de overgebleven kaartjes om, zonder nog naar zijn vader te kijken.

„Zo!" zei Jaak goedkeurend.

„Steefje heeft weer gewonnen, Steefje heeft weer gewonnen," riep Jolientje opgetogen.

„Gefeliciteerd, hoor," zei Henry joviaal en probeerde de blik van Steven te vangen, maar de jongen draaide zich om en liet zich van zijn stoel glijden.

Hij liep naar Andra toe en zei met een klein stemmetje: „Wij zijn heel laat op, hè? Ik denk dat we nu naar bed moeten."

Andra's hart kromp van medelijden en boosheid, maar ze onderdrukte haar woede. „Dat heb je goed gezien, mannetje. Ik breng jullie nu meteen naar boven." Haar stem was geforceerd opgewekt. Ze stak haar armen uit.

„Jaak moet me naar boven brengen. Hij is het paard," riep Jolientje.

Jaak stond bereidwillig op. De kamer was hem te klein op dat moment. Wat een lammeling, die vader van Roos.

Mark stond meteen naast hem. „Ik ben Caja," zei hij. „Klim jij maar op mijn rug, Steef."

„Mark is een ezel," lachte Jolientje. Ze liet zich door Jaak optillen en zwaaide uitbundig naar de volwassenen in de kamer.

„Ja, zeg zo maar welterusten..." zei Andra. Ze wilde de kleintjes zo vlug mogelijk de kamer uit hebben.

„Moeten ze geen kus geven?" vermaande mevrouw Waardijk.

„Niks hoor. We zwaaien," zei Lisette vlug en stak haar hand op. „Wij moeten trouwens ook bijna weg."

„Ik heb Henry amper gesproken," zei mevrouw Waardijk.

De avond was haar bar tegengevallen. Wat Andra had bezield om die vrouw te vragen of ze meekwam... Het was lang niet zo genoeglijk geweest als de vorige keren dat Henry op bezoek was gekomen. Het was duidelijk waaraan dat lag. Die Lisette was een enorme stoorzender. Zonder haar liep alles van een leien dakje.

„Ik kom vlug weer, moeder." Henry stond ook op.

Jurriaan stond naar hem te kijken. De uitdrukking op zijn gezicht was ondoorgrondelijk.

„Tot eh... zondag, Andra," zei Henry tegen Andra, die de twee jongens die beiden met een kind op hun rug de trap op liepen, volgde.

„Zondag kan niet," zei Andra zonder om te kijken.

Henry paste zijn woorden aan. „De volgende keer brengt papa je weer naar bed, hoor," riep hij.

Jolientje draaide zich om en zwaaide: „Doeg, pappie!" maar Steven klemde zijn armen steviger om de nek van zijn broer en legde zijn wang tegen Marks achterhoofd.

Mark beet zijn kiezen op elkaar en voelde zijn ogen prikken. Eén ding was in ieder geval duidelijk geworden deze avond: ze konden niet meer voorgoed terug naar zijn vader. Voor Steefje niet!

Roos bleef achter in de kamer en keek van haar vader naar haar grootmoeder. Ze zat doodstil en probeerde de tranen die naar haar ogen drongen, in te houden.

„Nou, meisje van me. Tot de volgende keer maar weer. Ik kom vlug weer." Henry probeerde de stemming te verbeteren. Dom van hem zo uit te vallen tegen Steven, maar dat joch irriteerde hem ook zo mateloos met dat geklets en gelach. Hij keek naar zijn dochter. Waarom kon Steven niet meer op de andere kinderen lijken? Dan was het een stuk gemakkelijker met hem om te gaan. Hij wist zeker dat een ander het net zo aanvoelde. Die Jurriaan speelde mooi weer tegen Steven waar Andra bij was, maar hij wist zeker dat die net zo over de jongen dacht als hijzelf. En natuurlijk hield hij wel van zijn jongste zoon. Vanzelfsprekend!

„Ik zou maar even wegblijven, papa," zei Roos. Haar gezicht stond treurig en tegelijk afwijzend.

„Waarom? Toch niet omdat ik Steven een beetje intoomde? Hij moet leren niet zo uitbundig te zijn wanneer hij wint. Daar kan hij last mee krijgen wanneer hij met andere kinderen speelt." Henry wierp zijn dochter een vleiende blik toe. Zij was ook al geïnfecteerd met dat overdreven correcte gedoe. Roos, zijn eigen kind. Maar dat trok hij later wel weer recht.

„Jij hebt nooit tegen je verlies gekund, Henry," herhaalde mevrouw Waardijk.

„En uw zoon heeft de laatste tijd niet veel anders gedaan," zei Jurriaan droog. Hij stond op en domineerde met zijn lengte de hele kamer.

Henry begreep meteen dat de man meer bedoelde dan dat onnozele spelletje en werd heet van drift. Hij had zijn kinderen niet verloren, en ook Andra... Tenslotte had hij haar zelf aan de kant gezet. Wat verlies... Niks verlies. Voordat hij kon antwoorden, stond Lisette op. Ze keek gegeneerd naar de man die ze zo graag had willen hebben dat ze er alles voor over had gehad, en die nu op een pruilend kind leek. „We gaan, Henry. Dag, mevrouw Waardijk. Jurriaan, misschien tot ziens. Leuk je te leren kennen."

„Ik haal jullie jassen." Jurriaans gezicht stond effen. Lisette bleef midden in de kamer staan. en er bleef Henry niet veel meer over dan ook van zijn stoel te komen.

„Nou, dag, moeder. Tot vlug. Dag Roosje. Knuffel..." Hij spreidde zijn armen uit.

Roos bleef op haar stoel zitten en knikte alleen maar. Wat je ook zei tegen papa... hij begreep gewoon niet wat hij Steefje aandeed. Ze dacht terug aan de tijd vorig jaar, waarin Steefje had gezwegen doordat haar vader hem had gekwetst met hetzelfde soort opmerkingen als vanavond. Als Steefje het zich maar niet te veel aantrok. Hij was zo gevoelig. „Dag," zei ze verdrietig.

Henry liet zijn armen zakken. De bokkenpruik op. Dat ging wel weer over.

„Nou, een beetje vriendelijker mag wel," vermaande oma Waardijk.

Lisette was stomverbaasd. Ze geen van beiden niet door hoe hard de snerende opmerkingen van Henry waren aangekomen. Henry, die op de zaak gold als een van de meest sociaal handige mannen en die de klanten haarfijn aanvoelde. Was dat inderdaad alleen voor zijn werk?

„Laat nu maar. Dag Roos. Tot ziens," zei ze vlug en glimlachte tegen haar.

Roos zag het begrip in Lisettes ogen en geneerde zich voor haar vader en haar oma. Als zelfs een vreemde doorhad hoe lelijk haar vader deed... Om je kapot te schamen.

„Dag," zei ze.

Boven pakte Andra haar kleine zoon stevig vast. „Denk eraan, papa kan niet tegen zijn verlies, net als Eddy, weet je nog wel... van je vorige school. Daarom doet hij zo lelijk. En wij vinden je het allerliefste jongetje van de hele wereld," zei ze met haar ogen op Stevens bleke gezichtje.

„En niet alleen wij. Johanna vindt het ook. En tante Trees en oom Marius..."

„En Jet?" vroeg Steven. Er was meer kleur op zijn gezicht gekomen.

„Jet ook. Jet het allereerst," zei Mark.

Jaak kwam de kamer binnen nadat hij Jolientje in haar ledikantje had gezet. Hij ving Andra's woorden op. Hij zei: „Het allerliefste meisje van de wereld moet ook toegedekt worden." Hij wees met zijn hoofd naar de andere kamer. De ombekommerde toon bracht alles weer terug tot normale proporties.

Steven kreeg een aarzelend lachje om zijn mond.

„Ik won wel, hè?" zei hij en keek de mensen in zijn kamer stuk voor stuk aan, om gerustgesteld te worden.

„Je won... aan één stuk door. Het moet niet gekker worden," gromde Jaak. „Vroeger won ik tenminste ook nog eens. Maar ik ga oefenen. Daar kun je op rekenen. Morgen kom ik terug om verder te spelen."

„Echt?" vroeg Steven. Zijn ogen begonnen te glanzen.

„Echt," bevestigde Jaak.

Toen Jaak en Mark beneden kwamen, waren alleen mevrouw Waardijk, Roos en Jurriaan er nog.

„Weg?" vroeg Mark.

„Heel ver weg." Roos had haar armen om een van de poezen geslagen. Ze had behoefte aan de warmte van het kattenlichaam.

„Kom nou, Alkmaar is zover niet. Jullie kunnen, als jullie er eenmaal terug zijn, hier makkelijk op bezoek komen," zei oma Waardijk verstrooid.

„U bedoelt dat wij makkelijk in Alkmaar op bezoek kunnen komen in het weekend," verbeterde Roos.

„Roos, wanneer de vader van dat vriendje van je terug is, hebben jullie een huis nodig, en in Alkmaar hebben we dat zo voor jullie geregeld, als je moeder die scheiding tenminste blijft doorzetten. En anders trekken jullie gewoon weer in jullie eigen huis." Mevrouw Waardijk wilde het graag nog eens gezegd hebben. Als ze de kinderen ervan kon overtuigen dat het het beste was terug te keren naar de oude situatie, liet Andra zich wel overhalen.

„Mijn moeder? Papa wilde scheiden. Mama niet. En ze zijn gescheiden!" Roos was niet van plan fabeltjes aan te horen.

„Maar ten slotte wilde je moeder niet meer verder met je vader. Terwijl je vader het nog een keer wilde proberen. Dus..." zei mevrouw Waardijk op een beschuldigende toon.

Roos stond op. „Oma," zei ze nadrukkelijk. „Mijn moeder kan niet meer terug. Voor Steefje niet. Als u dat vanavond niet hebt gezien... bent u blind! En houd er nu over op, voordat mama binnenkomt."

„Maar..." sputterde mevrouw Waardijk tegen. Ze zweeg toen ze de felle ogen van haar kleindochter zag. Dit was niet het moment om aan te dringen.

Toen Andra ook binnenkwam, stond Jurriaan op.

„Ik ga nog even?" zei hij met een vragende blik naar Andra.

Ze had wel verwacht dat hij zou gaan. „Zou ik maar doen," zei ze. „Kom jij ook morgen eten. En jij ook, Jaak. Ik heb Johanna vanmiddag al gevraagd."

Jurriaan knikte. Andra leek overtuigd te zijn van de goede afloop, dacht hij. Ze kende Jo niet zo goed als hij. Zo koppig als ze kon zijn...

„Kom op. Niet zo benauwd," zei Andra zacht. „Vertrouw me nu maar."

Hij pakte even haar hand. „Bedankt."

Mevrouw Waardijk keek met argusogen naar de twee. Die waren veel te close met elkaar. En die broer van hem ook al. Dat Andra zich niet schaamde zo vlug weer met anderen om te gaan. Haar mondhoeken trokken naar beneden

Wat verbaasd keek Jaak zijn oom na. „Wat doet hij gestrest? Niets voor oom Jur!"

„Het valt wel mee, hoor," stelde Andra hem gerust.

„Wat?" vroeg Roos.

„Wat zei je tegen hem?" vroeg mevrouw Waardijk.

Andra antwoordde niet. Ze keek voor zich uit en prevelde voor zich uit: „Heer, help Jurriaan met het vinden van de goede woorden."

Mevrouw Waardijk zag Andra's bewegende lippen. „Sta jij in jezelf te praten? Daar mag je wel mee uitkijken. Voordat je het weet, ben je een mummelend besje!" zei ze.

Andra herkende de minachtende ondertoon. Vroeger zou ze in elkaar gekrompen zijn. Nu niet. Ze keek naar het gezicht van oma Waardijk. Ze had wat kleur op haar wangen, haar kapsel zat onberispelijk en ze zag er al veel beter uit dan toen ze hier kwam. Haar streken kreeg ze inmiddels ook terug. Stel dat ze oma zou vertellen dat ze aan het bidden was. Ze zou meteen willen weten waarvoor en het vervolgens onzin vinden. „Dat zal zo'n vaart niet lopen. Overigens, we moeten het er eens over hebben wanneer u weer naar huis gaat. Ik denk niet dat Jet nog veel langer voor het huishouden kan zorgen," zei ze vriendelijk.

„Jet mag blij zijn dat ze zo goed bijverdient." Mevrouw Waardijk negeerde de eerste woorden. Teruggaan naar huis? Ze had er helemaal geen zin in. Het was er ronduit doods zonder haar kleinkinderen en ze was hier nodig. Voor het welzijn van haar eigen zoon en voor zijn kinderen. Henry verloor alles op deze manier.

„Jet heeft het geld niet nodig, en ik wil ook graag weer wat meer vrijheid hebben," zei Andra gemoedelijk. „Denk maar eens na over een datum."

Mevrouw Waardijk zweeg. Ze was niet van plan op korte termijn terug te gaan naar haar huis.

Later die avond luchtte Andra haar hart via de mail. *Niet te geloven dat ik zo onder de indruk was van Henry's moeder dat ik haar zoveel dingen in huis liet regelen. Dat ik aantrok wat zij me goed vond staan: kleren voor een oudere dame. Ik moet mal geweest zijn,* schreef ze Rogier. *Ik heb nu pas de goede manier gevonden om haar aan te pakken: gewoon negeren wat me niet aanstaat en mijn eigen zin doen.*

Ze las over wat ze had geschreven en glimlachte. Met het verdwijnen van Henry uit haar dagelijkse leven was ook de invloed van haar schoonmoeder als in de lucht opgelost. Als iemand haar vorig jaar had verteld dat het verdriet, waaronder ze toen leed, zo'n gunstige uitwerking op haar zou hebben, had ze haar of hem voor gek verklaard. De littekens van de breuk schrijnden af en toe nog en het gevoel van vernedering prikte soms venijnig, maar voor haarzelf en voor Steefje was dit jaar erg goed geweest. Ook dankzij de mensen die haar hadden geholpen: oom Marius en tante Trees, Jet, Rogier, Johanna en Jurriaan... Kon je dat zien als hulp van God? Zeker weten. God hielp door mensen.

Andra leunde met haar hoofd even op haar handen en bad nogmaals voor Johanna en Jurriaan. Ze gingen haar zo aan het hart.

Wat betreft Jurriaan en Johanna... schreef ze verder aan Rogier. *Ik hoop dat je niet lang meer wegblijft, want je aanwezigheid wordt straks vast erg op prijs gesteld. En niet alleen door Jur en Johanna,* voegde ze eraan toe.

Ze zag zijn gezicht voor zich en glimlachte. Rogier... zijn huis waarin ze mocht wonen, het land om de oude hoeve, de dieren... Allemaal dingen die hadden meegeholpen haar en Steefje weer heel te maken. God hielp door mensen, en door tastbare dingen. En ze was nu zover dat zij op haar beurt anderen een zet in de goede richting had kunnen geven. Ze eindigde met: *Liefs, Andra*.

16

Johanna stond op het punt naar bed te gaan. Ze was wel wat opgeknapt, maar het spreken met Andra over de zwartste periode in haar verleden was zo emotioneel geweest dat ze er doodmoe van was geworden. Ze deed net de lamp boven de tafel uit, toen er gebeld werd. Half tien. Ze zat niet echt op bezoek te wachten, en de enige naar wie ze hunkerde, zou nog niet kunnen komen. Andra had onmogelijk met Jurriaan kunnen praten.

Het was daar in huis net een bijenkorf in de zomer: in en uit... iedereen dwarrelde door elkaar. En een vertrouwelijk gesprek voeren met die oma in de buurt, dat vereiste een ware krachttoer. Ze dacht niet verder na en liep naar de deur. Door het matglas in het raampje zag ze een lange gestalte, en haar hart sloeg over. Ze voelde automatisch aan haar haar. Ze zag er niet uit natuurlijk... Ze opende de deur.

„Dag Jurriaan. Het... het komt niet zo goed uit. Ik ben niet zo lekker," zei ze zenuwachtig.

Jurriaan stapte op de deurmat en keek in het vlekkerige gezicht met de grote, verdrietige ogen. Op de een of andere manier gaf dat hem het zelfvertrouwen dat hij nodig had. Hij sloot de voordeur, legde zijn handen om haar schouders in een vertrouwd gebaar en trok haar naar zich toe.

„Jo. Waarom wilde je niet met me praten? Wat is er toch fout gegaan tussen ons?" zei hij. „Ik weet wel dat ik niet zo holderdebolder weg had moeten gaan, maar ik heb je gezocht om alles uit te leggen. Je was onvindbaar. En, o ja, dat moest ik het eerst zeggen van Andra: ik heb nooit iets met die vervelende meid, die Willemien, gehad. Nooit. Wat dat mens ook heeft gezegd en wat voor fouten ik heb gemaakt, ik ben je nooit ontrouw geweest. Echt niet."

Zijn grijze ogen zochten haar gezicht af en staken licht af tegen zijn nog steeds gebruinde huid.

Johanna keek terug, pakte zijn revers vast en legde haar hoofd tegen zijn jas.

„Dat geloof ik nu wel, maar toen..." Haar stem klonk gesmoord in de ruige stof van de jas.

„Toen niet!" stelde hij vast.

„Nee."

„Waarom ben je niet naar me toe gekomen en waarom heb je nooit teruggeschreven?"

Hij voelde haar trillen. Ze was ziek natuurlijk, besefte hij. Stom, hier in die koude gang te blijven staan. „Wacht." Hij tilde haar op en droeg haar naar de kamer, waar hij haar op de bank neerzette. Haar wang was onder zijn kin toen hij haar even dicht tegen zich aan klemde. De jaren leken weg te vallen.

„Brandweergreep." Johanna boog haar hoofd naar achteren en keek nerveus langs hem heen.

„Nou, dat deed ik al voordat ik bij de brandweer was. Dat moet je nog weten," zei hij.

Johanna dacht aan de keren in het verleden dat hij haar opgetild had en bloosde.

„Je hebt die Willemien toch niet echt geloofd?" vroeg hij.

„Ja. Maar, maar ik was toen nogal in de war, geloof ik achteraf. En ga nu zitten, want ik moet heel erg tegen je opkijken."

„En daar houd je niet van. Dat weet ik." Hij liet zich op zijn knieën zakken, zette zijn handen aan weerszijden van haar op de bank en keek haar vorsend aan. „Waarom had je je verstopt, die week? Waarom wilde je me niet zien? Waar was je? Niemand wist waar je was."

Ze aarzelde. Zo lang had ze die periode uit haar gedachten verdrongen dat ze, toen ze het vanmiddag aan Andra had verteld, de pijn weer voelde alsof het net gebeurd was.

„In het ziekenhuis," zei ze toen.

„Ziekenhuis?" herhaalde hij.

Ze knikte.

Niet-begrijpend bleef hij haar aankijken. „Waarom? Had je een ongeluk gehad? En waarom heeft niemand me dat verteld? Je vader en moeder zeiden ook dat ze er geen idee van hadden waar je uithing..."

„Omdat ik... o, ik weet het niet. Ik had mevrouw Booy verteld waar ik naartoe ging, en jij kwam maar niet. En later hoorde ik van Willemien dat jij bij haar was gebleven die nacht," gooide ze eruit. „En ik voelde me zo ontzettend alleen. Ik lag maar op je te wachten, en je kwam maar niet," zei ze radeloos.

Hij schudde zijn hoofd. „Mevrouw Booy zei niets. Waarom was je daar?"

Ze zweeg.

„Johanna? Wat had je?"

Ze kneep haar handen in elkaar. „Ik verloor onze baby die avond," zei ze toen.

Het bloed trok weg uit zijn gezicht. Hij werd koud van schrik, en zijn handen vielen langs zijn lichaam.

„Wat? Maar was je dan..."

Ze knikte heftig. „Zwanger, ja. Bijna tweeënhalve maand, en jij merkte maar niets. Je dacht alleen maar dat ik humeurig was," riep ze. De oude boosheid kwam terug. Woedend sloeg ze tegen zijn schouder. „Humeurig!" De tranen gleden over haar wangen.

Roerloos bleef hij op zijn knieën voor haar op de grond zitten. Dus dat was het. Een baby. Ze was zwanger geweest. Dat hij niets had gemerkt... Was hij dan zo achteloos geweest? Zo'n afschuwelijke stommeling? Waarom had ze niets gezegd? Had ze soms gedacht dat hij haar in de steek zou laten? Maar waarom? „Waarom heb je niet eerder iets gezegd? Waarom heb je het later niet geschreven?" zei hij moeizaam.

Ze snikte nu hardop. „Omdat jij niet gelukkig was met je studie en omdat je weg wilde. Ik wilde geen blok aan je been zijn."

Verslagen keek hij naar de tranen die over haar gezicht liepen. „Jij een blok aan mijn been? Je was de enige die er werkelijk toe deed. Om wie ik echt gaf. Ik had alles willen doen om je te houden. Zelfs die ellendige studie als dat had gemoeten."

„Maar dat kon toch niet. Waar hadden we van rond moeten komen? Jij zocht naar iets waar je je gelukkiger bij zou voelen dan bij je studie. We waren nog zo ontzettend jong. Je zou je opgesloten hebben gevoeld," herinnerde ze hem.

„Had je dat niet beter aan mij kunnen overlaten? Waarschijnlijk had het me in één klap volwassen gemaakt. Ik had heus wel een baan gevonden en voor jou en de baby gezorgd." Hij sloeg zijn armen om haar heen.

Johanna legde haar hoofd tegen zijn schouder. „Maar goed, dat hoefde dus niet, want het ging mis. Aan de ene kant kwam die miskraam goed uit, maar het voelde niet zo. Het voelde vreselijk! En toen je niet kwam toen ik in het ziekenhuis lag, dacht ik... Ik weet niet meer precies wat ik dacht," zei ze.

Hij verstevigde zijn greep. „Je had me toch kunnen bellen toen ik niet kwam?"

"Maar dat kon ik gewoon niet. Ik was zo in de war. En zo alleen... Toen ik thuiskwam, was je weg. Later ontmoette ik die Willemien, en toen had ik het helemaal gehad. Ze zei... Ik dacht... Omdat je ook niet in het ziekenhuis kwam..." herhaalde ze. "En toen je terug was, had je meteen een vriendinnetje. Dan wel niet die Willemien, maar toch."

Jurriaan wreef zijn kin langs haar wang. "Ik wilde laten zien dat ik het best zonder jou redde. Je hebt me nooit teruggeschreven!"

"Nee."

"En je had een vriend," stelde hij vast.

"Niet echt. Niet zoals het met ons was."

Jurriaan was nog te veel onder de indruk om hierop te reageren zoals hij dat vroeger had gedaan. "Johanna." Hij pakte haar linkerhand en legde die tegen zijn mond.

Door haar tranen heen keek ze naar hem op.

"Ik houd van je. Ik heb je nooit kunnen vergeten. Er heeft nooit iemand jouw plaats kunnen innemen," zei hij hees en verlegde zijn hand naar haar achterhoofd. "Johanna."

Veel later duwde Johanna hem terug. "Zo. Nou," zei ze ademloos.

"Wanneer trouw je met me?" vroeg hij. "Morgen?"

"Doe niet zo gek!"

Hij trok een wenkbrauw op. "Nee, morgen gaan we bij Andra eten. Overmorgen?" Ergens was hij nog steeds de onbesuisde jongen die hij vroeger was geweest.

Ze lachte en voelde haar wangen schrijnen. "Je hebt je vanmorgen niet goed geschoren," zei ze.

"Nee. Ik was hier niet op voorbereid." Hij sloeg zijn armen weer vaster om haar heen. "Zonder malligheid. Hoe lang hebben we nodig om die papierwinkel voor elkaar te krijgen? Twee maanden?"

"Je bent niet goed wijs," schrok ze toen ze zag dat hij het meende.

"We hebben te lang tijd verknoeid. En één ding heb ik vandaag van Andra geleerd: als je echt iets wilt, dan ga je ervoor en stel je niets uit. Dus..."

Andra. Ze zou erg in spanning zitten. Zo goed kende Johanna haar vriendin inmiddels wel. "Bel Andra even. Ze zal willen weten hoe haar raad uitpakt. Andra leeft werkelijk met iemand mee. Ze voelt dingen zo goed aan."

Jurriaan stond op en pakte de telefoon. „Hier. Doe jij het maar. Maar kort! We zijn nog niet uitgepraat."

Ze lachte. „Uitgepraat? Noem jij dat zo tegenwoordig?"

„Schiet nu maar op. Heb je nog iets anders te drinken dan anijsmelk?" Het was de oude vertrouwde toon die terug was.

„Kijk maar in de buffetkast in de keuken. Maar niets sterks voor mij, hoor. Doe maar jus d'orange voor mij. Ik heb te veel aspirine ingenomen voor iets anders." Ze wierp hem een kushand toe en toetste het nummer van Andra in.

Andra hoorde in het korte gesprek het enorme verschil tussen de intens verdrietige Johanna van deze middag en Johanna nu.

Vanuit de verte riep Jurriaan die met een paar glazen in zijn hand naar de kamer was teruggekomen: „Dank je wel, Andra, maar zeg tegen Jo dat ze nu stopt. Praten jullie morgen maar verder bij."

Andra lachte opgetogen en legde even later haar telefoon terug. Alles was goed gekomen. Johanna was gelukkig. En Jurriaan... ze hoefde hem niet te zien om te weten hoe hij er nu uitzag.

De volgende dag kwam Johanna kort na de lunch naar De Hoeve. Ze straalde zo dat het zelfs mevrouw Waardijk, die net terugkwam van haar middagwandeling, opviel.

„Nou nou, de honderdduizend gewonnen soms?" vroeg ze terwijl ze tegenover Johanna aan tafel plaatsnam.

„Meer."

„Jurriaan en Johanna zijn vroeger zo'n beetje verloofd geweest. Door een misverstand zijn ze elkaar kwijtgeraakt, en nu zijn ze weer bij elkaar," legde Andra uit. Ze zette theekopjes op tafel en zette de doos bonbons die Johanna had meegebracht, ernaast. Ze wist meteen dat dit een verkeerde formulering was.

Mevrouw Waardijk schoot rechtop en ging er gretig op in. „Dat zou jou en Henry ook kunnen gebeuren. Als jij die koppigheid van je opzijzette."

Andra schonk de thee in. „Nee, oma Waardijk. Tussen Henry en mij was geen sprake van een misverstand. We zijn gescheiden omdat Henry met Lisette verder wilde. En dat is achteraf goed geweest voor iedereen."

„Niet voor je kinderen. Je vergeet je kinderen," hield mevrouw Waardijk vol.

„Ook voor de kinderen." Andra verloor haar geduld. „En nu hebben we het er verder niet over. Zo. Johanna, hoe laat komt Jurriaan?"

Mevrouw Waardijk zweeg verongelijkt.

Johanna zei vlug: „Jur moest vandaag naar Rotterdam, maar hij zou hier op tijd weer zijn, zei hij."

„Hoe vaak heeft hij je gebeld vandaag?"

„Een babbeltje vanuit de auto... hij belde toen hij Wieringen uit reed."

„En wanneer beëindigde hij het praatje?" plaagde Andra.

„Toen hij in Rotterdam was," zei Johanna. Haar ogen glinsterden.

Aan het eind van de dag, toen Jurriaan en Johanna vertrokken waren, en Jaak nog even met Mark en Roos in de schuur een spelletje tafeltennis deed, mailde Andra Rogier: *Ik wou dat je met eigen ogen kon zien hoe gelukkig ze zijn. Roos vindt het superromantisch. Jaak en Mark kijken hoofdschuddend toe. Erg vermakelijk! Verder is Johanna uitgenodigd om iets uit te voeren bij een liefdadigheidsconcert in Alkmaar. Ze vroeg of Steefje over twee weken een solo mocht zingen. Tot mijn verrassing vindt hij het leuk. Grappig, hè? Zo verlegen als hij altijd was, tegen zingen ziet hij helemaal niet op. We gaan natuurlijk mee. Jurriaan ook. Hij laat Johanna geen moment langer uit zijn buurt gaan dan nodig is.*

Het antwoord kwam ongewoon snel. Rogier was zeker nog erg laat in touw: *Ik hoop het binnenkort te zien. En ik kan me voorstellen dat hij haar niet meer uit zijn gezichtsveld wil laten. Ik herken het. Als ik terug ben, kijk ik een hele dag naar je. Aan één stuk door. Ik kan bijna niet wachten totdat het zover is. Het is goed dat ik een tijdje het land uit ben geweest. Anders was de overgang voor je kinderen te groot geweest. Maar zodra ik terug ben... Rogier.*

Blozend sloot Andra de computer af. Nog een paar weken en dan kwam hij weer thuis met verlof. Ze durfde zich er niet te veel op te verheugen, maar... Als hij net zo voortvarend was als Jurriaan... Niet verder aan denken. Er waren andere dingen die nu geregeld moesten worden. Bijvoorbeeld oma Waardijk terug naar Alkmaar krijgen. Ze had nu bijna zes weken op De Hoeve gelogeerd en ze was weer helemaal opgeknapt. Oma probeerde in ieder geval het terrein dat ze naar haar idee verloren had, terug te winnen en bemoeide zich met de gang van zaken in huis, zodat zelfs Roos er humeurig van werd. Het concert was een goede gelegenheid om oma Waardijk naar haar eigen huis te brengen, besloot Andra. Haar schoonmoeder redde zich weer prima alleen. Als ze haar de zaterdagavond na het concert weer thuisbrachten, konden Henry en Lisette de zondag bij haar doorbrengen. Dan was het niet zo'n grote overgang.

Andra stond op. Meteen bellen. Ze trof het. Henry had net koffiepauze. „Henry, het volgende wat betreft je moeder..."

Henry hoorde haar met grote tegenzin aan. Het ging nu net zo vlotjes allemaal. Hij had weer goed contact met de kinderen... Hij zag ze nu zeker zo vaak als vroeger, toen ze nog thuis woonden, en met Andra werd de verhouding ook weer veel beter. Zo goed dat Lisette zich af en toe een beetje bedreigd voelde. In een onbewust ijdel gebaar streek hij langs zijn kin. Vreemd, de situatie kon wel weer eens andersom worden. Vroeger had hij clandestiene ontmoetingen met Lisette, en nu was Andra degene met wie hij afspraakjes ging maken. Eerst over de kinderen natuurlijk, maar toch... Ze was tenslotte erg aantrekkelijk. „Dat is niet zo'n goed idee. Weet je zeker dat moeder het weer alleen aankan? Ik zou haar liefst nog een paar weken onder jouw hoede laten. Ze vindt het heerlijk bij de kinderen te zijn," antwoordde hij.

De zekerheid in zijn stem irriteerde Andra. Ze bleef kalm en zei net zo stellig: „Het is tijd voor haar om haar gewone leven weer op te pakken. De laatste keer dat onze huisarts haar heeft gezien, was hij heel tevreden over haar toestand en hij was het ermee eens dat ze weer naar huis kon."

Vervelend nu weer. Geen soepelheid. Die eigenschap moest Andra weer terug zien te krijgen, constateerde Henry. Hij vervolgde: „Ja, maar volgende week zaterdagavond komt mij niet goed uit. We zijn uitgenodigd voor een liefdadigheidsconcert. Ons bedrijf is hoofdsponsor. Je weet dat ik niet zo van dat soort gedoe houd, maar het is een goed doel, en dan moet je af en toe wel je gezicht laten zien. Het geeft ons in ieder geval een goed imago: een computerbedrijf dat zich inzet voor zielige mensen. De burgemeester en een paar wethouders zullen er ook zijn. Lisette en ik vertegenwoordigen de zaak."

Verrast keek Andra op. Liefdadigheidsconcert? Zou het werkelijk hetzelfde zijn? Het moest bijna wel.

„Dat komt goed uit. Steefje moet op dat concert zingen, geloof ik," zei ze voorzichtig.

„Mm, ik hoop dat hij dan wat minder hard loeit dan vroeger. Als dat kind 'Klokje klinkt' zong, was het alsof je naast een beierende kerkklok stond," zei Henry.

„Dat zal wel meevallen. Je hoeft niet te vertellen dat je zoon meezingt," zei Andra koel.

Dat had Henry zich al voorgenomen, maar dat zou hij Andra niet aan haar neus hangen. „Nou ja, je ziet dus dat het niet goed uitkomt. Een week later is veel handiger voor moeder en voor ons," zei hij opgelucht.

„Dan zul je je moeten aanpassen, want je moeder komt mee. En ik reken erop dat jullie haar thuisbrengen." Andra verborg haar wrevel. „Jullie hebben de hele volgende week om alles in haar huis in orde te maken en boodschappen in te slaan."

Henry sputterde tevergeefs nog wat tegen en deed later verslag aan Lisette. „Andra is hard geworden," besloot hij.

„Niet hard. Verstandig." Lisette begreep Andra hoe langer hoe beter. Het was dat ze zoveel van Henry hield, al begreep ze af en toe zelf niet waarom. Anders gaf ze het ook op.

Tijdens de generale repetitie zat Andra stil achterin. Ze keek naar haar zoon die op het podium stond en onbekommerd en vrij zijn solo zong.

Jurriaan, die wist dat de cantorij zong, kwam zonder geluid naast haar zitten.

Johanna, die niet in de gaten had dat ze publiek had, stond voor het kinderkoor. Gewoonlijk had ze al een vrolijke uitstraling wanneer ze dirigeerde, maar nu spatte de vreugde eraf.

Zonder zijn ogen van haar af te wenden fluisterde Jurriaan: „Zo was ze vroeger ook, An... Zo vol leven."

Andra glimlachte.

„Geluk noem je dat," zei ze.

Hij legde zijn hand op de hare. „Ik denk dat Rogier niet lang meer wegblijft. Hij heeft straks verlof."

„Dat hoop ik," fluisterde Andra.

Mevrouw Waardijk kon niet anders dan zich neerleggen bij de situatie. Ze vroeg Henry of hij iets moois kon kopen voor Andra. Een sieraad. Hij moest het zelf uitzoeken. En iets voor Jet. „Want," zei ze. „Dat vrouwtje heeft me werkelijk goed geholpen. Als ze dichterbij woonde, nam ik haar onmiddellijk in dienst."

Andra knikte maar eens.

Roos vond het aan de ene kant jammer dat haar grootmoeder weer wegging. Aan de andere kant was het een opluchting. Oma bemoeide zich als vanouds weer met alles wat er gebeurde.

De laatste avond van oma Waardijks verblijf kreeg een feestelijk tintje. Jet, Jacob en oom Marius en tante Trees bleven eten, en later in de avond kwamen Johanna, Jaak en Jurriaan nog afscheid nemen.

„Maar we zien elkaar natuurlijk nog zaterdagavond, wanneer Steefje moet zingen," zei Johanna.

„Dat is ook zo."

De rest van de avond was mevrouw Waardijk stil.

„Zal ik uw koffer inpakken, oma?" bood Roos aan.

„Doe dat maar, kind," zei mevrouw Waardijk aangedaan en keek de kring rond. Ze zou ze missen. De kinderen, Andra, die rare Jet, Marius en zelfs die onnozele tante Trees. Ze zuchtte. Zo stil zou het in haar eigen huis zijn. Ze zag er gewoon tegen op.

„U komt maar vaak op bezoek. Met de auto bent u er in een kleine drie kwartier," zei Andra. „En u zit morgen naast Henry bij de genodigden. Best leuk, dat hij dat heeft geregeld, toch?"

Mevrouw Waardijk knikte. „Ach, jawel," zei ze flauwtjes.

Je zou toch denken dat die schoonmoeder nog een fatsoenlijk mens werd, dacht tante Trees. Nog een tijdje hier en dan werd het wel wat met haar.

Zaterdagavond. De grote Sint-Laurenskerk liep al aardig vol. De meeste stoelen waren inmiddels bezet. Andra, Steefje en Johanna waren al vroeg gearriveerd. De anderen zouden volgen in Jurriaans auto. De voorste rijen waren gereserveerd voor genodigden, en Andra zocht achterin een paar plaatsen die ze vrij zou kunnen houden.

Steefje was opgewonden, net als de andere kinderen van de cantorij.

Andra en enkele andere moeders hadden de kinderen in hun lange donkerblauwe toga's geholpen, en Steven had een rode kleur op zijn wangen gehad. Nu wachtten ze in de consistoriekamer totdat ze de kerk in moesten komen.

Die avond speelde er ook een orkest, en er trad een gemengd koor op. Door het geroezemoes van het publiek heen klonken de instrumenten die gestemd werden.

Als alles maar goed ging. Als Steefje maar niet opeens zenuwachtig werd. Andra had ijskoude handen. Waar bleven de anderen nu? Ze zou deze rij niet lang meer bezet kunnen houden. Er werden al verscheidene boze blikken in haar richting geworpen. Verontschuldigend hief ze haar handen op, maar tot haar opluchting zag ze Jaak en Roos aankomen. Ze stond half op en zwaaide. „Hier!" Ze wees op de stoelen naast zich.

Roos en Jaak liepen vlug door de kerk. Roos had rode wangen, en haar ogen glinsterden. „Ga eens zitten, mam. En kijk eens voor je!" zei ze.

Roos was nog meer opgewonden dan zijzelf. „Roosje, hij doet het heus goed. Op de generale repetitie maakte hij maar één foutje," zei Andra kalmerend en klopte op de zitting van de stoel naast haar.

„Blijven zitten," beval Roos. „En voor je kijken. Kijk, daar, de burgemeester komt binnen. En papa en Lisette lopen ook in dat rijtje."

Schouderophalend keek Andra naar het podium. De burgemeester en zijn vrouw werden naar de voorste rij begeleid door de voorzitter van het comité. Henry en Lisette volgden. Ze waren stijlvol gekleed. Henry in het donkere pak dat hij voor recepties bewaarde en dat Andra zelf nog met hem gekocht had. Lisette droeg een lange japon. Andra vond dat ze er erg mooi uitzag. Ze pasten goed bij elkaar. Waarschijnlijk beter dan zij ooit bij Henry had gepast. Ze bleef naar het podium staren. Dat eenzame gevoel dat ze altijd had gehad wanneer ze met Henry ergens naartoe had gemoeten... Ze had er nooit meer last van. Wat een opluchting. Naast zich hoorde ze onderdrukt gelach en keek op: Jolientje, Mark en Jurriaan.

„Ga vlug zitten," wilde ze zeggen, maar toen werd er een hand op haar ogen gelegd.

„Raad eens," zei een diepe stem.

Een helle vreugde schoot door haar heen. „Rogier?" Ze trok

de hand weg en draaide zich om. „Rogier!"

Hij legde zijn handen langs haar wangen en kuste haar vlug. „Dag Andra."

Ze bleven elkaar even aankijken.

„Dag Andra," zei Rogier voor de tweede keer.

„Dag... Rogier."

De mensen in de rijen achter hen keken belangstellend toe. Leuk... Die marineofficier verraste duidelijk zijn vrouw. Ze had niet verwacht dat hij er zou zijn. Dat kon je zo zien. En ze was blij.

Rogier ging naast Andra zitten, en de anderen namen hun plaatsen aan weerszijden in.

„Gefopt," riep Jolientje, die tussen Mark en Roos zat. Ze sprong op en neer van plezier.

Ze werd tot de orde geroepen door Roos. „Sst. Nu moet je stil zijn, Jolly. Straks gaat Steven zingen. Heel stil zijn."

De vuurrode kleur op Andra's gezicht zakte langzaam weg. „Hoe kom je hier zo vlug? Ik dacht dat je nog bijna een maand wegbleef."

„Dat was de bedoeling ook, maar ik moest terug. Iets in Den Haag. Ik vertel het je nog weleens. Ik was maar net op tijd. Jurriaan heeft me van Schiphol gehaald met de andere kinderen. Het kwam wel goed uit dat je zo vroeg weg was met Steefje en Johanna. Anders was de verrassing nog in het water gevallen." Er lag een brede lach op zijn gezicht.

„Hoe lang blijf je?" vroeg ze even later.

„Voorlopig ga ik niet terug," antwoordde Rogier tevreden. „In ieder geval de eerste twee jaar niet."

Roos hoorde hem. Ze negeerde de kleine kneep in haar hart en duwde hem het programma in zijn handen.

„Kijk, oom Rogier. When I needed a neighbour, Steven Waardijk." Gelaten dacht ze: er is toch niets aan te doen. Mama en papa, dat kon nooit meer iets worden. En als er toch iemand anders kwam, dan maar het liefst oom Rogier. En dan was Jaak er nog...

„Ik ben benieuwd. Als er maar iets waar is van wat ik gehoord heb, zingt hij de sterren van de hemel, Roos," zei Rogier royaal.

Roos zakte neer naast Jaak, die zichtbaar blij was dat zijn vader terug was.

Onder luid applaus kwam het gemengde koor op. Het orkest zat op zijn plaats... en toen kwam de cantorij binnen. Achter elkaar liepen de kleine gestalten, gekleed in toga en met de witte geplooide kraag om de hals door het middenpad. Steven was een van de laatsten. Zijn ogen zochten zijn moeder. Hij zag haar niet. Vooraan zat wel zijn oma en zijn vader met Lisette. Maar waar was mama? Eén ding wist hij zeker: ze was hier. Ergens.

De kinderen namen plaats en wachtten gedisciplineerd totdat ze moesten zingen.

Andra zag Steven rondkijken. Als alles maar goed ging. Ondanks de wetenschap dat hij zijn tekst goed kende, was ze nerveus. Heel voorzichtig stak ze een hand op. Hij merkte haar op en ze zag de opluchting op zijn gezicht. Zie je wel, mama was er.

Toen het grote koor had gezongen en de kinderen opstonden, hield ze even haar adem in en klemde haar handen in elkaar.

Rogier keek neer op het blonde haar en legde geruststellend zijn hand over de hare.

De cantorij zette in: eerst een luchtig, grappig liedje. Johanna had alles feilloos in de hand, en het plezier dat ze erin had, straalde uit haar houding. Het orkest speelde, daarna zong het gemengde koor weer en ten slotte was het kinderkoor weer aan de beurt. Het orkest zette zacht in. Steven stond iets naar voren. Alleen. Johanna keek hem recht in zijn gezicht. Hij keek vol vertrouwen terug.

„When I needed a neighbour,
were you there, were you there?
When I needed a neighbour, were you there?"

De heldere jongensstem zong zonder trilling de melodie.

Andra kneep, zonder haar blik van Steven af te wenden, hard in Rogiers hand. Toen ik een naaste nodig had, was je er toen? Ze kreeg een brok in haar keel. Dat juist Steven dit zong.

De andere kinderen vielen in:
„And the creed and the colour and the name won't matter.
Were you there?"

Inderdaad, kleur en naam deden er niet toe. Het ging erom dat er iemand was als je een mens nodig had. Johanna had precies het goede lied uitgezocht voor dit concert.

„I was hungry and thirsty,
were you there, were you there?" zong Steven.

De vrouw van de burgemeester kreeg tranen in haar ogen. Ze wist niet waarom de stem van deze jongen haar zo ontroerde, maar op de een of andere manier kwam het zo echt en onopgesmukt over.

Henry keek onrustig naar zijn zingende zoon. *Were you there?* Onzin. Hij hoefde zich niet schuldig te voelen. Hij had altijd goed voor hem gezorgd. Honger of dorst had het kind nooit gehad. En toch... Hij zag de ontroering bij zijn buurvrouw, en ook Lisette leek wel onder de indruk.

Het was doodstil in de grote kerk. Geen kuchje onderbrak de klare jongensstem totdat het laatste couplet klonk: een antwoord, een belofte:

„*Wherever you travel, I'll be there, I'll be there,*
wherever you travel, I'll be there."

Dat is het, dacht Roos terwijl ze naar het ernstige gezichtje van haar jongste broer keek: waar je ook gaat... ik zal er zijn. Ze nam zich op dat moment vast voor er te zijn wanneer anderen haar nodig hadden.

Oma Waardijk hoorde haar kleinzoon, die ze altijd een beetje merkwaardig had gevonden, de woorden zingen. Wat was dat typisch een liedje voor Andra: ik zal er zijn. Dat was ze ook wel. Nou ja, niet alleen Andra natuurlijk. Zijzelf had ook altijd klaargestaan. Om raad te geven als het nodig was, en ook weleens als het niet nodig was.

Iedereen deed dat op zijn eigen manier. Die Trees en Marius hadden Andra en de kinderen weer op een ander vlak geholpen dan zij.

Maar ze had willen helpen. Daar durfde ze haar hand voor in het vuur te steken.

Toen het gezang wegstierf, barstte er een klaterend applaus los. Ook de burgemeester klapte uitbundig.

„Ik wil graag even kennismaken met de dirigent en met die jongen. Wat zingt dat kind schitterend," zei zijn vrouw.

Henry hoorde haar woorden. „Dat kan gebeuren. Het is mijn jongste zoon," zei hij glimlachend.

„Uw zoon?" Ze keek hem verbluft aan. Dat hij dat niet had verteld. Ach, wat werkelijk bescheiden. Dat had ze niet achter hem gezocht.

„Wat zult u verschrikkelijk trots op hem zijn," zei ze uit de grond van haar hart.

Henry knikte. „Ach ja. Ik zeg altijd maar: talent krijg je, dus daar hoef je, ook als ouder, niet van naast je schoenen te lopen. Maar het is waar... hij heeft een mooie stem. Dat wisten we altijd al."

De vrouw boog zich langs hem heen. „En u, mevrouw..."

„Eh, het is mijn zoon niet." Lisette vond het even lastig om uit te leggen.

„Mijn vrouw en ik zijn helaas al een tijd uit elkaar, dit is mijn..." zei Henry vlug.

„Wat jammer. Nee, ik bedoel niet... eh, altijd jammer voor de kinderen," zei de burgemeestersvrouw verward.

„Nee, nee. We zijn goed uit elkaar gegaan. Ik heb het belang van de kinderen vooropgesteld. Dat was het eerste. En als je vastbesloten bent geen ruzie te hebben, komt er ook geen ruzie," glimlachte Henry.

Belang van de kinderen, dacht Lisette, die nog niet had meegemaakt dat Henry het belang van een ander boven dat van hemzelf stelde, ironisch.

„En jullie gaan dus ook vlug trouwen... of zijn jullie misschien al getrouwd?"

„Nee. Dat is voorlopig niet aan de orde," zei Lisette voordat Henry iets kon zeggen.

Henry keek haar verbaasd aan. Hoezo was dat niet aan de orde? Hij had Lisette willen voorstellen maar niet meer al te lang te wachten met trouwen. Tenslotte moest hij de knoop maar doorhakken. Andra was voorlopig onbereikbaar voor hem. Later zou hij wel weer zien.

„Kom Liesje, onderschat je charme niet," zei hij teder.

„O, maar dat doe ik ook niet," antwoordde ze luchtig. „Alleen, trouwen... daar hebben we het nog weleens over." Met genoegen zag ze hoe het knappe gezicht verstrakte. Ze hield niet van dat zelfingenomen gedoe.

De burgemeester legde zijn hand op de arm van zijn vrouw. Het gesprek was hem een beetje ontgaan, maar hij had wel gemerkt dat zijn vrouw onder de indruk was van de kleine solist. Hij liep, toen het concert afgelopen was, met haar in de richting van het koor. „Kom, dan kun je kennismaken met de dirigente en die kleine jongen. Een zoon van Waardijk, ook toevallig. Mijn complimenten, kerel."

Henry, oma Waardijk en Lisette liepen mee. Ze werden opgehouden door de rijen mensen die naar de uitgang dromden en zagen even later Johanna en Steven in een andere richting bewegen.

Henry stak een hand op naar Johanna en riep, maar ze zag hem niet. Haar aandacht was gericht op het groepje mensen aan de westkant van de kerk. Steven liep zelfbewust voor haar uit.

„Ach, ze lopen de andere kant op," zei de vrouw van de burgemeester.

Johanna zwaaide en lachte naar de groep. Ze legde haar hand op de schouders van Steven en liep samen met hem naar de zijbeuk.

„Vast op zoek naar zijn moeder," zei de vrouw van de burgemeester vertederd. Ze volgden de twee over het gangpad.

Henry ontdekte Andra het eerst. Ze lachte en stak haar beide handen omhoog naar Steven en Johanna. Daarna zei ze iets tegen iemand die achter de witgepleisterde pilaar stond.

Steven liep sneller. De figuur achter de pilaar kwam tevoorschijn.

„Oom Rogier!" Stevens stem klaroende door de kerk.

Mensen keken om en lachten.

Rogier stak zijn armen uit en tilde Steven hoog in de lucht. De blauwe toga waaierde uit toen Rogier hem rondzwaaide.

„Hoi, jochie! Wat heb je prachtig gezongen!"

Steven straalde van vreugde. „Waar kom je zo vlug vandaan? Heb je me gehoord? Was het goed? Johanna zegt van wel." Hij struikelde bijna over zijn woorden en keek blij in Rogiers gezicht. Even legde hij zijn hand langs de gebruinde wang.

„Gaaf," zei hij hartgrondig. „Blijf je?"

Henry keek afgunstig naar het tafereeltje. Zijn zoon, die geen moment aandacht voor hem had. Het stak onwillekeurig. Dit was hij zo anders gewend. „Hij is helemaal uit zijn doen door het gebeuren," zei hij hoofdschuddend tegen de burgemeestersvrouw. „Ziet zijn vader helemaal over het hoofd. Het is wat."

„Gelukkig dat uw zoontje het zo goed kan vinden met zijn tweede vader," antwoordde ze.

„Tweede vader?" Zijn gezicht verstrakte.

Inmiddels had oma Waardijk haar kleinkinderen ook bereikt.

„Mogen wij Steven ook eens feliciteren met zijn optreden?" eiste ze. Want om nu helemaal niet mee te tellen...

Andra draaide zich naar haar toe.

„Ach, oma Waardijk, natuurlijk. Hoe vond u het?" Ze knikte naar de mensen die in het gezelschap van Henry waren. Die man en die vrouw hoorden zeker bij hem. Ze had ze net ook zien zitten.

„Aardig," zei oma Waardijk genadig.

„Een te zwak woord voor het zingen van uw zoontje. Wat een prachtige stem. Op de een of andere manier zo doorleefd. Ik vond het ontroerend," verklaarde de vrouw van de burgemeester en drukte Andra de hand.

„Wat fijn..." zei Andra verrast.

Rogier zette Steven weer op zijn voeten. De witte kraag bleef half overeind staan tegen zijn achterhoofd.

Belangstellend keken Lisette en de vrouw van de burgemeester naar de lange man in het uniform van een marineofficier.

„Bent u net terug?" informeerde Lisette.

„Net op tijd om Steven te horen zingen. Mijn broer en de kinderen hebben me opgehaald van Schiphol," antwoordde hij vriendelijk.

„Dan bofte u," zei de vrouw van de burgemeester. „Want het was zeer de moeite waard."

„Zeker." Rogier knikte tegen Henry en oma Waardijk.

Mevrouw Waardijk bedacht dat ze wel vriendelijk tegen hem moest zijn. Ze had tenslotte bijna twee maanden in zijn huis gebivakkeerd. Aan de andere kant was die man vast ook de reden waarom Andra niet meer naar Henry omkeek.

Ze knikte terug en zei tegen haar kleinzoon: „Zou je je vader niet eens dag zeggen?"

„Hè? Oh ja... dag papa..." zei Steven en wendde zich naar Jaak. „Jaak, zag je hoe Johanna de maat sloeg?"

Henry voelde zich onbehaaglijk overbodig. „Een vader is nu even niet belangrijk," zei hij tegen de burgemeestersvrouw. „Maar hij moet zijn manieren niet vergeten, Steef, geef deze mevrouw eens een hand." Hij draaide Steven in de richting van de vrouw.

Steven gaf gehoorzaam een hand en keek op naar het vriendelijke vrouwengezicht.

„Je hebt prachtig gezongen, kerel," zei de burgemeestersvrouw hartelijk.

„Ja?" Steven straalde.

„Mijn complimenten met de prestatie van uw cantorij. Het was werkelijk opvallend mooi. Hartelijk bedankt," vervolgde de vrouw daarna tegen Johanna. „Ik zie dat jullie allemaal blij zijn met het resultaat."

Johanna keek van Rogier naar Jurriaan. „Het komt niet alleen door het concert, het is ook dat mijn... eh, mijn..."

„Zwager," zei Jurriaan.

„Bijna-zwager," verbeterde Johanna. „Hij is onverwacht thuisgekomen, en dat was een hele prettige verrassing voor ons allemaal."

„En vooral voor uw schoonzusje," stelde de burgemeestersvrouw vast met een blik op het blozende verheugde gezicht van Andra. „Geniet er maar van. En nogmaals bedankt." Ze glimlachte en liep terug om nog even door te praten met de organisatoren.

Mevrouw Waardijk, Henry en Lisette namen ook afscheid. Er werd vluchtig gewuifd. Ze waren vergeten voordat ze het gangpad af waren.

„Een groot succes. Vooral die kleine jongen heeft veel indruk gemaakt. Mensen waren werkelijk geroerd. Ook door de tekst van het lied natuurlijk," zei de voorzitter.

„De manier waarop hij het zong... dat was het," peinsde de vrouw van de burgemeester.

„Hoe dan ook. Een succes," besloot de voorzitter en keek nog eenmaal in de richting van de mensen die nu ook langzaam naar de uitgang gingen.

Het was al tegen twaalf uur toen Johanna Jaak en Jurriaan afzette bij Jurriaans huis. Rogier kwam met de auto van Jurriaan.

„Morgen ben je geen mens... dan heb je last van jetlag," voorspelde Jurriaan.

„Zal wel meevallen," lachte Rogier. Hij wreef even over zijn gezicht. Te laat moest hij het niet meer maken. „Nog even een rondje over het erf om te kijken of de dieren onderdak zijn?" stelde hij Andra voor.

Andra knikte. Ze had net Roos en Mark ook naar bed gestuurd. Wat verlegen liep ze naast Rogier over de stille landweg.

Hij keek opzij. „Ach, verdraaid," zei hij en sloeg een arm om haar heen.

„Daar heb ik al die tijd aan liggen denken als ik geen wacht of dienst had. En vaak ook wanneer ik wel dienst had."

„Logeer je voorlopig bij Jurriaan?"

Andra kon zich wel een klap voor haar hoofd geven. Wat een stomme vraag was dit nu weer. Net alsof ze hem uit zijn huis wilde houden, of, nog erger, of ze hem vroeg of hij bij hen introk.

Schuw keek ze omhoog. „Ik bedoel niet..."

„Ik wel. Wanneer kunnen we trouwen?" vroeg Rogier kalm.

Ze lachte opgelucht. Ze had de mailtjes dus toch goed begrepen. Het zou nog wel erg lang duren voordat ze zo zelfverzekerd was als veel andere vrouwen. Maar misschien was dat gewoon haar aard.

„Voor of na Jurriaan en Johanna?" vroeg ze.

„Voor," zei hij vastberaden.

„Dat kan niet. Die trouwen aan het eind van de zomer. Al over drie maanden," troefde ze.

„Dat kan best. Nou ja... Tegelijk? Is dat iets?" vroeg hij.

„Als Johanna dat wil..."

„Het gaat erom of jij dat wilt. Of je het weer aandurft," zei hij.

Langzaam zei ze: „Dat lied van Steven... *When I needed a neighbour*... Toen moest ik denken aan anderhalf jaar geleden. Toen ik zo verschrikkelijk eenzaam en onzeker was. Ik had het gevoel alsof alles van me werd afgepakt. Henry die me niet meer wilde, en al die kennissen van wie ik dacht dat ze op me neerkeken. Oma Waardijk die me behandelde als een onmondig kind. Toen had ik zo hard iemand nodig die me niet het gevoel gaf dat ik een nul was. En toen was jij er. Jij en oom Marius en tante Trees. Jullie, hier op dit eiland... Ik kreeg opeens alles in overvloed van God terug. Veel meer dan ik verloren had. Ik vond hier mezelf terug. En toen verloor ik mijn hart voorgoed aan het eiland. Aan het eiland en aan jou."

„Zeg dat laatste nog eens." Rogier stond stil en sloeg zijn beide armen om haar heen.

„Houd op. Je hebt me best verstaan," weerde ze verlegen af.

„Nog eens."

„Toen verloor ik mijn hart aan jou," herhaalde ze.

Hij tilde haar op alsof ze Steven was en kuste haar heftig.

De maan verscheen vanachter een paar wolken en wierp een paar dunne stralen over de donkere akkergrond. Om de boomtoppen cirkelden een paar vleermuizen. Nog een week. Dan zou het zomer zijn.